講談社文庫

酔象の流儀

朝倉盛衰記

赤神 諒

講談社

朝倉義景当主のころの越前

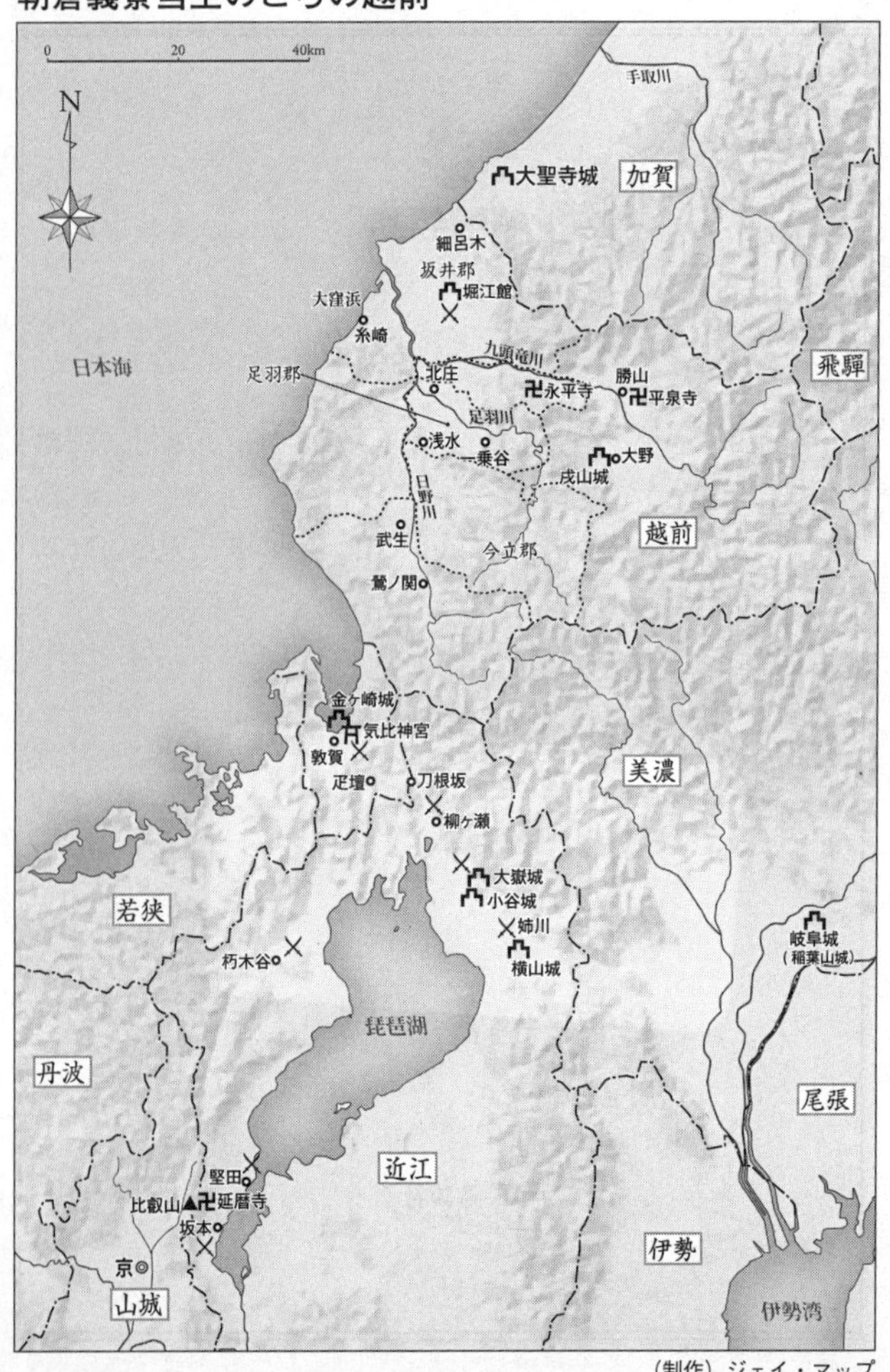

(制作) ジェイ・マップ

目次

序章　仏顔の将　6
第一章　越前、平らかなり　15
第二章　酔象の夢　44
第三章　宗滴を継ぐ者たち　95
第四章　幻の天下　155
第五章　岐路　178
第六章　金ケ崎崩れ　198
第七章　乗り打ち　227
第八章　帰陣　257
第九章　舞えや酔象、仏のごとく　298
第十章　名門朝倉家の棋譜　326
終章　盛源寺　370
解説　藤岡陽子　378

■主な登場人物

山崎吉家（やまざきよしいえ）　内衆（うちしゅう）の重臣。宗滴（そうてき）五将の筆頭「仁」の将。

前波吉継（まえばよしつぐ）　義景の側近。内衆の名門、前波家の庶子。

堀江景忠（ほりえかげただ）　加越国境を守る国衆。宗滴五将の「義」。

魚住景固（うおずみかげかた）　内衆の重臣。宗滴五将の「智」。

朝倉景鏡（あさくらかげあきら）　義景の従兄で大野（おおの）郡司。宗滴五将の「礼」。

朝倉義景　第五代・越前朝倉家当主。

印牧能信（かねまきよしのぶ）　景鏡の懐刀（ふところがたな）。宗滴五将の「信」。

お宰（さい）　義景の三人目の室。

小少将（こしょうしょう）　義景の四人目の室。美濃斎藤（みのさいとう）家にゆかり。

蕗（ふき）　小少将の侍女。

いと　吉家の室。

山崎吉延（よしのぶ）　吉家の弟。

朝倉伊冊（いさく）（景紀（かげのり））　同名衆有力者で敦賀（つるが）郡司。景鏡の政敵。

朝倉宗滴　朝倉家最高の将。

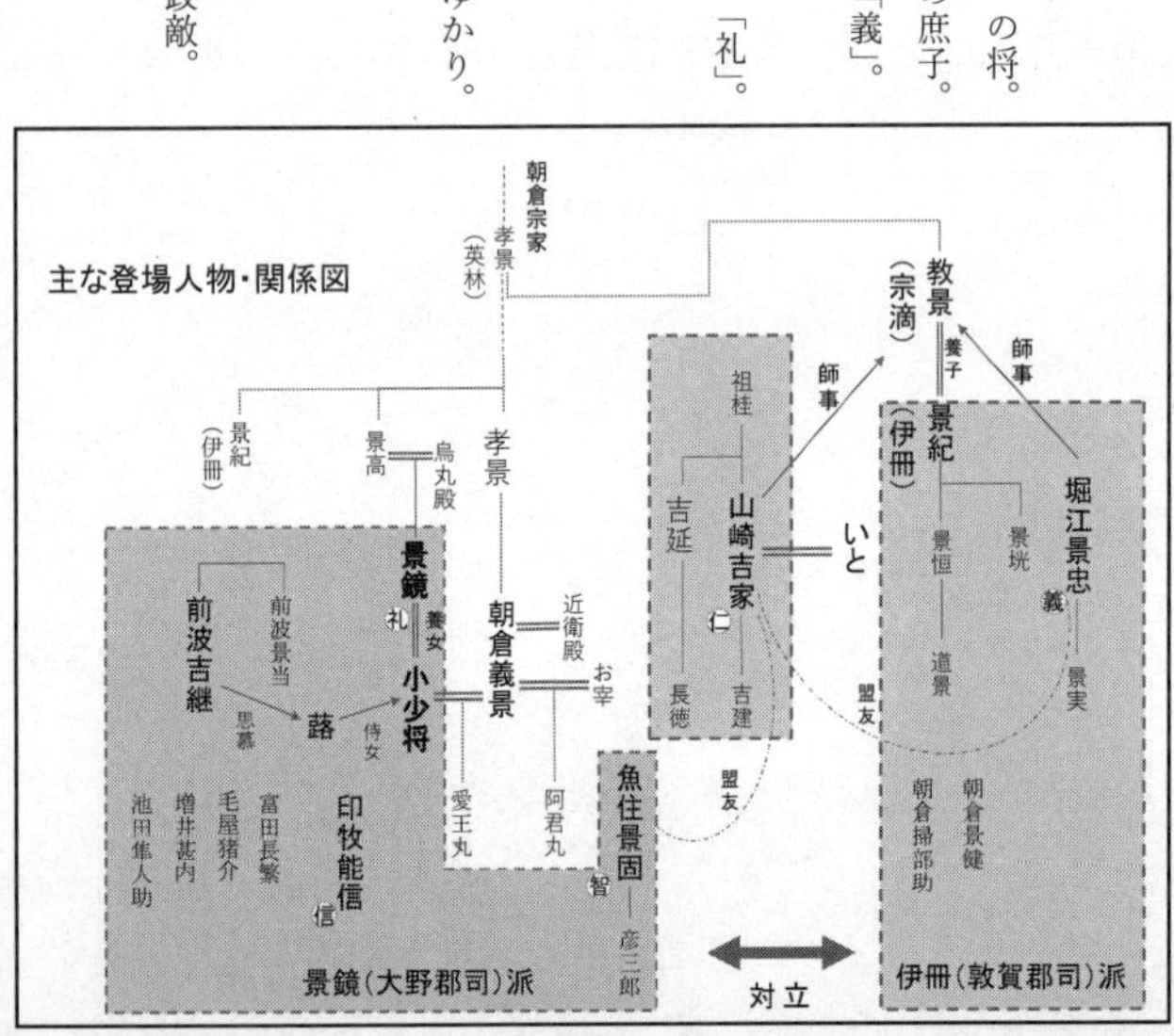

酔象の流儀

朝倉盛衰記

序章　仏顔の将

——天正元年（一五七三年）爽秋

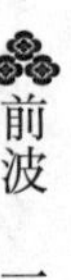

前波　一

勝者信長は脇息にひじを置き、退屈そうに頬杖を突いていた。

首実検の儀軌や因襲なぞ端から無視してかかっている。が、次の首が現れると、わずかに顔色を変え、やおら身を起こした。主君とは逆に、前波吉継は覚えず目を背けた。いちばん対面したくない首だった。

「仏眼（両眼を閉じた首級）じゃな。予に向かって笑みまで浮かべておるわ」

前波はおそるおそる上目遣いに首を見た。

無惨に討たれた白髪交じりの敗将は、優しげな微笑みで口もとをほころばせていた。無邪気に笑いかけてくる赤子をあやすような仏顔で、穏やかに両眼を閉じている。

天正元年（一五七三年）八月十四日——。

織田軍は北近江の刀根坂で、越前朝倉軍の主力を壊滅させた。追撃戦の後、宿所とする寺の境内で、裏切り者の前波は検死役を務めていた。

上座をそっと盗み見る。完全に勝利した織田軍は、越前で名の知れた将だけでも三十七名を討ち取った。延々と続くこの日の首実検で、生あくびを嚙み殺していた信長が、初めて身を乗り出している。

これまでの首と同様、前波は問われる前にその男の名を言上しようとした。が、激しくこみ上げてくる胸のつかえのせいで、いったん大きな生唾をごくりとのみ込んだ。喉に鈍い痛みが走った。

「前波よ。この男、ただの将ではあるまい」

信長が催促するように下座を見やった。射すくめるような眼光に縮み上がり、前波は頭を下げて視線を落とした。全身が汗だくなのは暑さゆえではない。信長の放つ覇気に本能が怯えているせいだった。

ちょうど一年前、前波は織田に寝返った。家中の内情と越前の地理を知悉していた前波は、朝倉討滅の先導役を信長に買って出、重用された。

「そは山崎長門守……吉家殿が御首級」

無理に声を絞り出したせいで、言葉が途切れた。声の震えも隠しきれなかった。敵将の首に「御」の字なぞ添えて口走ったのは、うまくなかったかと悔いた。

山崎吉家こそは至誠の将であった。戦場に出た山崎家の一族郎党は主君朝倉義景を逃がす楯となって、絶望的な戦場に踏みとどまった。大軍相手の勝ち目のない戦で、主君が落ち延びる時を稼ぐために、吉家以下全員が凄絶な玉砕戦を演じ切った。

「おお、予を最後まで苦しめ続けた山崎吉家とは、この者であったか。さすがにそれらしき面構えをしておるわ」

恨み首が宙を飛んで噛みついてくる迷信など、信長はまるで意に介さぬらしい。前波のごとき常人は死者に対して強い怖れを抱くが、信長は何食わぬ顔で床几から立ち上がると、むしろ親しげに首台まで歩み寄った。

「織田に欲しいと思うたに、あっぱれ朝倉に殉じおったか。お主さえおらねば、朝倉なんぞ、とうの昔に滅ぼしておったものを、さんざん手こずらせおって……」

信長は首台の前に座り込むと、物言わぬ首に向かって、旧知の友に会うごとくまれにしか見せぬ笑顔で話しかけている。

「かの朝倉宗滴が後事を託した将にございまする」

名門朝倉家の命運を一身に背負った将は、誰よりも戦に向かぬ、仏の化身のごとき男だった。越前最高の将、朝倉宗滴が没して十八年、朝倉家は絶頂期を経て、ついに滅亡の秋を迎えた。

「さもあらん。山崎吉家こそは朝倉第一の将であった。予を相手に、ようもここまで戦うたものよ。生きて会いたかったぞ、吉家」

もともと吉家は朝倉家のゆくすえを案じ、織田との融和を家中で懸命に主張していた。が、義景が織田との対決路線を選ぶとこれに従い、以後は対織田戦の中核となって、常に最前線で戦い続けた。将軍を擁して日の出の勢いの織田に対し、吉家は劣勢を挽回して対抗すべく各国を飛び回り、ついには気宇壮大な信長包囲網を二度も構築した。織田軍を幾度も破り、大局を俯瞰したしたたかな戦略と外交で、信長を窮地に陥れた。内衆や同名衆（一門衆）が、没落する朝倉家を次々と見捨ててゆくなか、織田軍相手に最後まで孤軍奮闘した。

織田信長はこの四年、山崎吉家と戦っていたとさえ言える。

「かくも見事な死に様、武人としていかなる悔いもあるまい。誉めてつかわす。見よ。こやつめ、もう勝手に成仏しておるわ」

顔色は死者の土気色だが、柔らかな太い眉毛、たぬきを思わせる垂れ目と仏のような福耳は生前と変わりなかった。酒が好きなくせに強くはない吉家が、顔を真っ赤にしながらほろ酔い加減で盃を重ねていたときと同じ、あくまで穏やかな表情だった。吉家は生まれつきすこぶる温厚な性格で、決して怒らなかった。

前波は深く頭を垂れ、吉家に向かい、心の中でくり返し詫びた。吉家が非業の死を遂げ、己のごとき悪人が生き長らえている乱世の不条理に胸を締めつけられた。ありし日の吉家に対する万感の思いに、前波が顔を上げられずにいる間も、検死は進んでいたらしい。居並ぶ織田家臣がどよめき、座に戻っていた信長の低く唸る声が聞こえた。

余念をふり払って前波が身を起こすと、新しい首級が届けられていた。刀根坂の戦いで、朝倉勢はあまりに多くの戦死者を出したが、兜首はこれが最後だと告げられた。

あどけなささえ残る眉目秀麗な若者は、死に際し高く天を仰いでいたように、両眼を上に向けた天眼であった。

「若き身空で哀れよのう。が、堂々と死に臨んでおる。この若者は誰か」

前波は言上しようとしたが、これまで懸命に堪えていた嗚咽をとどめられず、すぐには声にならなかった。

「……同名衆にて、朝倉宗滴が曾孫、朝倉道景殿にござります。御齢……十六」

信長の顔に一瞬、稲光のように怒気が走った。色白のこめかみに青筋が立っている。

「敦盛もかくありしか。この若者を討った者はそちか」

「はっ。犬間源三と申しまする」

誇らしげに進み出た中年の将は、得意満面の顔で信長を仰ぎ見ていた。

「なぜ生け捕りとせなんだ？　そちには武人の心がない。功に免じて一命は赦してつかわす。されど、そちはこれより生涯、予の前にその醜い面を見せるな」

信長は弁明ひとつ許さず、片手で犬を追い払うように「失せよ」と犬間に短く合図するなり、悠然と立ち上がった。

「山崎吉家を始めとする山崎の一族郎党、並びに朝倉道景が霊、鄭重に葬れ。勝ちは見えた。すみやかに義景を討ち取り、越前を平定する」

家臣団がいっせいにぬかずいたときには、信長はすでに踵を返している。

長い首実検が終わり、ようやく前波はまともに息ができるようになった。が、織田家の諸将が場から退出した後も、しばらく身動きができなかった。信長の圧し殺すような覇気のために、骨の髄まで疲れが染み通っているかのようだった。旧主朝倉義景とは、まるで人間の器が違った。

木っ端役人たちが、数列に並べられた首級の片づけを指図し始めた。首はひとまず、宿所とした寺の仏殿に安置されるらしい。

「しばし待て。山崎吉家の首桶は、わしに運ばせてくれぬか」

前波は主家を裏切って栄達を得た。武勇や才知ではない、越前を知るがゆえに取り立てられている凡将だった。戦などまじめにやった経験もなく、多少気の利いた和歌を詠むくらいしかとりえがなかった。かつての朋輩の供養くらいせねば、天罰が下ると恐れた。

深更、前波は宿所を抜け出すと、敗将たちの首が並ぶ仏殿へ向かった。衛士に断り、そっと中に入った。夜の冷気は涼やかでも、すでに腐臭が漂い始めている。前波は居並ぶ首に向かって、まずは深礼してみた。織田の尖兵となって朝倉家臣を次々と寝返らせた前波は、朝倉の滅亡に一役も二役も買った。主家に殉じた忠義の者たちが前波を恨まぬはずがなかった。

あたりに誰もいないのを確かめると、前波は吉家の首桶の前で両手を突き、深々と頭を下げた。被せ蓋を取って、生絹を解いた。再び床板に額を擦りつけた。

「酔象殿、どうかお赦しくだされ」

吉家は、日の当たらぬ人生をすっかりあきらめて歩いていた前波を、一人前の人間として扱ってくれた。前波が兄の戦死で分不相応に家督を継いだ後も、親身になって世話を焼いてくれた。義景の不興を買って手打ちにされそうになったときは、身を挺して守ってくれた。家中の鼻つまみ者だった前波にとって、吉家は年長だが、ただひとり「友」と呼べる男だった。

山崎吉家が全生涯を懸けて守ろうとした朝倉家は、日ならずして滅亡する。吉家の戦死こそがその確たる証だった。

朝倉家は五代百年にわたり越前で栄華を誇った。名将朝倉宗滴が加賀一向一揆との激烈な戦いのなかで鍛えあげた精兵があった。五年前には、望めばあと少しで天下に手が届きそうな位置にさえいた。あの朝倉家がかくもあっけなく滅ぶとは、神も腰を抜かしているのではないか。

前波はおじおじしながら顔を上げた。差し込んでくる月影を浴びて、吉家の首はやはり何の未練もなさそうに微笑んでいた。一乗谷のあちこちに黙ってたたずむ石仏に似ていた。

口べたな吉家はいつも訥々と話した。控えめな性格で言葉数も少ないが、吉家がいるだけで座はほんのりと温(ぬく)もった。安心が生まれた。

「酔象殿、もう大嫌いな戦をやらんでも、ようござるぞ。宗滴公にはお会いになられたか？　師弟でひさしぶりに酒を酌(く)み交わしておられるか？　並んで石仏でも彫っておられるか？」

吉家は、醜悪な人の世に、奥手な仏が間違って生まれ落ちたような男だった。もしも武家に生まれねば、生涯の師と仰いだ朝倉宗滴と出会わねば、きっと深く仏門に帰(き)依(え)していたに違いない。

前波吉継は最初、山崎吉家という変わり者が大嫌いだった。

吉家と初めて言葉らしい言葉を交わしたのは、越前朝倉家が百年になんなんとする平和を謳歌(おうか)していた十二年あまり前だった。

第一章　越前、平らかなり

——永禄四年（一五六一年）春爛漫

前波　二

一乗谷の南には「上城戸」と呼ばれる巨大な土塁がある。外敵の侵入に備えた防壁だ。一乗谷川を渡って朝倉街道を歩き、右手にある低山の麓をわずかに登ると、盛源寺があった。

境内には、笏谷石に小さな鑿を入れる間延びした音のほか、ときおり桜花を舞い散らす春風の音くらいしか、なかった。

「お断り申しあげる」

前波吉継が「聞こえておわすか？」と言葉を足そうとしたとき、にべもない返事がぼそりと戻ってきた。前波は作り笑顔のままで、向かっ腹を立てた。

山崎家の屋敷は、前波が毎日出仕する朝倉館の西、犬の馬場と一乗谷川を挟んで八地谷の入り口にあった。だが、多忙の合間を縫って訪れても、主の吉家はたいてい不在だった。愛想の良い小柄な夫人が応対し、「今日も盛源寺に出かけましたよ」といつも笑顔で教えてくれる。吉家に毒されたのか、家人までゆったりとした口調で話すのが、無性にいらだたしかった。

かくて前波は、本来なら何の用もない町はずれの小寺に日参させられる羽目になった。が、いつ会いに行っても、この茫洋として捉えどころのない巨漢はひとり縁側に座っている。飽きるという感情を知らぬのか、経らしきものを歌うようにぶつぶつ唱えながら、ひたすら石仏を彫っていた。

吉家はずんぐりした大柄な力持ちで、親しき者たちは将棋の駒に因み「酔象」と呼んだ。まるで人生に疲れ果てた老人のように動作がのろく、しゃべり口調もゆっくりなために付いたあだ名であろう。ほろ酔い加減で巨軀がふらふら歩く姿から俺が付けたのだと、前波は家中の幾人かの名付け親から、自慢げな話を聞きもしたが。

酔象殿は世辞にも美男とはいえぬが、大きな毛虫が張り付いたような太眉に、たぬき顔負けの垂れ目と饅頭のような団子鼻、親指ほどもありそうなぶあつい唇は、どことなく地蔵に似ていて愛嬌があった。生まれつきの顔の作りのせいで、いつも笑っているように見えるが、実際、吉家が怒った姿を見た者はまだいないらしい。若いころ同輩が吉家を怒らせようと苦心惨憺試みたが、結局あきらめたとの逸話もあった。

温厚な頑固者ほど始末に困るものだ。それでも前波は説得するしかなかった。

「断ると仰っても困り申す。山崎殿を除き、府中三郡の直臣はひとり余さず参加され、実に総勢一万余名の大演習となるのでござるぞ」

盛源寺を訪れた前波と眼が合うや、吉家は立ち上がって、まるで想い人に再会でもしたかのようににこやかに一揖し、鑿を持ったままの手で縁側の左隣に座るよう合図する。前波がこの日も半刻（約一時間）近くにわたり懸命に説く間も、吉家は始終、口もとに笑みを絶やさず、かたつむりの歩みよりものろく手を動かしていた。問いを挟むでもないが、きちんと聞いてはいるらしく、ごくまれに前波が間違ったときには、ゆっくりと首をかしげたりもする。だが、じっくりと聞いた後、最後に出てくる答えは木で鼻をくくったように「お断り申し上げる」だった。

「こたびの犬追物はまさに前代未聞の大興行。ひとり山崎殿が出られねば、御館様のお覚えもめでたくはありませぬぞ」

二十歳すぎの前波にとって、吉家は父親のような年齢で、家格も低くはなく、軍事を預かる重臣だから態度には気をつけていた。

「身どもは始めからこの犬追物に反対でござった。御館様にも、しかとわが存念を申し上げてござれば、わが意はご承知のはず」

吉家の落ち着き払った静かな返答は、かえって前波のいらだちの火に油を注ぐ。

反対は百も承知だった。義景が上機嫌で提案してきた「日ノ本いちの犬追物」に対し、正面切って異を唱えた妙ちきりんで迷惑な男は家中でただひとり、この変わり者だけだった。

義景は気位が高いわりに自慢できる才能が少ないが、弓術だけは人並みより上だった。犬追物は弓術の鍛練に用いられるが、万の員数が参加する大がかりな犬追物など、三百年余の歴史を経てすっかり廃れていた。時代錯誤の騎射を盛大に催すという主君の思いつきを、前波も内心苦々しく思いはする。だが、ただの祭りではないか。家臣たちは追従笑いを浮かべながら、唯々諾々と準備を進めていた。それがごくふつうの家臣の身の処し方であるはずだ。

「渋っておられた魚住殿も結局、お出になられまするぞ。加賀一向一揆に対して、越前の威勢を誇示する好機。宗滴五将の筆頭、朝倉第一の仁将との呼び声高い山崎吉家殿なしでは、形になり申さぬ」

口先だけで持ち上げてみたが、吉家の表情に変化はない。無理か。重臣のひとり、魚住景固は吉家の盟友だった。前波は魚住に周旋を頼んだが、「酔象殿を説き伏せるくらいなら、足羽川の流れを逆さにするほうが容易じゃ」とあっさり峻拒された。

「あいや、前波殿。これからの戦場では長槍、さらには鉄砲が主力となり申す。扱いの難しい弓よりも、鉄砲の鍛錬をこそすべきでござろう。犬追物は加賀への牽制にはなり申さぬ」

問うてもおらぬのに、吉家は逆に「加賀侵攻がなぜ必要か」を訥々と語り始めた。

前波は目いっぱい眉根を寄せて「またか」という字を顔に書いてみたが、吉家が気に留める様子はない。昨日も一昨日もした話を、まるで初めてするかのように丁寧に繰り返すのだった。

もっぱら軍事を預かる山崎吉家は、風体や物腰に似ず、家中でかねて強硬な主戦派であった。

いわく、越前を取り巻く状況は激変しつつある。従来の方針であった越前一国の専守防衛では早晩立ちゆかなくなる。今のうちに宿将朝倉宗滴の遺志を継いで一向一揆を討滅し、加賀を併呑して国力を増強すべきだ、と勇ましい。石仏彫りなぞを趣味とする男が戦を主張するなどちゃんちゃら可笑しな話だが、吉家はいたってまじめな調子で語り続けるのだ。

義景のかたわらで折おり歌合にいそしみ、戦の経験もない前波は、軍事を任される吉家とほとんど接点がなかった。前波は吉家を無粋な戦好きとしか見ていなかった。他方、吉家も前波を、義景にあごで使われる一側近の若造と軽んじ、名前さえろくに覚えていなかったのではないか。実際、前波吉継なぞ、そよ風で吹き飛ぶ木っ端役人にすぎぬのだが。

「二百年あまり前の北条執権家の滅亡は、当主北条高時公が犬追物に耽溺したためとも聞き及ぶところ。宗滴公も生前、御館様に苦言を呈しておわした。戦には金が必要でござる。朝倉家の富は戦にこそ用うべし」

吉家は槌と鑿を手にしたまま、「朝倉家が乱世をいかに生き延びるべきか」を懸命に説いた。だが、もともと雄弁でないうえに、考えながら丹念に言葉を選ぶ癖があって、聞かされるほうは辛気くさくてかなわなかった。だいいち朝倉家のゆくすえなぞという大仰な話を前波にされても困る。主君に奴婢のごとくこき使われ、日々の雑用だけで精いっぱいの小吏に何ができようか。

とにかく今、主君朝倉義景が上機嫌で犬追物を欲していた。義景は諸国の大名に向かって威張りたいのだ。家臣なら黙って従え。弓術の腕前を披露する機会を作ってやらねば、義景が機嫌を損ね、前波たち側近が大迷惑する。朝倉館には百年で蓄えられた莫大な富がある。生きているうちに飲み食いにでも使わねば、損ではないか。

「やる意義はともかく、この犬追物は御館様肝（きも）いりの大興行でございまするぞ。さればぜひとも成功させねば。それがしの立場もお考えくださらんか」

前波はこの大がかりな酔狂の裏方を命ぜられていた。いよいよ二日後には皆が一乗谷を進発する。同名衆がそれぞれ弓取り、帯刀（たちはき）、雑色（ぞうしき）、小者（こもの）ら数百人を従え、朝倉宗家直轄領、棗庄（なつめのしょう）の大窪浜（おおくぼのはま）に入る。届け出られた人数を合算すれば、優に一万人を超えるから、近隣の村々や社寺に宿所を手配し、食事も用意せねばならぬ。義景はこれまた思いつきで、翌日は舟遊びまでするという。

前波は結局、義景の欲望の赴くままに都合七日間の日程を組み上げた。実施にあたっては一点の粗漏（そろう）もなきよう万全を期さねばならぬ。ひたすら雑務に忙殺されているのに、過日、「吉家は来ぬのか」という義景のひと言があった。ゆえに、毎日一刻（約二時間）あまりの時を割（さ）いて、たったひとりのわからず屋のために、何度も直談判に足を運んでいるのだ。吉家を心底恨んだ。つくづく運がないと嘆きながら、前波は泣きついた。

「ここは人助けじゃと思うて、枉（ま）げて何とか。この通りでござる」

「前波殿、中止するならまだ間に合い申す。今から朝倉館に同道いたそう」

吉家は鑿を縁側に置いて居住まいを正した。

「あいや、お待ちくだされ」

この馬鹿は本気だ。冗談の通じない男だとは、話をした初日からわかっていたが、とりつく島がまるでない。義景がふと愛妾に雄姿を見せたいと思いついたこの馬鹿げた大興行のために、前波は一年あまりを費やしてきたのだ。今さら止めれば、血の滲む努力が水泡に帰す。仮に義景の気が変わって「止める」と宣言しても、無理やりやらせたいくらいだった。

「犬追物に出ず、貴殿は一乗谷で何をなさるおつもりか？」

「この寺で石仏を彫っており申す。身どもは戦しか能のない男でござるゆえ」

義景と前波への嫌がらせだ。見かけによらず人が悪い。

本来、前波は重臣の家系だが、庶子であったために家を継げぬ次男坊で、武技も半人前だった。前波家では有能な嫡男の兄が当主を務めている。前波屋敷の離れ小部屋にひっそりと居候する吉継は、兄の家来衆からも馬鹿にされてきた。だから吉家は前波を侮り、軽んじているのだ。そう思うとますます腹が立って、脅し文句のひとつも言ってやりたくなった。さえぬ姿形の小役人でも、前波は主君義景の最側近なのだ。

「御館様はこたび、敦賀、大野を除く直臣のほとんどをお召しでござる。不参加に対し、厳正なる処分が下されても知りませんぞ」

義景はもともと惰弱な国主だが、戦に必要なためか吉家には甘かった。実際は吉家をとがめもせず、前波の不手際をなじるだけで終わるに違いないのだが、前波は吉家の悪口を義景にさんざん吹き込んでやろうと肚を決めていた。

「身どもは宗滴公より後事を託されし時、すでにこの命は捨て申した。朝倉家に殉ずる覚悟は常にできており申す。御館様から死を賜るなら、黙って従うまで」

だめだ。この厄介な男には、脅しすかしも追従も、何もかもが通用しない。

朝倉家の大黒柱であった朝倉宗滴は、後継者として越前に五人の将を遺した。その筆頭が山崎吉家だというが、伝説の宗滴公はよほど人物を見る目がなかったらしい。

前波は馬鹿らしくなって立ち上がった。

「御免」とだけ言い捨てると、盛源寺の境内を後にした。石に鑿を入れる間の抜けた音がしたが、振り返りもしなかった。

＊

「犬追物には館の中間、小者らも全員連れて参るぞ」

主君の言葉に、前波は覚えずのけぞった。

「何じゃ、忘れておったのか、出っ歯」

前波の前歯は唇より前に飛び出している。食べるのに不自由を感じるくらいの出っ歯は、かわりばえせぬ前波の顔では最大の特徴といえた。義景が初対面で「出っ歯」と名づけたため、同輩も女房たちも皆、前波を「出っ歯殿」と呼ぶようになった。陰では小者たちもそう呼んでいるはずだ。

「あやつらには余を軽んずる節があるゆえな。弓の腕前を見せてやらねばならん」

己の雄姿を思い描いたのか、義景はさも愉快げに大鼻を膨らませたが、前波は内心で頭を抱えた。話が違うではないか。

「……おそれながら、それでは御館様の出御に従う者の数だけでも、一千名を超える仕儀となりまするが――」

「賑やかでよいではないか。景連なぞは五百人引き連れて出仕すると息巻いておった。ならば国主たるもの、その倍は従えねば形になるまいが」

義景の甲高い声が耳にきんきん響く。前波は内心で大きなため息をつきながら、両手を突いた。

主君が見栄だけの同名衆と競い合ってどうするのだ。ついひと月前、吝嗇でもある義景はひどく不機嫌な様子で「一千人を超えるとな？　減らせ」と、前波に確かに命じた。が、言った言わぬの水掛け論にもならぬ。主君の気が変わった以上、否も応もなかった。

　前波もただの馬鹿ではない。義景の移り気を見越し、多少は人員の余裕を見て手配していたが、ざっと暗算しただけで二百人近くも増える計算になる。宿所も食事も改めて別に差配が必要だった。中間、小者とはいえ国主に仕える者たちを粗略に扱えば、義景に文句を言われる。他の家臣の宿所と取り替えが必要だった。あと二日で出立だというのに、また一から仕切り直しではないか。若い乱暴な家臣もいたが、何度も頭を下げて、やっと確定した割り振りだった。

　義景は裏方の苦労になぞ寸時も思いを致すまい。一度なぞはせっかく準備した鷹狩りを「寒い」という身勝手な理由で中止した時もあった。

「されば、これよりただちに手配にかかりまする」

　大急ぎでやらねば、とうてい間に合わぬ。二日続けて徹夜したが、今夜も眠れまいと前波はほぞを固めた。寸刻でも早く辞去しようと、米つき飛蝗のように平伏した。

「待たんか、出っ歯。来年の趣向じゃがな、実は曲水の宴を考えておる。犬追物が終わり次第、ただちに取りかかれ」

　前波は己でもたまげるほど素っ頓狂な声を上げた。「曲水の宴」とは五百年も昔、平安の御代に公家の間で流行した遊びだ。文弱の徒ゆえ前波は知っているが、朝倉の勇将たちに尋ねても半分は首を傾げるであろう。

古書の記述によるなら、参加者は曲がって流れる水路に面して座す。上流から流される盃が己の前を通り過ぎないうちに詩歌を吟じ、盃を取って干してから、また盃を下流の者へ送る趣向だったはずだ。だが、犬追物と同じで、実際に何をどう実施すればよいのか、すぐには見当もつかなかった。

曲水の宴ともなれば、朝倉家臣だけではかっこうがつかぬ。都からそれなりの公家歌人を招かねば形になるまいし、義景も当然それを望んでいよう。

だが、この乱世、片田舎の越前で曲水の宴など復活させて、義景自身が得る満足以外に何の意味があるのだ。一年あまり続いた本来無用の雑務からようやく解放される日を心待ちにしていたのに、義景の次の欲望を満たすため、休む間もなくまた汗をかかねばならぬわけか。暇に任せて物の役にも立たぬ石仏をのんびり彫る吉家の暢気そうな仏顔が浮かんでくると、腹がさらに煮えた。

「はっ」とかしこまってから、重い気持ちで立ち上がろうとした刹那、奇声を上げて後ろからぶつかってくるものがあった。不意を突かれた前波はみっともないうめき声をあげて、ぶざまに前へ倒れた。手を突く間もなく、したたかに前歯を打った。

その姿に、義景はもちろん小姓や女房たちまでが前波を嗤う。

部屋へ駆け込んできたのはもうすぐ二歳になる義景の嫡男阿君丸だった。母親で、義景の愛妾であるお宰の姿はまだ見えない。前波は乳児に向かって両手を突きながら絶望した。しばらくはやんちゃな乳呑み児の相手をせねばなるまい。

「おお、よい所へ参った、阿。また、出っ歯の物の怪が出て参ったぞ。お仕置きじゃ」

義景は大げさに驚くそぶりをしながら前波を指さした。阿君丸が来るたび、前波はただちに退治さるべき妖怪変化の役回りをさせられた。何度も繰り返されてきた馬鹿騒ぎを阿君丸も心得ていて、今では前波の姿を見かけるなり、たちどころに攻撃をしかけてくるわけだ。

阿君丸は、小さな手で前波の口ひげを引っ摑むと、思い切り引っ張った。前波は悲鳴を上げながら「お赦し下さりませ」と謝り続けねばならぬ。実際に涙が出るほど痛い。前波は阿君丸に懲らしめられるために、口ひげを伸ばし続けねばならなかった。以前、義景がお気に入りの黒い硯で墨を磨っている最中に阿君丸が現れたときなどは、褌一丁にされ、体じゅうに落書きされた覚えもあった。

「見事じゃ、阿。また出っ歯をとっちめたのう」

小姓や女房たちが声を立てて笑うと、義景の甲高い嗤い声が続いた。

「出っ歯、馬になってやれ」

前波が腹ばいになるや、阿君丸が背に乗ってきた。慎重に四つん這いになる。以前うっかり阿君丸を落としてしまったときは、酔った義景に打擲された。義景に仕えて三年になるが、初めての経験だった。ふだん義景は気のよい男で、悪戯にもかわいげがあり、憎めないところがあるが、泥酔すると豹変するのだと初めて知った。以来、小心者の前波にとって、阿君丸の馬乗りほど緊張に満ちた遊びはなかった。

ゆっくりと手足を踏み出す。震える手に汗が滲む。

盗み見ると、義景が大鼻を膨らませながら手を叩いて喜んでいる。

問うても決して認めまいが、義景は己の大きすぎる鼻に強烈な引け目を感じていた。鼻さえ人並みなら、見られなくもない顔だちなのだが、見る者の眼にまっさきに飛びこんでくる大鼻が義景の容貌を容赦なくぶち壊していた。義景がときおり右の手指で鼻を押さえる癖があるのは、力任せに鼻筋を押さえ込めば鼻を少しでも小さくできまいかと考えているせいだと、前波は確信していた。

前波が義景に取り立てられた理由は簡単明瞭だった。醜い前歯を持ち、皆の嗤いものを演じられるからだ。だが、日陰者で未来もなく、歌しか詠めぬ無能な前波にとっては、さして悪くない境遇だった。下手を打てば命を落とす恐ろしい戦場に無理して出ずともよいし、己でも歯が浮きそうな追従言葉を並べながら義景の憂さ晴らしの相手となり、童が楽しむような他愛もないいじめに耐えてさえいれば、身の安全も食い扶持も保証されるのだ。

延々と阿君丸の馬役を務めるうち、膝頭が擦れて耐えがたい痛みを覚え始めた。小太りの前波は息もすぐに切れる。手足がだるくてしかたなかった。

いったい主殿を何周したろうか。

苦行が続く。阿君丸が飽きるまで、前波は意味もなくひたすら回り続けねばならなかった。一刻も早く、急に増えた二百人ぶんの宿所と食事の手配をせねばならぬというのに、気ばかりが焦った。

「また、さような真似を。前波殿が気の毒ではありませぬか」

絶望する前波の耳に、天女のような声がした。

お宰がそばにいると、前波の心はときめく。出自こそ卑しいが、義景にはもったいない女性だった。前波の初恋の相手やも知れぬ。前波の妻も気立ては悪くないが、恋の相手になる器量の持ち主ではなかった。お宰は前波を人間として扱ってくれ、義景のやりすぎをたしなめてもくれた。前波が義景の心ないいじめに耐えられるのも、お宰のためと思えばこそだった。

お宰は気の毒な境遇を生きていた。義景の今の正室は五摂家のひとつ、近衛稙家の姫である。子に恵まれぬ近衛殿は、義景の寵愛を受けて一男二女を産んだお宰を妬み、恨んだ。もともとお宰は義景の生母の侍女であり、出自がさらに怨嗟を増幅させた。近衛殿の召し使う女房までが加わって毎夜、朝倉館の一室でお宰の死を願う呪詛を続けているとの噂話もあった。そのせいであろうか、お宰はいつも体調が優れず、乳母たちに阿君丸の世話を任せていた。

前波が想い人の顔を仰ぎ見ようとしたとき、背に何やら生暖かいものを感じた。阿君丸がお漏らしをしたらしい。どうやら助かったようだ。あとしばらく耐えて歩み続ければ、前波は解放されるはずだ。

やがて阿君丸がむずかって泣き出すと、気づいた乳母が走り出てきた。

「何じゃ、出っ歯。そちは臭いのう。早う去ね」

義景が犬を追い払うようにあごで渡り廊下を示したが、前波には大鼻で指図されたようにしか見えなかった。前波はほっと胸をなで下ろしながら、足早に主殿を出た。

魚住　一

春たけなわ、犬追物後の乱痴気騒ぎも果てた翌日、魚住景固は馬を駆っていた。竹田川沿いに上流へ東進すると、川を北の外堀とする堀江館が見えてきた。笏谷石で屋根を葺いた堅固な造りは、いかにも歴戦の名将の居館たるにふさわしい。

魚住の頬を撫でる川風は、すっかり春の明るさを帯びていた。

北越前の坂井郡は、本願寺が支配する敵国加賀に接している。加賀は「百姓の持ちたる国」と言われた一向一揆の国である。国境に近いというだけで、血腥さを感じさせる緊張さえただよっていた。

門前で下馬すると、魚住が名乗るより前に、見知った家人が門を開けてくれた。

ほどなく「よう来た、魚住」と何度も怒鳴るような大声が聞こえ、長身の男が姿を現わした。魚住よりもひと回り以上も年長で四十代半ばのはずだが、筋骨隆々、身体は衰えを知らぬらしい。

加賀一向一揆という死をも怖れぬ本願寺の兵団を敵に回しながら、越前の国都一乗谷は北の脅威をさして感じる必要もなく平和を謳歌してきた。それが、朝倉家の勇将堀江景忠（かげただ）が国境を守っているおかげだと、享楽（きょうらく）にうつつを抜かす義景は知っているだろうか。

堀江にわけもなく乱暴に背を叩かれながら、魚住が二階の奥の間に通されると、竹田川ごしに広がる春の田が見えた。坂井郡は長らく侵略を受けていない。堀江父子が守っているからだ。

「魚住よ。また御館が阿呆な真似をしておるそうじゃな」

堀江家は初代朝倉英林孝景（えいりんたかかげ）の時代から、主家に忠誠を尽くしてきた最有力の国人であった。堀江の正室は義景の母の妹であるから、堀江は義景の義理の叔父にあたる。もともと遠慮のない男だが、若い主君である甥に対しても遠慮がなかった。とはいえ、堀江の言は正しい。

「総勢一万人あまりで大窪浜に繰り出し申した。追従者がここぞと勢揃いするさまは、なかなかに壮観でございましたな」

北の国境を守る堀江は招集を免れていた。魚住は犬追物にこそ顔を出したが、翌日の舟遊びにはつき合わず、足を延ばして堀江館を訪ねたわけである。

「宗滴公がご覧になれば、さぞ嘆かれたであろうのう」

二人の師、朝倉宗滴には、そばにいるだけで痺（しび）れるような武威があった。宗滴は切れ長の眼でひと睨みするだけで相手を威圧した。魚住らは宗滴に敵対する者に憐れみさえ覚えたものだ。妻子に先立たれたせいか、宗滴は配下の将兵をわが子のごとく愛し、いたわった。老いて白髯白髪となっても、没する間際まで矍鑠として、眼光は衰えを知らなかった。あれほどの武人は二度と世に現れまい。

「お前も宗滴公のご遺言を忘れてはおるまい。よいか、魚住。御館を説き伏せて、必ずや五年のうちに一向一揆を撲滅するぞ」

死に臨んで、宗滴は子飼いの将らに加賀平定を遺言した。

宗滴は君臣の別を重んじ、家臣としての分を弁えた将だった。軍奉行として軍事を専権するかわりに、政治には口を出さなかった。軍事と切り離せぬ外交にも活躍したが、たとえ不服でも主君の決断を重んじ、全将兵を従わせた。さもなくば、武力を持つ軍奉行が主君を凌駕する力を持ちかねぬ。それはもはや臣ではあるまい。朝倉家初代、英林孝景の死後、その弟の慈視院光玖はよく宗家繁栄の礎を築いたが、同時に専横を極めた。幼少期にこれをつぶさに見た宗滴は「光玖になってはならぬ」と涙ぐましいまでの戒めを己に課した。

宗滴は七十九年の波乱に満ちた生涯で、加賀侵攻の好機と見るたび何度も出陣を献策したが、容れられなかった。宗滴が己を厳しく律し、臣下としての分を弁えたがゆえに、その生涯でついに加賀平定は成らなかった。

「その乱痴気騒ぎには、むろん酔象は出なんだのじゃろう？」

魚住が苦笑いしながら、うなずいた。

「山崎家からは弟の吉延（よしのぶ）殿が来られ申した。されど、酔象殿に関してはひと悶着（もんちゃく）ございましてな」

義景は犬追物の行われる大窪浜にほど近い糸崎寺（いとさきじ）に参詣してそのまま宿所とした。挙行前日の夕刻、同寺に伝わる「仏舞（ほとけまい）」が披露されると、義景は荘厳幽玄（そうごんゆうげん）な雅（みやび）を大いに称賛し、舞い手の村人たちをそばに呼んで親しく交わった。

最後に一人で舞った若者を義景が褒（ほ）めそやすと、村人たちはその昔、伝説の舞い手がいたと口を揃えた。三十年ほど前にこの寺で修行していた山崎吉家が演じた仏舞こそ、まさに仏の舞うがごとき幽玄の舞であったと聞き、義景は強い関心を示した。あのずんぐりむっくりの巨漢が舞う姿は、滑稽（こっけい）で見応えがありそうだった。村人たちが口々に吉家を褒（ほ）めそやし、共に舞いたいと申し出たのだが、かんじんの本人は一乗谷の屋敷でほろ酔い加減のはずだった。

犬追物の挙行に反対した吉家の不在を、義景は知っていたはずだ。が、白々しく家臣らに問いかけ、「なぜ、連れて来なんだ？」と前波を難詰（なんきつ）し、代わりに舞わせた。

舞い方を知らぬ前波は必死でそれらしき真似をやってみせたが、嗤われて終わった。

「あわれ、出っ歯がさんざんな目に遭わされましてのう」

翌日、犬追物が終わった夜も、酔った義景は前波に命じて犬の代わりをさせ、自ら乗馬して矢を射た。犬の肉を貫かぬよう鏃を使わぬ蟇目矢ではあるが、当たれば痛い。前波は必死の形相で逃げ惑ったが、小太りの身体を数回射止められて、動かなくなった。逃げ疲れたのか、それとも主君の矢を避けてばかりもいられなかったのか。

家臣らの多くが余興に笑い転げるなか、魚住は苦々しい思いで若い側近の憐れな姿を眺めていた。前波が主君に虐げられ、嗤われる役回りを進んで演じ、義景の寵を得てきた経緯を家臣団の皆が知っている。魚住も太鼓持ちの前波を好きになれぬが、悪戯は度が過ぎていた。過半の家臣らの内心も、魚住と同じだったのではないか。

とはいえ魚住も、他人のために火中の栗を拾うほどお人好しではない。前波が嗤い物にされるさまを黙って見ているしかなかった。

だが、宗滴が健在なら、決してありえぬ低劣な「出し物」だ。もし吉家がその場に居合わせれば、義景を止めたはずだった。宗滴が己の後継者に指名したせいであろうか、義景も吉家には一目置いている節があった。実際、今回の犬追物も開催自体は強行したが、吉家の欠席は是非もないと黙認していたようである。

「朝倉軍の士気に関わる由々しき事態じゃな」

堀江は首を捻りひねりしながら魚住の話を聞いていた。

加賀侵攻戦のさなか、宗滴が陣中に病を得て没してから六年が経っていた。国外ではますます戦乱が激しくなっているのに、越前国内では戦が一度も起こっていなかった。朝倉家は姻族関係にある若狭武田家の求めで内紛に介入はしたが、ちょっかいを出した程度で、領土を広げていない。宗滴のもと朝倉家が誇った越前将兵の結束と規律が、ぬるい怠惰のなかで確実に緩んでゆく。

平穏な世なら、よい。だが、主戦派の堀江や吉家が指摘するように、乱世は激動し、国外の勢力図は目まぐるしく変わり続けていた。強くあらねば滅ぼされる、他を滅ぼさねば強くはなれぬ。この自明の理を、時代遅れの犬追物に打ち興じた朝倉家臣団のどれだけが理解していたろうか。

「して、近ごろ酔象は息災にしておるのか？」

初陣をともにした堀江と吉家は、若年から肝胆相照らす間柄で、宗滴五将のなかでもとりわけ仲がよかった。両家の家族、将兵らも親しく交わり、特に堀江の嫡男景実は幼少から実父よりも吉家に懐いたため、堀江が不満を漏らすほどだった。

「酔象殿の意を受けて、吉延殿のもと山崎隊は鍛練を怠りませぬが、ご当人はたいてい盛源寺におわしまするな」

堀江はあきれ顔で首を何度も横に振った。

「相も変わらず石仏彫りか。始めて三十年にはなろうが、ようも飽きんものよ。あやつめ、これまでいったい何体彫れたんじゃろうな」

「はて。なにぶん一つひとつ、念入りに彫られますからな」

吉家はまるで急ぐと損をするとでも思っているように、動作がすべてのろい。魚住も最初は面くらって敵意さえ覚えたものだ。

魚住がおおげさにふり上げた槌をゆっくりと下ろす真似をすると、堀江は楽しげに笑ったが、やがて真顔に戻った。

「気懸かりがある。魚住、噂に聞く両郡司の対立はどこまで行っておる？」

魚住も顔から笑みを消して、堀江のまじめくさった丸顔を見た。

朝倉宗家は一乗谷のある足羽郡など五郡を治めるが、加賀、飛騨、美濃三国に接し鉱物も産する重要拠点の「大野郡」と、若狭に接し近江を経て京への入り口を預かる「敦賀郡」はそれぞれ、朝倉家の最有力同名衆が郡司として治める。近年は、義景の従兄に当たる朝倉景鏡が大野郡司を、同じく叔父にあたる朝倉景紀（法名、伊冊）父子が敦賀郡司を務めてきた。伊冊は宗滴の養子となり、北陸最強の宗滴の軍勢を継承していたが、勇ましいだけで器量はいたって凡庸だった。

宗滴が大往生を遂げ、唯一無二の大黒柱を失った朝倉家では、両郡司の間で家中の主導権を争う動きが生じた。

伊冊は戦場と同じく政所でもがなり立てるのに対し、景鏡は物腰あくまで柔らか、家中一の美男の呼び声も高い優男だが、会合で二人が同席する場合は席次決めが難航した。先に会合の場へ来た一方が上位の座に着くが、他方は何かにかこつけて欠席する。

両郡司が今回の盛大な犬追物の招集さえ受けなかったのは、義景が二人を同時に列席させられず、他方で一人だけを呼ぶわけにもいかなかったためらしい。

「この様子では、加賀攻めどころの話ではございませぬな」

二派の対立は先鋭化する一方で、今や義景のもとで満足な評定さえ開けぬありさまである。あの宗滴でさえ討ち滅ぼせなかった一向一揆に、分裂した朝倉が勝てるはずもなかった。

朝倉家が二つに割れてゆく。宗滴の時代には皆が宗滴に従っていればよかったが、家臣団は今後、いずれかに付かねばなるまい。堀江は宗滴の死に際して伊冊を託された。他方、魚住は大野郡に隣接する今立郡に所領を持つため、懇意の景鏡に与したほうが好都合だった。
「酔象は何とするんじゃろうな。世渡りの下手くそな男ゆえ、俺たちが面倒を見てやらねばなるまいて。どれ、ひさしぶりに一乗谷に顔を出してみるかの」

堀江　一

一乗谷の新緑のいぶきに清々(すがすが)しさより懐かしさを感じてしまうのは、堀江が齢を重ねたせいか。一乗谷川にほど近い山崎屋敷を訪れると、案の定、吉家は不在だった。ただちに馬を駆(か)って盛源寺へ向かう。

若年から戦場を生きてきた師の朝倉宗滴は、戦で人を殺しすぎた。あるとき、全滅させた一向一揆の一隊が男装した女たちであると気づいたとき、忽然(こつぜん)と悟るものがあった。罪業の深さを感じた宗滴は、先代朝倉孝景に進言し、毎夏、敵として死んだ一向宗徒を弔(とむら)う千部経(せんぶきょう)を諸寺で読誦(どくじゅ)させた。宗滴自身も一乗谷にあるとき、しばしば盛源寺を訪れては石仏を彫った。堀江も昔つき合った経験はあるが、気休めの偽善にも思えたし、辛気くさい作業が性(しょう)に合わなかった。

もともと盛源寺の老住職は宗滴門下の勇将だったという。足軽からのたたき上げだが、宗滴がその才を買って取り立て、一隊を指揮するようになった。あるとき殺めた敵兵が病死したひとり息子と同齢の少年だと知ったときから、戦場に出られなくなった。宗滴の勧めで仏門に帰依してからは戦死者の菩提を弔い続け、つねづね宗滴と吉家のために、よい笏谷石を用意してくれもした。

わずかに登ると、狭い境内の入り口付近で腰を落とし、等身大の仏像を見上げている巨漢がいた。丸みを帯びた背は土壁のようである。

「この不動明王はよき面構えをしておるな」

友の背に向かって堀江が声をかけると、山崎吉家はのっそりと立ち上がり、いつもの申しわけなさそうな笑顔で一揖した。

「堀江殿によう似ておられ申そう」

たしかに堀江は戦場で、かようにいかめしい顔つきをしているのやも知れぬ。悪い気はしなかった。

「隣の阿弥陀如来はお主みたいではないか」

吉家は困ったように太い眉をひそめて訂正してきた。

「このおかたは地蔵菩薩におわす」

「さようか。それにしても大した腕前になったのう」

「あいや、いずれも身どもの作にはあらず。いつの日か、かような石仏を彫りたいと願うており申すが……」

そういえば、以前からこの場に突っ立っていた石仏であったろうか、吉家は時おり地蔵菩薩の顔を見にきては研究しているらしい。境内へゆらりと戻る吉家についてゆくと、縁側に二尺（約六十センチメートル）ほどの小ぶりな石仏が作りかけで置いてあった。

吉家は巨体に比べて小さすぎる鑿（のみ）と槌を手に取ったが、すぐには打たなかった。何度も笏谷石に鑿の先を当てようとしては考え込み、別の箇所に鑿を移動させている。削りすぎれば後戻りはできぬ。考え抜いてから彫るのだろう。先が思いやられた。

「お主が近ごろまた寺に籠もりきりじゃと聞いて、心配になってな」

戦は吉家の独擅場（どくせんじょう）だが、山崎家は小才（こさい）が利く弟の吉延が取り仕切っているらしい。

「戦のないうちしか、彫れませぬからな」

「戦なんぞ、いつやらせてもらえるやら。……それにしても貧相な地蔵じゃのう」

「……こちらは、阿弥陀如来におわす」

吉家は首をひねった。堀江の誤解が己の腕前のせいだと考えているらしい。

「酔象、もそっと強そうな仏を彫らんか。毘沙門天（びしゃもんてん）はどうじゃ？」

いたそう」

「なるほど、名案でござるな。これを仕上げた後、堀江殿の顔を真似て彫ってみると

「俺に似せるなら、この寺でいちばん大きな石像にせよ」

吉家はゆっくり手を動かし続けていたが、済まなそうに首を小さく横に振った。

「ご勘弁くだされ。身どもは小さな仏様をたくさん彫りたいのでござる」

たしかに吉家が大作に挑めば、完成まで何年かかるか知れぬ。

堀江と吉家は命を委ね合う戦場を長年ともにしてきた仲だった。幾度も命を救い、救われてきた。気持ちは分かる。自ら刀槍で手を下さずとも、多くの敵味方を戦場で死なせてきた罪滅ぼしがしたいのだろう。吉家は力持ちだが、武芸は苦手だった。人柄も優しすぎて、武将には本来向いていない。そのくせ戦はめっぽう強かった。仮に吉家を相手にした場合、堀江でも勝てる自信が持てなかった。

吉家の周りには、温もりを感じさせる穏やかな時が流れる。北陸最高の武芸者富田勢源が近くで道場を開いているが、時おり盛源寺を訪ねては吉家と談義するという。乱世の殺伐さとは無縁な時空に憩いを求める者は、堀江だけではないようだった。

「酔象。われらの手で、必ずや加賀一向一揆を征するぞ」

大柄な盟友はのびやかな笑顔でうなずき返してきた。

堀江が吉家と出会ったのは、ちょうど三十年前の凄惨な負け戦だった。堀江景忠十六歳、山崎吉家十四歳での初陣。あの若者が後に朝倉軍の中核になるなどと、いったい誰が予想しえたろうか。

第二章　酔象の夢

――享禄四年（一五三一年）深秋～天文三年（一五三四年）仲秋

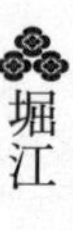

堀江　二

享禄四年の晩秋、色づきすぎた紅葉は、堀江景忠にとって見飽きた血の色にしか見えなかった。

堀江は味方が雪崩を打って敗走するただ中にいた。声を嗄らして父や叔父の名を叫んでも、返事はない。乱軍の中で戦死したのか。

名君と謳われる主君朝倉孝景は、頑迷といえるほどに領土拡大欲を持たなかった。が、隣国加賀の本願寺が大小の一揆に分かれて内部抗争を始めた好機を座視する愚は犯さなかった。朝倉軍はこの夏、本願寺を弱体化させるべく小一揆側に加担し、加賀、能登、越中にまたがる大混戦に介入した。

　総大将の朝倉宗滴は当初華々しい勝利を収めたものの、それ以上の深入りは危険だと見て兵を進めようとしなかった。若い堀江は初陣で兜首を挙げ、大手柄を立てて驕った。図に乗って、今こそが攻め時だと訴えたが、宗滴は聞き入れなかった。ところが、味方していた加賀三山の大坊主が、敵の誘いに乗ってしまった。さらには、形ばかりの加賀国守護・富樫稙泰父子までが、これに加わったのである。

　堀江勢は願い出て最前線に配置されていたが、堀江が父を懸命に説いてこの動きに呼応した。堀江は勇躍、敵陣に斬り込んだ。だが、まもなく罠だと気づいた。

　かくて朝倉軍は戦闘に巻き込まれ、大乱戦となった。偽旗や寝返りで敵の計略にかかった友軍は、同士討ちをさせられたあげく津幡の地で敗れ、撤兵した。結局、形勢不利と見た小一揆の過半が大一揆に降った。結果、朝倉軍は敵中深くで孤立した。信仰を理由に武器を取る一向一揆勢は、ふつうの将兵とは違う。地底から湧き出すがごとく無数に現れた。朝倉軍の越前への退却は難渋を極めた。

　堀江は馬の背にしがみつき、命からがら落ち延びる途上、負け戦は己のせいだと悔いた。宗滴に詰め腹を切れと命ぜられて当然だ。俺は責めを負うために生きて還るのだと、己に言い聞かせた。

夕暮れ時、からくも追撃を振り切った堀江は、憔悴して国境近くまで戻った。宗滴は加賀南部の寺の境内で兵を休め、敗残の将兵らをねぎらっていた。

「地獄の果てからよう生きて戻った、景忠」

自ら迎えに出る宗滴の顔を見たとたん、俺は助かったのだと思った。

宗滴の顔は労苦が皺を刻み、頭も白髪交じりだが、中肉中背の体つきは鍛えあげた鋼のごとく引き締まっており、覇気はみじんも衰えを見せぬ。切れ長の鋭い眼光は敵を見るときは月影を浴びた鋒のようにぎらつくが、味方を見るときは天女の慈愛を帯びたように和らぐ。宗滴がいるだけで、軍旅の陣も荘厳な威風を帯びたが、同時に温もりをも宿していた。宗滴への深い崇敬と同時に、守られているという安心感が生む不思議な場だった。

堀江は慌てて下馬すると、宗滴に向かって片膝を突いた。

国衆の堀江家は、長子を人質として同名衆に差し出すならわしで、堀江はこの三年、常に宗滴のそばで起居してきた。宗滴は孫のように堀江を可愛がり、堀江もまた宗滴に惚れ込んだ。宗滴のごとき将になりたいと願ってきた。だがそれも今日までだ。友軍の失態や離反があったとはいえ、宗滴が生涯で初めて喫した敗戦の責めは堀江にあろう。

堀江が詫び（わ）の言葉を口にする前に、宗滴は初陣の若武者の両肩に手を置き、深々と頭を下げた。

「すまぬ、わしの不覚じゃ。景用（かげもち）も景利（かげとし）も死なせてしもうた。赦せ、景忠」

父と叔父の死を知り、堀江はあふれ出そうになった涙を、歯を食いしばって止めた。一軍の将が涙を見せるなど、恥だ。

だが、宗滴に力強く抱き締められたとたん、涙が滂沱（ぼうだ）とあふれ出た。堀江は背を撫（な）でられながら、宗滴の胸の中で思いきり泣いた。

「欲を掻（か）いた。わしの目の黒いうちに、一向一揆の猛威から越前を永遠に解き放ちたいと思うた。全軍を動かせる時でもなかったに、焦（あせ）りが出てしもうた」

宗滴はすでに五十を過ぎた身だが、不世出の武神（ぶしん）の後を継げる将が越前には見当たらなかった。敵の一揆は大軍でも、宗滴ほどの戦上手は北陸にはいない。腹中に勝算はあったろう。だが、朝倉軍は加賀北部まで侵攻しながら、結局敗れた。一向一揆の数と底力は覚悟の上だが、大きな誤算があった。加賀、能登の友軍が戦下手で、かえって宗滴の足を引っ張るという失態を演じたのだ。

「負け戦の責めはすべて総大将にある。爺（じじい）で済まぬが、今日からは、わしにお前の親代わりをさせてはくれぬか」

ずいぶん泣いて堀江が落ち着くと、宗滴は宿所としている寺の方丈へ連れて行き、親しく己の床几の隣に堀江を座らせた。この三年、堀江は宗滴を父のごとく敬愛していた。宗滴の近くにある者は例外なく、宗滴と朝倉家に対して絶対の忠誠を誓うに至る。堀江もその一人だった。

――総大将！　山崎の別働隊が戻った由にございまする！

「何と！　あの地獄から戻ったと申すのか……」

宗滴は絶句していた。堀江も信じられなかった。最前線にいた堀江勢が朝倉軍の最後尾だった。山崎隊は宗滴本陣の前を守っていたはずだ。なぜ堀江よりも後に戻るのだ？

その数、優に十万を超えるとも呼号された加賀一向一揆の大軍に包囲され、朝倉勢はなすすべもなく敗退した。宗滴の育てた百戦錬磨の将たちまでも死傷していた。だが、雲霞のごとき一揆勢に対し、本陣を守り、一歩も引かず踏みとどまった一隊があった。

山崎隊は一向一揆の突進により左右に引きちぎられた。敵に隊将を討たれた後、代わりに山崎隊の片割れを指揮した将は山崎吉家なる若者であったという。

「ねぎろうてやらねばな」

宗滴が立ち上がると、堀江も従った。

凡将ならあの地獄の戦場で踏みとどまれまい。すぐに包囲殲滅されて終わりだ。一向一揆の奔流に立ち向かい、生きて戻るなど、奇跡の芸当だった。だがその代わり、山崎隊の多くが壮烈な戦死を遂げたらしい。

堀江はその若者に強い関心を抱いた。いや、ありていにいえば嫉妬した。負傷者の多い山崎隊がひとまず仮の宿所とした古寺に向かう途中も、吉家とやらに宗滴の寵を奪われはすまいかと怖れた。

山崎家は内衆の重臣だが、武名は高くない。武芸に秀でた嫡男がいるとの話もとんと聞かぬ。同年代では己こそが最高の武将たりうると、堀江は確信していた。死んだ父や叔父のためにも、堀江は宗滴門下で最強の将であらねばならなかった。堀江が吉家に対して最初に抱いた確かな感情は、敵愾心だった。

だが、堀江が宗滴の後方から見た若者は、想像とはまるで違っていた。

敗残の山崎隊が宿所とした堂宇では、瓦灯だけの暗がりで、ひとりの大柄な若者が呆けたように座っていた。宗滴の後ろに従って歩み寄ると、若者が首桶を抱き締めているのだとわかった。忍び寄る冬の寒さにもかかわらず、血の匂いに混じって堀江は微かな腐臭を感じた。

「これなるは嫡男の吉家にございまする。敵より取り返しましたる首はわが甥……」

当主の山崎祖桂は言葉を詰まらせたまま、総大将の朝倉宗滴に向かって平伏した。山崎家中の者たちも祖桂に倣い、堀江も宗滴の背後で片膝を突いた。だが、ただひとり若者は放心したように、宗滴を見上げたままだった。垂れ眼は死んだ鰯のように生気がない。吉家の顔は笑っているようにも、泣いているようにも見えた。

堀江は慄然とした。

――いかん、こやつの心はもう、壊れておる……。

酸鼻を極める戦場では、時おり心を失くす者がいた。人と人が殺し合うのだ。堀江も実際、気を張り詰めて心を強く保っていなければ、気が触れてしまいそうだった。

宗滴は家人が用意した床几に腰を下ろすと、祖桂らに向かって深々と頭を下げた。

「あたら若い命を……。済まぬ、この通りじゃ。赦してくれい」

叔父と従兄が討たれた後も、吉家の隊は最後まで戦場に踏みとどまったため、吉家と数人を除いて誰も生還しなかった。だがその代わり、吉家の隊が防壁となり、朝倉軍の多くが撤退に成功し、命を拾った。

「公よ、どうかお顔をお上げくださりませ。甥は初陣ゆえ、戦のやり方を弁えなんだもの。こたび命を落としたは己が責めにございまする」

二人揃っての初陣で、従兄は吉家を守ろうとして戦死し、兜首を取られた。吉家は死に物狂いで従兄の首を奪い返したという。家中の者らによれば、二人はひとつ違いの幼なじみで、ことのほか仲睦まじかったらしい。

「いや、負け戦の責めは、すべて総大将たるわしにある」

境内のあちこちですすり泣きが聞こえていた。山崎隊はあまりにも死にすぎた。

「お前の齢は幾つじゃな？」

首桶を抱えた若者はうつろな眼で宗滴を見上げたまま、返事をしなかった。邪気の感じられぬ顔は、まるで赤子のまま大きくなった若者のように見えた。

吉家の代わりに、父の祖桂が十四だと答えた。

「ご無礼の段、お赦しくださりませ。この者、心を失うた様子にございますれば」

宗滴は床几から立ち上がり、吉家の前に親しげに座ると、覗き込むように正面から若者を見た。暫時、見つめ合っていた。

「心が閉じかけておる。じゃが、まだ間に合う。わしが取り戻してみせる」

宗滴は吉家を首桶ごと抱き締めると、大きな丸い背をさすった。耳元で「苦しかったのう。よう頑張った。戻って参れ、吉家」と語りかけた。半刻（約一時間）近く繰り返してからようやく身を離すと、微笑みながら問いかけた。

「吉家よ、この爺(じじい)にも弔わせてくれぬか？」

宗滴は首桶に向かい両手を合わせて目を閉じた。低い濁声(だみごえ)で枕経(まくらぎょう)に阿弥陀(あみだ)経を誦(そらん)じていたが、やがて終えると吉家に語りかけた。

「わしにはお前の気持ちが分かるぞ、吉家。わしはこの齢まで大きな戦だけでも十度、小合戦なら数えきれぬほどやったが、目の前で友を討たれるほどつらいことも少なかろう」

吉家はじっと宗滴を見つめたまま微動だにしなかった。長年放置された失敗作の仏像か何かのように、堀江には見えた。

「わしにも、世話になった従兄がおってな。わが室の実兄でもあった。初陣から、戦場で何度も命を救い合うてきた仲じゃった。わしも兄者、兄者と呼んで慕うたものよ。じゃが三十年ほど前、兄者は朝倉宗家に対し謀叛(むほん)を起こした。兄者は当然わしが味方すると思うておったろう。されど、兄者を討ったのは、ほかならぬこのわしであった……」

先代の敦賀郡司、朝倉景豊(かげとよ)の謀叛については、堀江も父から聞かされた記憶があった。宗滴が景豊を討たねば、朝倉家は二分して国力を落とし、外敵に滅ぼされたやも知れぬ。だが、景豊が宗滴の義兄であったとは初耳だった。

宗滴が静かに昔語りをする間も、吉家の呆然とした様子は変わらぬが、たまにするまばたきで生きていることはわかった。

宗滴は吉家の丸い背をさすりながら、優しい口調で話しかけ続けた。さらに四半刻（約三十分）も経ったころであろうか、吉家の眼がしだいに光を取り戻してきたように堀江には見えた。

「わしが兄者を討ったときは初夏であったが、今は秋も深まっておる。お前の友は寒がっておろう。さればよき方法がある」

宗滴は音を立てて鎧を外すと、前をはだけた。首桶を固く抱き締める吉家に顔を寄せると、ごま塩頭の長髪が揺れた。

「お前の友をわしに温めさせてくれぬか」

初めて表情を変えた吉家が腕をゆるめた。宗滴は首桶を鄭重に受け取ると、蓋を開け、生絹を解いた。土気色の童顔が現れた。堀江は覚えず目を背けた。開いたままもはや閉じられぬ眼は、死に対する怯えと生への未練を湛えているように見えた。

「よき若者じゃ。済まぬ」

宗滴は生首をそっと両手で持ち上げると、己が肌身に愛おしげに抱き締めた。

堀江は息を呑んだ。晴れた日の海のさざなみにも似た、静かなどよめきが堂宇に満ちた。

宗滴は「赦せ、赦せ」と涙を流しながら少年の首を抱き締めていた。その姿を見ていた吉家の眼から、やがて堰を切ったように涙があふれ出た。

「お前も温めてやるか？」

吉家も鎧を外すと、宗滴から首を受け取り、胸をはだけて宗滴と同じように亡き友を己の肌で温めた。宗滴の引き締まった身体と白小袖は髄液でぬめり、血で汚れていた。

友の首を胸にいだく若者を、宗滴が逞しい腕で抱き締めた。

吉家の団子鼻の間近には、宗滴の高い鼻があった。宗滴は堀江も惚れ込んだ好々爺のごとき笑顔を見せた。宗滴は吉家とともに生首を肌で温めあいながら、「戦は酷いものよ。わしのせいで、万を超える人間が命を落とした。ゆえにわしは敵味方を問わず、戦に散った戦士たちの菩提を弔うために、笏谷石で仏を彫っておる」などと親しげに話しかけ続けた。

「吉家、お前もわしとともに石仏を作らぬか？」

慈愛に満ちた笑みを浮かべる宗滴に対し、吉家は少し身を引き、軽くうなずいてみせた。宗滴は、首を吉家から受け取ると、鄭重に首桶へ戻した。

「約束じゃぞ。わしとお前といずれが多く作れるか、競争じゃな。ときに吉家よ、お前の友の名は何と申す？　ともに一乗谷に弔うてやろうぞ」

宗滴の問いに吉家は口を開こうとしたが、やがて力なく閉じた。

「総大将、朝倉宗滴公のお尋ねであるぞ。お答え申し上げんか」

「いや」と、宗滴は祖桂を制し、ハッとした表情で吉家を見た。

「……もしやお前は、声を失うたか？」

吉家は宗滴を見つめたまま、ゆっくりとうなずいた。

宗滴が懊悩したように顔をゆがめた。老いてもなお心身を鍛え抜き、いかなる逆境でも怖れ、うろたえなど微塵も感じさせぬ宗滴が、堀江に見せた初めての苦悶の表情であったやも知れぬ。宗滴は閉ざされた吉家の心を開いたつもりだったろう。だが、若者の心はやはり壊れていた。

ややあって、悄然とした祖桂が沈黙を破って言上した。

「愚息は戦には向いておらぬ様子。帰国次第、仏門に入らせたいと存じまする」

この若者は十四の若さで言葉を失い、経も誦しえぬまま一生を寺で過ごすのか。堀江の心が強く痛んだ。宗滴の死んだ息子は生来耳が聞こえず、喋れなかったと堀江は聞いていた。

「戦場は狂気が支配する場じゃ。狂わねば人は殺せぬ。心弱き者はしばしば戦場で気を病み、二度と戦場に出られぬ者もおる。負け戦ならなおさらの話じゃ。されどな、吉家。総大将はときに非情であらねばならぬ。こたびの戦で、なぜわしがお前の隊を見捨てたかわかるか？」

宗滴は一転して冷笑を浮かべると、眼力を込めてカッと吉家を睨んだ。

「負けが見えた上は、いかに多くの将兵を生きて帰すかが肝要。されば、わしはお前の隊を捨て石にすると決めたのよ。山崎隊の者たちがかくも多く死んだのは、わしが見殺しにせよと命じたゆえじゃ。畢竟、お前の友を死なせたのは、このわしよ」

吉家は顔色を変え、裏切られたという表情で宗滴を見上げた。

「わしはお前の仇じゃ。わしが憎いか？」

吉家は垂れ目を充血させて視線を合わせたまま、物怖じせずにうなずいた。

「さもあらん。凄惨なる戦が、この醜き乱世が、何もかもが憎いか？」

吉家は宗滴を睨んだまま、ゆっくりとうなずいた。

「わしはわが手で兄者を討ったとき、わが手で乱世を終わらせてやると誓うた。それが、わしが生涯、戦ばかりしてきた理由じゃ。されど、日暮れて道遠しよ」

宗滴はまだ胸をはだけたまま、祖桂を振り返った。

「負け戦の責めはすべて、この宗滴が負う。されば祖桂よ、吉家をわしに預けてはくれぬか」

＊

敗戦の後、宗滴は金ケ崎城にあって吉家をそばに置き、語りかけ続けた。結果、堀江も多くのときを吉家とともに過ごすことになった。

宗滴は数年前、孝景に進言して、名高い薬師谷野一栢を一乗谷に招いていたが、一栢に頼み込んで医書を徹底的に調べさせ、吉家に鍼術を施させた。精を高めるという白薇やら、心を清涼にするという黄芩やら各地の薬草を買い求めては、吉家に服させた。

堀江は最初、吉家と距離を置いた。吉家に対する妬みもあり、また、恐るべき玉砕戦を演じた力量に脅威を感じてもいた。無言ながら宗滴を憎いと答えた吉家を赦せない気持ちもあった。

吉家は不思議な若者で、若い家臣らに好かれた。気づけば輪の真ん中に、口もきけぬ若者がいるようになった。人気の秘密にはひとつ、将棋の腕前があった。宗滴は門人たちに将棋を勧めて競わせたが、誰も吉家にはかなわない。宗滴自ら指南を始めたが、吉家は追い詰められても決してあきらめず、詰められる寸前で驚異の粘りを見せて逆転し、宗滴をも破った。

筆談する場合もあるが、若者たちは吉家の心を競って読もうとし、かわるがわるに代弁した。問われた吉家は、誤りの場合はさも申し訳なさそうにかぶりを振り、正しい場合は喜んで首をたてに振る。若者たちは吉家にこくりとうなずかれると喜んだ。

宗滴は暇さえあれば、金ケ崎城にほど近い永厳寺に吉家と出向き、ふたり並んで小さな石仏を彫った。鑿と槌をふるいながら、歌うように経を読む。吉家も口をぱくぱくさせ、喉の奥で掠れた声を出すときもあった。

一栢は最初、ひと月もせぬうちに治るはずと見立てていたが、いっこうに声が戻る様子はなかった。一栢もしきりに首を傾げるうちに、時だけが過ぎた。

*

堀江と吉家の初陣から一年近く経った天文元年（一五三二年）八月、敦賀の金ケ崎城で上方の情勢に目を光らせていた宗滴は、大坂における宿敵石山本願寺の大がかりな軍事行動の予兆をいちはやく掴んだ。本願寺証如が一揆を指揮して、朝倉家の盟友細川晴元を堺に攻めたのである。

その年の正月には加賀一向一揆が突如、南隣の越前大野郡に侵攻し穴馬城を攻める事件が起こっていたから、半年ほどの休戦状態が破られたわけである。朝倉家を南下させぬために、石山に呼応して動くやも知れぬ。宗滴はすぐに書状をしたため、一乗谷の朝倉孝景と大野郡司である孝景の実弟景高に早馬を走らせようとした。

宗滴門下で馬術に最も優れた者は堀江であったが、二番手は意外にも吉家であった。たゆまぬ努力もあるが、吉家が親身になって馬の世話をするおかげで、馬のほうが吉家にすっかり懐いている事情もあるようだった。

宗滴はより遠い大野には堀江を、一乗谷には吉家を使者として走らせたが、これがひとつの事件になった。

先発した堀江は、敦賀から朝倉街道を北上して鶯ノ関に向かったが、途中、野分(台風)のためにひどい山崩れが起こって道を塞がれていた。行商人らが立ち往生するなか、堀江は下馬して馬を曳き、ところどころ馬を担いで山を縫い、先を急いだ。

ようやく大野に着いて急を告げると、朝倉景高は大いに驚き、堀江の労をねぎらった。さっそく最前線にある穴馬城から物見を出したところ、敵に攻勢の動きありと知れたため、事態を一乗谷の孝景に急報するよう堀江が命ぜられた。

ところが堀江が一乗谷に着いても、まだ吉家の姿はなく、孝景は上方の異変さえ把握していなかった。名君朝倉孝景はただちに僧兵を擁する諸寺に命じて一向一揆の侵入に備えさせ、逆に先手を打って牢人衆を扇動し、加賀に討ち入らせる段取りとしたため、結果として大事には至らなかった。

何やら吉家に言伝てられたという行商人が宗滴の文を持って現れたのは、翌朝だった。孝景から咎めはなかったものの、主君より先に大野郡司が急を知る事態となり、堀江は吉家が宗滴の面目を潰したと考えた。

堀江は朝倉街道を敦賀へとって返した。道中も憤懣やるかたなく、ひとり吉家を毒づいていたが、鷲ノ関を越えた辺りで、人だかりと出くわした。村人たちの中にいるのは、泥まみれになった吉家であった。

堀江は馬を飛び降りると、いきなり拳骨で吉家を殴りつけた。土山を背に倒れた吉家の上に馬乗りになった。「宗滴公のご下命を何と心得おるか！」と叫びながら振り上げた拳は村人たちに摑まれ、吉家から引きずり離された。

悪態をつき続ける堀江に対し、村人たちは口々に吉家を弁護し、称えた。

後発した吉家も、堀江と同じ山崩れに出くわした。交通途絶により村人たちが困っていると知るや、徒歩でゆく行商人に筆談で一乗谷に文を届けるよう頼み、自らは怪力を用い、夜を徹して倒木やら大岩やらを撤去し続けたという。村の若い衆たちも手伝い、往路には山でも現れたように塞がれていた街道が、すっかり元通りになろうとしていた。

「このお侍はあの岩を持ち上げたんじゃぞ」と、童がわが事のごとく自慢げに大岩を指さした。緑がかった石肌は笏谷石である。あれを持ち上げたというのか。

その時ちょうど、野分の被害を聞いた宗滴が駆けつけたため、堀江は事の顛末を宗滴に訴え、吉家の任務懈怠をなじった。

黙って堀江の言いぶんを聞いていた宗滴は、やがて大きくうなずいた。

「景忠、役目大儀であった」と褒めた後で、「吉家もようやったぞ」と労をねぎらった。堀江が嚙みつくと、宗滴は笑いながらごま塩のあご鬚をしごいた。

「わからぬか、景忠。お前がここを越えた以上、大野に急は伝わろう。幸い孝景公は名君にして、景高殿も名臣の誉れが高い。先に立てた使者はわしの育てし堀江景忠じゃ。信頼するに足る。ゆえに吉家は、お前に任せてよいと思料した」

宗滴のかたわらでは、吉家が心を言い当ててもらったときの例の嬉しそうな顔でうなずいている。

「俺を信じるなぞと。山崎とは将棋一局、指した覚えがありませぬぞ」

宗滴はわが子に接するごとく、諭すように堀江の眼を見た。

「吉家ば喋れこそせぬが、よう見ておる。聞いておる。考えておる。この街道が封じられたままでは、村人が難儀するだけではない。今後、上方の情勢を伝えるにも支障が出る。わしが面目なぞ気にせず、実を取る性分とは百も承知よ。吉家はさように考え、先に街道の復旧を急いだのじゃ」

「されど、見も知らぬ行商人に宗滴公の文を託すなど――」

「こたびは漏れてもよい秘密じゃ。誰でもかまわぬ、早う伝えられればよい。朝倉館に出入りしておる商人であったゆえ、己が利を図るためにも裏切りはすまいと見たのよ」

なお反駁しようとした堀江の肩をがしりと摑むや、宗滴は「わしの門下に、ようやく次代の朝倉家を継ぐ者がふたりも出た」と満面に笑みをたたえて喜んだ。

*

雨上がりの一乗谷で濡れ落葉まで華やいで見えるのは、不惑を過ぎても子宝に恵まれなかった越前の国主に、待望の男子が生まれたせいであろうか。

あの戦から二年後の天文二年（一五三三年）秋、国主朝倉孝景に待望の嫡男、長夜叉（後の義景）が生まれた。朝倉家第五代となる後嗣の誕生に、国じゅうが湧いた。

だがこの春、北近江に不穏の動きがあった。同盟関係にある浅井亮政の傀儡だった京極氏が家督争いを収め、さらに南近江の六角家の支援を得て以来、浅井家は危地に陥っていた。かねて浅井を扶けてきた朝倉宗滴は、金ケ崎城で北近江の動きに睨みを利かせる必要があった。そこで宗滴は、祝いの品々を持たせて老臣を名代とし、子飼いの堀江と吉家に伴をさせて、ひと足先に一乗谷へ赴かせたのである。

ふだんは倹約家の宗滴が特別にしつらえてくれた一張羅を着て、堀江たちは朝倉街道を北上してきた。越前は平和に収まって久しく、野伏など出ないが、二人は最後尾を警固した。

往来には何事もなく、左に盛源寺を見ながら、上城戸を抜けて一乗谷に入った。だが、ふと背後の気配が消えたことに気づいて堀江が振り返ると、吉家の姿がない。

「兵は神速を尊ぶ」が信条の堀江は、愚図が嫌いだった。老人のようにのろまな吉家の動作はいらだつだけではない、戦場で命取りとなろう。朋輩として命を預けあうに足りぬと考えていた。

だが、恩師の宗滴が己と同じく器を認めた若者だ。以前よりは、壁を作らず接するようになってはいた。

事情を知った者はたいてい吉家に対し同情と憐憫を抱くが、やがて無用だと悟る。堀江も同じだった。吉家はきまじめな若者で、憎んでいるはずの宗滴の言いつけを必ず守った。吉家は本来、兵法書が好きでなく、武芸も苦手だったようだが、ひと一倍努力をした。誰よりも遅くまで学問をし、一番早く起きて木刀の素振りをした。口もとには常に微笑みを絶やさず、礼儀正しかった。口を利けぬから愚痴を漏らさぬのは当然だが、だいたい吉家は不満げなそぶりをまったく見せなかった。ひと言も喋れぬのに懸命に生きようとする人間が弱いはずもない。だが堀江はまだ、吉家を好きにはなれなかった。

朝倉館はもう目と鼻の先だった。しかたなく家人に遅れると言伝てて列から離れ、馬首を返した。

道を戻ると、吉家が巨体を地面に這わせている。背を丸めて公道の真ん中にかがみ込んでいた。何やら拾い物をしているらしかった。

「何をしておる、吉家！　早う参るぞ！」

同じく這いつくばっている蜘蛛のように手足の細長い農夫に訳を尋ねると、大豆の商いに初めて谷へ来たものの、ずだ袋が破けて、中身が道にばらまかれたらしい。しかたなく堀江もしゃがんで手伝っていると、上城戸のほうから馬の闊歩する小気味よい音が聞こえてきた。十騎ほどの騎馬武者が泥を跳ね飛ばして勢いよく駆けてくる。遠目で装いを見るに、同名衆の一行だった。同じ身分なら一揖のみで行き違ってもよいが、身分が格下の家臣は下馬し、道の脇に寄って頭を下げる習わしである。

「二人とも、脇へ寄れ！」

堀江は鋭く言い放つと、自身は道の脇へ下がって、片膝を突いた。

だが、蜘蛛男は馬の勢いに肝をつぶし、腰を抜かしたらしく、道で尻餅を突いている。

先頭に立つ馬があと数間（五、六メートル）まで迫った。そのまま踏み殺すつもりか。

道の脇へ下がっていた吉家が、馬の前へ飛び出した。

先頭の馬が吉家の大きな背を踏み台にして跳んだ。あっという間に、馬たちが次々と吉家の丸い背中を踏みつけ、あるいは跳び越えて、十騎ほどが行き過ぎた。

「大事ないか！　吉家！」

堀江が駆け寄ると、顔を泥だらけにした吉家が半身を起こした。守られた蜘蛛男は無事な様子だが、吉家の骨にはひびくらい入っていよう。

堀江の背後で激しい馬の嘶きが聞こえ、ざわめきとともに蹄の音が近づいてきた。

振り返ると、浅黒い顔の若者が馬上で堀江たちを見下ろしている。

「天下の公道を塞ぎおる愚か者めが。危うく愛馬がつまずくところであったぞ。田舎者が似合わぬ姿形をしておるが、そちらは何者か？」

堀江が名乗ると、若者は「何じゃ、余の家来であったか」と大笑した。

若者は朝倉景垙と名乗った。宗滴が養子にした朝倉景紀（後の伊冊）の嫡男で、主君孝景の甥にあたる。景垙は一乗谷の孝景のもとで起居しているから面識はない。

堀江は内心、舌打ちした。相手が悪すぎる。景垙は同名衆の中でも粗暴で知られる狂犬のごとき悪童であった。堀江より数歳若い。

景垙は馬上のまま、雨後にできたぬかるみをわざわざ指さして「主に無礼を働いたのじゃ。そこへ土下座して詫びよ」と、吉家と蜘蛛男に命じた。

二人とも平伏し、蜘蛛男は何度も謝罪の言葉を口にしたが、吉家は深々と頭を下げたままだ。

「同名衆の一行に足止めを喰らわせたのじゃ。そこの木偶の坊、詫びの言葉を聞かせぬか」

吉家は近ごろ、かすかな声だが歌うように経を読める日もあった。一栢先生によると、あとひと息だ。泥まみれになった吉家が、餌をねだる鯉のように口を開け閉めする懸命な様子を、堀江は不憫に思った。

「何じゃと？　図体はでかいくせに、声が小そうて聞こえんぞ」

景垙は大げさな身振りで耳に右手をやった。

吉家の口から蚊の鳴くような声が空しく出た。吉家は太い眉毛を寄せ、困り果てた顔で出ぬ声と格闘している。堀江の耳に、吉家の心が再び壊れていく音が聞こえた気がした。

「詫びよと申しておろうが！」

景珖の鞭が吉家の顔を打った。額が割れ、血が流れ出した。堀江の腹が煮えた。

景珖の一喝に縮み上がった蜘蛛男は、積み荷を放り出し、背を返して逃げ出した。

堀江が吉家の前に飛び出し、片膝を突いた。

「ご勘弁くだされ。この者は口がきけませぬ」

待っていたかのように景珖が馬上で高笑いした。吉家の失声は一乗谷でも噂になっている。知りながら嬲っていたわけだ。

「お笑い草じゃな。どうりで、うーうー唸っておると思うたわ。喋れもせぬ男には、伝令も務まるまいて。早う武士をやめて出家せい。おお、そうか。経も読めんのじゃったなあ」

景珖が同意を求めるように家人らを振り向くと、皆が哄笑した。

堀江は歯を食いしばった。激しい怒りに手が震えた。

「何じゃ、その目つきは？　よい。ならば、そちが代わりに詫びよ」

「俺は何も無礼は働いており申さぬ。謝る理由がござらん」

「そ、そちらは内衆、国衆の分際で、同名衆に対して減らず口を叩きおったではないか。おお、忘れておった。見かけ倒しの大男は喋れなんだの。……何じゃ、その顔は？そち、今、余を見て嗤ったであろう？」

悪気はないはずだった。吉家はふだんから笑い顔だ。

下馬した景垙は吉家に歩み寄ると、拳骨で頬を殴った。何度もしたたかに殴りつけた。

「さあ、お止めくだされと乞うてみよ。されば、止めてやるわ！　言わねば、楽しんでおるようにしか、見えんからのう」

殴打に耐え続ける吉家に向かって景垙がさらに拳を振り上げたとき、堀江がその腕をつかんだ。

「もうお止めくだされ。あまりに無体でござる」

景垙が振りほどこうとした。堀江が細腕を握る手に力を込めると、景垙が悲鳴を上げた。

下馬した家臣たちが次々と堀江を取り囲んだ。喧嘩は得意だが、同名衆に抵抗すれば斬られかねぬ。景垙の腕を離すや、いきなり背後から羽交い締めにされた。景垙が残忍な笑みを浮かべながら近寄り、拳を振り上げた。殴られる寸前、堀江は覚えず目を瞑(つむ)った。鈍い音がした。痛みはない。目を開けると、眼前に丸い大きな背中があった。吉家が身代わりになって打たれていた。

景垙は吉家を殴って、逆に手首を痛めたらしく、うめき声を上げていた。

「余は国主の甥ぞ。こやつらに、君臣の間柄の何たるかを教えてやるがよい」

無抵抗のふたりはさんざん打擲(ちょうちゃく)された後、ぬかるみの中に突っ伏した。

「内衆、国衆ふぜいが同名衆に楯突けば、いかが相成るかわかったはずじゃ。父上の次は、俺が敦賀郡司となる。偉そうに宗滴公の門下を名乗るなら、しかと憶えておくがよいわ」

景垙の一行が立ち去った後、吉家は半身を起こし、腫(は)れ上がった泣き笑い顔をさすっていた。

「あんな下郎(げろう)が宗滴公の後を継ぎ、敦賀勢を動かすとはの……。朝倉家のゆくすえは真っ暗じゃ」

堀江は泥まみれで大の字になって寝転がったまま、天高い秋空を見上げている。

「悔しいのう、吉家」

小さくうなずく巨体を横に見ながら、堀江は歯を食いしばって涙を堪えた。

「俺たちに非はない。宗滴公にこたびの次第を申し上げ、景垙にしかるべき仕置きをたまわろうぞ」

吉家は堀江に向かって、ゆっくりと首を横に振った。

「何じゃ。宗滴公に余計な心痛をおかけすまいと言いたいのか？」

吉家は餌でももらった空腹の犬のようにうんうんうなずいた。

宗滴がひた隠している秘密を、堀江たちは知っていた。

戦場で身体を酷使して四十年、宗滴も五十の半ばを過ぎた。数年前から時おり心ノ臓に強い痛みを覚える時があるらしい。身体の鍛練は欠かさず、日夜鍛え上げているが、一栢先生に診せると、「そろそろ隠居なさり、心安らかに過ごされませ」と諭された。宗滴を心配した堀江がこっそり盗み聞きして以来、門人なら皆が知る公然の秘密となった。

「お前はまだ宗滴公を憎んでおるのか……？」

吉家は困った顔をして首を傾げた。

「……まあよい。酔象、俺は強うなるぞ。朝倉家でいちばん強い将となって、同名衆を見返してやるんじゃ」

堀江は初めて吉家をあだ名で呼んだ。口のきけぬ友は何度も嬉しそうな顔でうなずいた。

「それにしても何としたものかのう。この格好で御館様に拝謁はできまい」

堀江が独り愚痴を重ねようとしたとき、吉家が泥だらけの顔のまま、居住まいを正した。

「大事ありませぬか？　継嗣ご誕生の祝いのために遠方よりお越しかと、拝察いたしまするが」

身を起こすと、絵巻物から抜け出たように装いも典雅な貴公子がいた。心配そうな面持ちで堀江と吉家を見ている。元服前の前髪立ちで、目鼻の整った公達のごとき色白の美少年であった。

訝しく思いながら見る堀江に向かって、貴公子は微笑みながら頭を下げた。

「私は朝倉館に赴かねばなりませぬが、この先にある私どもの屋敷で手当てをなさいませ」

貴公子は小柄な痩せた従者を振り返った。

「土橋、こちらの客人を案内申し上げ、屋敷のお召し物など差し上げよ」

「されど若殿……」

「私はもう童ではない。お前がおらずとも、拝謁はひとりで足る」

利発そうな貴公子が一揖してさわやかな秋風のごとく去ると、堀江が問うた。

「あの御仁はいったいどなたでござるか？」

「大野郡司、朝倉景高公が一子、孫八郎様におわします。必ずや一代の英傑となられるお方」

「土橋」と呼ばれた従者は、わが事のように自慢して胸を張った。

幼いながら孫八郎の英明が伯父の国主孝景を唸らせたとの噂は、敦賀にまで届いていた。庶子ゆえに冷遇されていると聞くが、従者も土橋ひとりだけのようだった。不甲斐ない同名衆にも、ようやく越前の明日を担える人材が現れたわけか。

堀江には遠ざかっていく朝倉孫八郎（後の景鏡）の小さな背中が眩しく見えた。

*

黄金色に染まる越前平野の西端を、九頭竜川がのたうつように北へ流れている。海はまだ見えぬが、潮の匂いが風に混じり始めていた。

一乗谷の事件から一年後の天文三年（一五三四年）秋、堀江景忠は師の朝倉宗滴に従い、海辺の村へ馬を疾駆させていた。

さらに進んで左手の森を巻くように丘をのぼると、眼下に藍色の海が広がり始めた。宗滴は目を細めながら馬を止めた。宗滴の数多の近習衆でも、馬と一体になった老練な手綱さばきについてゆける者は、堀江くらいである。

「酔象は息災にしておりましょうかな？」

朝倉景垙に無体な仕打ちを受けた日から、堀江は吉家と親しく接し、やがて兄弟のような間柄になった。だが、数年前から敦賀郡司を継いでいた宗滴の養子、朝倉景紀（後の伊冊）が昨年初冬、敦賀入りした。あの景垙を伴って、である。

あの敗戦から三年経っても、吉家の声は戻らなかった。海辺に面した里で土いじりをしながら心を癒やしてはどうかとの薬師、谷野一栢の進言を受け、宗滴は飛び地所領の棗庄にある糸崎寺に吉家を預けた。宗滴には同名衆の景紀・景垙父子を敦賀の守将として育てる責務もあった。

この年、北近江の浅井家が京極・六角両家と和睦した。越前の南隣に平和が訪れると、宗滴は敦賀の守りを景紀に任せて、しばしの糸崎逗留を決めたのである。

「酔象が話す言葉を聞いてみたいもの。どんな声でございましょうな」

一年近く会っていない。あのとき、糸崎の村人たちは喋れぬ若者を冷笑か、せいぜい憐憫の眼で迎えた。吉家が村人たちに馬鹿にされ、嗤い物になってはいまいかと堀江は気を揉んだ。

「何ぞきっかけさえあればと、一栢も言うておった」

心配のほかに、糸崎には、堀江の胸がときめく楽しみもあった。評判の村娘いい、いとと会えるからだ。いとは糸崎寺の門番の娘で、寺の小間使いをしている。近習衆はこれまで幾度か糸崎を訪れたが、少なからぬ近習たちがいとに懸想していた。

「宗滴様、実は好いた女子がおりまする。字を読めませぬが、武家の正室とするには差し支えがありましょうや？」

宗滴は堀江が近ごろ始めた女遊びについて時おり説教をし、早く室を持つよう諭してもいた。堀江は坂井郡の領地を老臣たちに任せてきたが、宗滴は景垙の敦賀入りを機に、堀江を坂井郡に戻す気でいるらしかった。

「乱世を生くる将の妻として、芯の強い女子なら、誰でも構わぬはずじゃ」

女遊びの好きなぶん、堀江は女子を見る目を養ってきたつもりだった。北陸じゅう探し歩いても、いとに勝る女子はいまい。

遅れていた近習たちが揃うと、「参るぞ」と宗滴がまっさきに馬を駆った。

＊

糸崎は潮の香りの絶えぬ海辺の小村である。村を見下ろす糸崎寺は、海沿いに長く広がる集落の東、小高い丘に立っていた。手の届きそうな沖合には、亀が首を引っ込めたような亀島がぽっかりと浮かんでいる。

一行を迎える村人たちに馬を預けた堀江は、わが目を疑った。

酔象こと山崎吉家は、いつもの困ったような笑顔で村人たちの真ん中にいた。口もきけぬ若者はすっかり村人たちに気に入られたらしい。冷笑と奇異の眼で受け入れたはずの村人たちが、今では限りない親和と友情に満ちた眼で、宝物でも慈しむように同じ若者を取り囲んでいた。一年も経たぬうちにこの地で何が起こったのか。

宗滴も村人たちに歓待を受けながら、相好を崩している。

「前に来たときは、石段などなかったはずじゃが」

糸崎寺にいたる参道は急峻な山道である。

「酔象様が造られたのです」

首を傾げる宗滴に、麗しい娘が明るい声で答えた。いと、である。堀江の胸が勝手に鼓動を始めた。

「この春、仏舞を見るためにお寺へ登ろうとした婆さまが、雨上がりの道で転んで、大けがをした災難がございました。その日から酔象様が大石を運び始めたのです」

小さな村とはいえ、石の転がる崖下の海辺から糸崎寺まで石を運ぶのは、生半可な作業ではない。考えはしても誰も、実行しようとはしなかった。が、吉家はたったひとりで石段造りを始めた。野良仕事の始まる前、さらには疲れ切って終わった後に、吉家は石を背負った。驢馬のように海辺と糸崎寺の往復を繰り返したらしい。

いつあきらめるかと、村人たちは半ば冷笑していた。が、吉家がひと月ほどかけて、幅二間（約三・六メートル）弱の山道に三分の一ほど石段を造りあげると、ひとりふたりと手伝う者が現れ始めた。皆で造り出すと楽しくなった。村人たちは字が読めぬから、筆談もできぬ。身ぶり手ぶりを交えてやりとりをし、吉家の気持ちを推し量りながら話すうち、吉家の人物に惹かれるようになったらしい。作業がどんどん進み、ふた月ほどで石段が完成したころには、村人たちは皆、口もきかぬ若者に惚れ込んでいた。

いきいきとしたいとの説明に、わが事のように喜ぶ宗滴の横顔が見える。

そのすぐ後ろを、堀江は吉家と並んで歩いた。「美味い魚を食っておるか？」との問いかけに、嬉しそうにうなずく吉家を見て、堀江は落胆した。声を取り戻した様子はない。やはり吉家はこのまま一生喋れぬのか。敦賀に赴任してきた景紀、景垙父子は堀江の力を認め、一目置くようになっていたが、回復の芽を摘んだ景垙の仕打ちを堀江は改めて恨んだ。

宗滴を案内して参道を歩くいとの白いうなじが汗ばんで光っている。いとを見初めたのは、宗滴のもとに預けられて二年目の夏だった。

その時、宗滴の養子となって間もない朝倉景紀が、誤って若田に馬を乗り入れ、さんざんに稲を踏み荒らした事件が起こった。半端な武人は暴れ馬を望むものだが、景紀には御せなかったらしい。集まった村人たちを前にばつの悪そうな顔で、黙って去ろうとした景紀の後ろ姿に向かい、いとは「お武家様、せめて謝ってくださいまし」と威勢よく啖呵を切った。振り返った景紀は血相を変え、刀の柄に手をかけていた。が、じっと黙って様子を見ていた宗滴にひと睨みされると、村人たちにしぶしぶ頭を下げた。

――ほんに、いとはよき女じゃ……。

いとは朝倉家最高の将とも堂々と談笑しながら歩いている。その姿は高貴にさえ見えた。

堀江は一乗谷に滞在するとき、必ず安波賀の女郎屋で女遊びをした。若くとも、女の値打ちを多少は知っているつもりだが、いとは格別の女子だった。見た目の素朴な華やかさ、愛らしさだけでない、何事にも物怖じせぬ芯の強さが、乱世を生きる武人の妻に相応しいと確信していた。

堀江はいとと何でも言い合えるほど親しい仲で、すでに憎からず思うていると告げてあった。同名衆でこそないが、堀江家は国衆筆頭の名門である。堀江はいとを正室に迎えたいと考え、国元へ連れ帰る決意でいた。

糸崎寺の境内に設けられた舞台では、笙と太鼓に合わせてゆるやかな舞が続いていた。極楽浄土で神仏が踊れば、かくも退屈な舞になるのやも知れぬ。十人いる大人の舞手は皆、金色の仏の面をつけているが、吉家がどれかは図体の大きさで、ひと目でわかった。

かたわらの宗滴は身を乗り出して見物しているが、堀江には辛気くさくてかなわなかった。

仏舞は本来、春に隔年で行われ、観音堂近くの湧水を産湯に使った男子しか舞手になれぬはずだった。が、この日はひさびさに来訪した朝倉家の宿将をもてなすために、村人たちが特別に披露してくれたわけである。

朝倉孝景は善政を敷く名君だが、それは越前の安寧を守る軍奉行、朝倉宗滴がいればこそであった。村人たちも事情をよくわきまえていて、領主の宗滴を軍神として敬っている。平和を羨む他国人が訪れると、越前人は決まって宗滴の自慢をした。

「皆の衆、見事であった。吉家、見違えたぞ！」

宗滴が手を打ちながら豪快に笑った。

「どれ。仏舞なら、わしでも舞えそうじゃ。やらせてくれぬか」

宗滴がほろ酔いで舞台にのぼると、舞手がいっせいに平伏した。

「吉家、お前の面を貸してくれい」

宗滴は吉家を堀江の隣に戻すと、楽手(がくしゅ)に合図をしてさっそく舞い始めた。せっかちな宗滴は動きがどうしても速くなる。音楽が宗滴に合わせようと急ぐ。宗滴が調子に乗って踊ると、本物とは似ても似つかぬ慌ただしい仏舞になった。堀江が噴き出すと、周りもどっと笑ったから、蛙(かえる)がしゃっくりを始めたような吉家の奇妙な笑いもかき消された。

ともあれ舞が終わると、宗滴主従と村人が親しく交わり、糸崎寺の大方丈(おおほうじょう)で、まとう鯛やらかわはぎやら、獲れたての海の幸に舌鼓(したつづみ)を打ちながら酒を酌み交わした。

「いやはや酔象様には参りましたぞ。お殿様がお出ましになると聞き、日に百度ずつ舞を鍛錬(たんれん)なさるのじゃからな。ようも飽きんものですわい」

「野良仕事でも何でも、酔象様ほどまじめになさるお人は見た覚えもござらん。うちの婿(むこ)に欲しいくらいじゃて」

宗滴は血管の浮き出た逞(たくま)しい腕を、吉家の首に乱暴に巻きつけた。

「どうりで完璧な舞じゃと思うたわい。わしの見込んだ若者じゃからの」

糸崎にある穏やかな暮らしは、かりそめの安寧にすぎぬと皆が知っていた。越前の外へ一歩出れば、わかる。血風(けっぷう)吹きすさぶ乱世は、厳然としてすぐそばにあった。越前がいつ戦国の暴風に曝されるか知れぬ。

　宗滴はよく大笑いするが、最近その際の息づかいに、堀江は強い不安を覚えるときがあった。宗滴亡き後はいったい誰が越前の民草の笑顔を守るのか。

「酔象様のおかげで仕事がはかどって助かりますのじゃ。お殿様、戦なんぞに駆り出さんでくださいませよ」

「吉家はいずれ山崎の家督を継ぐ身。わしが名将に鍛えあげる。武士は民を、国を守るためにこそある。戦は武家に生まれし者の宿命よ。吉家とて免れられぬ」

　宴の間も、堀江の眼はきびきびと世話を焼くいとの姿を追っていた。寺の裏手に引っ込むいとの姿が見えると、堀江は立ち上がった。

＊

　いとは小さな体で桶に井戸水を汲んでいた。桶の取っ手に白い両手を伸ばす前に、堀江は左手で桶を持ってやった。

「しばらくじゃの、いと」

「これは堀江様、ありがとう存じます。いつもは酔象様のお仕事ですが、今宵はお殿様がお放しになりませぬゆえ」

　堀江は桶を置くと、いきなりいとを抱き締めた。

「いと、俺の嫁になれ。もう井戸水なぞお前が汲まんでよい。俺は越前一の国衆じゃ。南を治める敦賀郡司までが俺を頼りにしておる。必ず幸せにしてやるぞ」

自信満々で語りかける堀江に、いとは首を横に振りながら、「お放しくださいまし」と身をよじった。しかたなく、柔らかい体を解放してやる。

「いと、なぜじゃ？　お前は先だって、俺を好きじゃと言うてくれたではないか」

「堀江様は好きですが、嫁入りまで考えてはおりませぬ」

「早う考えよ。こたび俺は、お前を連れ帰るつもりなんじゃ」

「どうかご勘弁くださいまし。……実は大好きなお人がおりますれば」

「村の男か？　俺より腕は立つのか？　同名衆のいけすかぬ若造ではあるまいな？」

堀江が必死で詰め寄ると、いとは袖で口もとを押さえながら肩を震わせて笑った。

「たくさんお尋ねになりますこと。どれも、お答えは否でございます」

「女たらしには気をつけよ。信用ならんぞ」

「武勇だけでなく、女癖の悪さでもご高名な堀江様に言われとうありませぬ」

近習の中には、堀江以外にもいとに言い寄る者がいた。堀江の女遊びは本当だが、ことさら悪くいとに告げ口した者がいるらしい。

「そやつはどんな男なんじゃ。俺以上の男がいるとは思えんぞ」

「堀江様もよくご存じの立派なお方です」

自信たっぷりのいとの返事に、堀江はたじろいだ。

「まさか……宗滴公か？」

恋敵が宗滴なら勝ち目はない。若いころは美男で名高く、高齢の域に達しても、堀江さえどきりとするほどの男の渋み、凄みが宗滴にはあった。

「ほほほ。お殿様がせめてあと二十歳もお若ければ、お嫁にもろうていただきたいものですが」

「相手はどうなんじゃ？　お前を好いておるのか？」

「さて……わかりませぬ。なにぶんお口のきけぬお方でございますゆえ」

堀江は愕然とした。内心、己以上の若者なぞ糸崎にも敦賀にもおるまいとたかをくくっていた。だが、山崎吉家と女を取り合っても、まるで勝てる気がしなかった。

「堀江様、お願いでございます！　酔象様に、わたしの気持ちをお伝えくださいませんか？」

「……なぜ己で言わぬ。お前らしゅうもない」

「こわいのです。きっとお断りになるのでは、と。ですから……」

いとが手を合わせて拝むように堀江を見上げていた。

「何ゆえこの俺が、さように面倒くさい真似をせねばならぬ？」

「酔象様とは親しき仲でいらっしゃいましょう？」

いとは寺の方丈に住まう吉家の身の回りの世話をしていたらしい。

目は口ほどにものを言う。いとは筆談もできぬのに、吉家と自在に会話ができるらしかった。嫉妬を感じた。

「不憫なれど、喋れぬ男のゆくすえはまっ暗じゃ。山崎家は内衆の名門ではあるが、今は力もない。嫁いでも苦労するだけぞ」

山崎家は前波家や魚住家のように「景」の通字（とおりじ）をもらえる家格ではなく、これより劣る「吉」の字を諱（いみな）に冠している。

「覚悟はできております。あの方のおそばでお世話ができるなら、それだけでわたしは幸せです。酔象様の妻となれぬなら、髪を下ろす覚悟でございます」

堀江は強い敗北感を覚えた。悔しさと同時に、いとならば、吉家の声を取り戻してやれるのではないかとも思った。

「わたしは、本気です」

——俺も本気だったんじゃがな。

堀江は内心つぶやきながら、「宴が果てたら、石段の下に来い」と伝えた。損な役回りだが、真の男なら、恋した女と親友のために骨折りくらいしてやるべきだと覚悟を決めた。

＊

「月がきれいじゃ。浜辺を歩こうぞ」

堀江が先に立って歩き出すと、吉家といとが続いた。波打ち際はあくまで穏やかで、あと数日で満ちる月が、波間で気持ちよさそうに揺れている。大岩に三人並んで座った。

「酔象様は宴の間じゅう、ほとんど何も召し上がらなかったでしょう？」

菜飯の握りを差し出されると、吉家はうれしそうに大きな手を伸ばした。

「すこし浮かぬ顔をされているのは、お殿様が舞われたせいですね？」

吉家が首を傾げると、いとが言い直した。

「言い方が悪うございました。酔象様はお殿様が嫌いなはずなのに、好きになってしまいそうで困っているのでしょう？」

吉家はかすかにうなずいた。

「でも、酔象様には、人を憎むなど似合いませぬ」

沈黙を破るのは波の音だけだった。堀江が口を開いた。

「酔象、思い出すのも厭なあの戦じゃがな。お前のおらぬときに、宗滴門下の皆で敗因を一から念入りに吟味してみた。結果、いかな名将も、配下と友軍に愚か者がおれば、戦には勝てぬという良い例と知れた」

宗滴門下の近習たちにとって、過去に行われた戦の分析は、勝敗を問わず重要な学びの機会だった。将棋の局後の追考のように、絵地図の上に将棋の駒を並べて当時の両軍の動きを再現しながら論じてゆく。

だが、二人に限らず、多くの者が肉親を失ったあの初陣の振り返りは、凄惨な記憶を呼び覚ます。ゆえに長らく行われなかった。

「朝倉軍でいちばん阿呆じゃったのは、敵の誘いに乗った俺じゃ。されど、あれだけの戦死者が出たのは、たしかに宗滴公が采配を誤られたとも言える」

当時、宗滴の本陣にあった近習の話を総合すると、ひとつの結論が見えてきた。

「もし宗滴公がすぐに山崎隊と堀江隊を見捨てておれば、被害はもっと少なかったはず。畢竟、宗滴公はわれらを捨て石にできなんだのよ」

さような総大将であるがゆえに、配下の将兵は宗滴のために喜んで命を捨てる。宗滴の兵が北陸最強と呼ばれるゆえんでもあった。

「宗滴公はあえてお前の憎しみを受け止められた」

なぜと問うように吉家が見たが、やがて納得したようにうなずいた。

沈んでゆく悲しみより、燃えさかる憎しみのほうが生きる支えとなる場合もあろう。身近に憎める相手がいれば、心を現世に繋(つな)ぎ止めやすいやも知れぬ。宗滴はそう考えたに違いない。

「それにしても、さっきの公の仏舞は滑稽であったな。が、気に病む必要はないぞ、酔象。あれは宗滴公がお前を笑わせてやろうと、わざと演じられたもの」

「もちろん酔象様もご承知です。なればこそ、早く声を取り戻さねばと焦っておられるのです」

吉家がうなずく様子を見ながら、堀江は乱暴に丸い背中を叩いた。

「俺にはようわからん舞じゃったが、たいそう褒められておったではないか」

「仏舞は酔象様にもってこいの舞なのです。面を付けていると、自分も周りがよく見えませぬし、皆さまに顔も見られませぬから、ずいぶんと気が楽なのでしょう」

いぶかしげに見る吉家に、いとが笑った。

「なぜわたしが酔象様のお気持ちがすっかりわかるか、不思議なのでしょう？　答えは簡単ですけれど、教えてあげませぬ」

恋のなせる業(わざ)だろう、いとは酔象の心を正確に読むらしい。そろそろ堀江の出番か。

「酔象にはわかるはずもないゆえ、俺が教えてやる。いとはお前に惚れておるんじゃ。よき女子なれば、嫁にもらえ」

吉家はかわいそうなほど顔を真っ赤にしてうつむいた。いとも首筋まで赤くなっている。堀江は己が馬鹿らしくなって、「この先はふたりで歩け」と立ち上がり、すたすたと戻り始めた。後はいとがうまくやるだろう。愚かで損な役回りだ。不覚にも涙が浮かんできた。

途中、海を見ようと浜辺へ降りてきた宗滴と近習らに出くわし、合流した。

「心地よい風が吹いておるのう」

宗滴は腕組みをして海風を浴びた。堀江は自然、その脇に立った。

「景忠よ。あれからもう、三年になるか」

宗滴はめったに口にせぬが、決して忘れたわけではない。石仏を彫りながら経を唱えるのは、あの戦で死んだ将兵の霊を弔うためだと堀江は知っていた。

明月が、間近に浮かぶ亀島と穏やかな波を照らしている。

「死んだ家族は戻らぬ。が、新たな家族は作れる」

宗滴は若くして妻を亡くしたが、ついに後添えを娶（めと）ろうとしなかった。

主家のためとはいえ、愛妻の兄を討って実家を滅ぼし、郡司の座を奪い取った結末への贖罪でもあったろう。義兄の叛逆事件は、妻の妊娠中に起こった。妻が心労のため病床につき、赤子と共に死んだ不幸は、己に対する天罰だと考えている節もあった。生まれながらの障碍のため仏門に入ったひとり息子も、若くして旅立った。宗滴は家族に恵まれなかった。

その裏返しか、宗滴は家臣たちを家格でわけ隔てせず、家族のように接した。子飼いの将たちが一人前になれるよう、絶えず神仏に祈りもしていた。必要なら何でも気前よくふるまうため、自身はいつも困窮するくらいのありさまで、宗滴の懐具合を知る相手が下賜を断ることさえ茶飯事だった。宗滴ほど家臣、領民を慈しむ将もめずらしかろう。

「吉家から言葉を奪ってしもうたのはわしじゃ。わしが責めを負わねばならぬ」

宗滴が責めを負うという場合、それは悲壮な覚悟を伴っていた。たとえば宗滴が「お母様」と呼ぶ老いた尼僧がいた。宗滴に連れられて堀江もしばしば会った。いつも微笑みを浮かべる優しい尼は宗滴の実母だと、堀江は勝手に思い込んでいたが、葬儀の際に、かつて宗滴が敗死させた義兄の生母だと聞かされた。宗滴は「兄者の代わりに孝養を尽くす」と宣言し、面罵されながらも毎月、尼寺を訪い続けた。二十年以上も経って、ようやく赦してもらえたのだと老臣から聞いた。

「吉家を知らぬか。心地よい月夜ゆえ、舟遊びをともに楽しみたいと思うてな」

宗滴も内心は吉家の発話を期待していた。焦りは禁物だろうが、失声はあまりに長引いていた。周りの者たちは誰も口にこそ出さぬが、吉家がこのまま口をきけぬのではないかと、半ばあきらめていた。

「色男なら、この先の浜辺でいとと逢瀬（おうせ）を楽しんでおるはず」

茶化したような堀江の物言いに近習たちはどよめき、宗滴は「さようか」と大笑いした。

遠く浜辺を見やると、誰ぞが戻ってくる様子が見えた。小柄な姿が月影に浮かび上がってくる。

「いかがした、いと？」

堀江の問いにいとは答えず、無言の会釈（えしゃく）だけで足早に去ってゆく。

「どれ、わしがひと肌脱いでやろうかの」

宗滴がひとり波打ち際を歩いてゆく。

師弟を気遣った近習らは、将棋でも指そうときびすを返した。

行きがかり上、いとを放ってはおけまい。堀江は「待たんか」といとの後を追った。亀島の見える波打ち際で、か細い手を捕まえた。

「いったい、何があったんじゃ？」

いとは唇を噛んで涙を浮かべている。尋常ならざる様子だった。

「……酔象様ははっきりと仰いました。面目ないがお断り申し上げる、と」

「されど、あいつは口がきけんじゃろが」

「そうですが、ゆっくりと首を横に振りながら、『否』と砂に字を書かれました」

「お前は字が読めるのか？」

「酔象様にたくさん教えていただいたのです」

字の読めぬ少女と口のきけぬ若者が睦(むつ)まじく語り合う様子を、堀江は微笑ましく思い浮かべた。不思議と嫉妬が引っ込んでいる。応援してやりたいと思った。

「酔象様の夢をご存じですか？」

「はて……知らぬな」

「この糸崎で田畑を耕し、魚を獲り、石仏を彫りながら、戦に仆(たお)れた方たちの冥福を祈りたい、と……。でも、もういいのです」

「それで酔象をあきらめて、俺の嫁になってくれるわけか。ありがたい話よのう」

「いいえ、尼になりまする」

「阿呆めが。お前なら、酔象が必ず断ると知っておったはずじゃ」

いとはハッとした様子で堀江を見上げた。

「あやつがなぜ断るかも、重々わかっておったろうが」

吉家は己と結ばれても幸せにはなれぬと考え、いとを拒絶したに決まっている。

「勝ち目のある戦じゃと思うぞ。俺がお前なら、あきらめんがな。たぶん酔象のためにもなる」

「……もう一度、行って参りまする」

ふたたび走り出したいとの背に、「待て」と呼びかけた。

「今は宗滴公と二人、舟遊びを楽しんでおるはず。邪魔立て無用じゃ」

平和な越前、それも宗滴の所領とはいえ、夜の浜辺にうら若き娘を置き去りにもできぬ。二人で浜辺をゆっくりと歩いた。言葉はない。

小さな舟着き場に着いた。

沖合に浮かぶ小舟に二人の姿が見える。ときおり宗滴の低音が届くだけだが、仲睦まじい様子が浜辺まで伝わってくる。

「堀江様の先ほどのお話で、酔象様も本当にお殿様を好きになってしまわれたでしょうね。でも、それがあの方にとって良いことなのかどうか……」

いとの懸念が堀江にはわかった。吉家は本来、戦には向かぬ男だが、宗滴はその軍才を高く買っていた。吉家が宗滴に惚れ込めば、堀江と同様、戦に明け暮れる人生を選ぶ帰結となりはすまいか。

「明日にいたそう。宗滴公のお話はたいてい長い」

いとが笑って踵を返す。里のほうへ戻り、急斜面を登り終えたとき、「何か声が聞こえませんでしたか」と、いとが浜辺を振り返った。吉家たちの様子は崖の出っ張りに遮(さえぎ)られて見えない。

ふたりで耳を澄ました。遠い波の音だけだ。

「俺には何も聞こえぬがな」

「……いえ、ほら今、たしかに『いと殿』と」

宗滴が村娘に「殿」をつけるはずもない。だが吉家は喋れぬではないか。

「行って参りまする！」

「また、これを降りるのか」

返事もせず、いとは裾(すそ)をたくし上げて降りてゆく。

やむなく堀江も続いた。浜辺を駆ける。

沖合から舟を引っ張ってくる大きな姿が見えた。舟の中に倒れている宗滴の姿が見えた。いとが水しぶきを立てて海に走り込む。

「いと殿！　一栢（いっぱく）先生を！」

かすれてはいるが、初めて聞く吉家の声だった。堀江は胸が詰まった。

「俺が呼んで参る。酔象は公をお連れせよ！」

踵を返して走り始めると、「慌てるな、皆の者」と太い濁声（だみごえ）がした。

宗滴が小舟の中で半身を起こし、満面の笑みを浮かべている。

「芝居じゃ、赦せ。よいおりじゃと思うて、ちと荒っぽいが、一計を案じてみたまでよ」

ときどき起こる発作を利用したのは事実だろうが、宗滴の額に浮かぶ冷や汗を見れば、芝居というのは見え透（す）いた嘘だった。

「身どもは、公の御身に何かあればと……」

泣き出したのか吉家の言葉は途切れたが、まだかすれを帯びたやや高めの声は、どこか優しげないたわりを宿している気がした。

海の中でいとが吉家の大きな背に後ろから抱きついていた。感極まったのか、いとのすすり泣く声が聞こえた。口がきけるなら、吉家もいとを拒絶すまい。

「吉家よ。これからはお前の話をいくらでも聞いてやれるのう」

小舟から下りた宗滴は、己よりずっと大きくなった吉家の体を力強く抱き締めた。肩を震わせている。宗滴は泣いていた。三年の歳月をかけ、ついに吉家の声を取り戻したのだ。

堀江は涙がこぼれぬように、満ちようとする丸い月を見上げた。

「山崎吉家よ。お前はこれより、朝倉家を守る酔象たれ」

涙声の宗滴に向かい、吉家は言葉なく何度もうなずいた。今、喋れぬのは涙のせいだ。

おだやかな波間にただよう月が、いつまでも肩を震わせる四人を見守っていた。

第三章　宗滴を継ぐ者たち

——永禄十年（一五六七年）向春

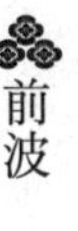

前波　三

一乗谷に、春はまだ訪れそうになかった。

前波吉継がまともな人間として扱われる数少ない場のひとつに、朝倉景鏡（かげあきら）の館があった。景鏡は前波を待たせず、すぐに現れる。廊下に足音が聞こえるや、前波は平伏して額を床にこすりつけた。

「よう来られた、前波殿」

同名衆（どうみょうしゅう）にして大野郡司を務める景鏡は、主君朝倉義景の従兄にあたり、家中でも最有力家臣のひとりである。その景鏡から「殿」づけで呼ばれる扱いに、前波はひそかな誇りを抱いていた。景鏡は「宗滴五将」の中でも「礼」の将とされた文武両道の男で、前波を「出っ歯」なぞと呼びはしない。その一事だけで景鏡は敬意に値した。

「ご出立まぎわの突然の訪問、平にご容赦くださりませ」

「お気に召さるな。実はちょうど私も前波殿にご足労願おうと考えておったところ」

景鏡は四十一歳、苦み走った表情に非の打ち所のない挙措は、完成された武人の余裕を漂わせている。朝倉家臣団にあって、景鏡がしばしば「金将」に擬せられるのも、むべなるかなであった。もっとも、義景でなく景鏡こそが朝倉家当主、すなわち「王将」にふさわしいとの思いを抱く者は、前波だけではあるまい。

前波家は本来、内衆筆頭の家柄である。

だが、庶子の前波は生まれながら不遇を託っていた。前波は父が酔いに任せて不器量な家の雑仕女に孕ませた子だという。父は最後まで「あずかり知らぬ」で通したため、前波は実子として正式に扱われなかった。前波家には朝倉家の通字である「景」の使用が特別に認められるが、前波吉継にはむろん許されず、一段低い「吉」の字を諱に冠した。前波は唯一の才能である歌才を景鏡に買われ、義景の側近にと推挙されて世に出た。景鏡には恩義がある。

風雲急を告げる隣国加賀の動向について、前波が義景からの口上を伝えると、景鏡はかしこまって聞き、「委細承知いたしした。万一のおりは、わが大野の軍勢が朝倉宗家の御ため、一向一揆を打ち払い申そう。この景鏡ある限りご案じ召さるなと義景殿にお伝えあれ」と応じた。

景鏡は主君を「義景」と諱で呼べる唯一の家臣であった。義景は幼なじみで年長の景鏡を「兄者」と呼んで慕っている。昨夜もふたりで深更まで酒盛りをしていたが、今朝がた加越国境を守る堀江景忠から早馬が来て、加賀に不穏の動きありと伝えられたため、大野勢との連携を確かめるべく前波が遣わされたものであった。

「ときに前波殿。この正月あけに堀江殿が朝倉館を訪った際、おりあしく義景殿ご不在の日がござった。ご記憶ありや？」

大雪のために堀江はずいぶん遅れて新年挨拶にきた。が、ちょうどその日、京を逃れて朝倉家を頼り、敦賀に身を寄せていた連歌師義俊の病没を受け、景鏡に促されて義景は敦賀へ赴いていた。前波は義景から急な路地馳走の周旋を申しつけられて大変な目に遭ったし、義俊に歌合で世話になった義理から前波も寒風の中を同道したため、よく覚えていた。

「ちと困った話がござってのう」

景鏡は懐から一通の手紙を出すと、そっと床を滑らせて前波の前に差し出した。景鏡は剣技に秀でた武人ながら春風駘蕩、ほれぼれするような容姿物腰で常に煌びやかに装っていた。大小の柄には獅子を象った純金の飾りをあしらっている。朝倉宗滴も若いころは美男で知られたから、「宗滴の再来」と評する者まであった。

「小少将様からの文でござる」

義景が近ごろ寵愛する愛妾は小少将と呼ばれている。国が傾くほどの溺愛ぶりとの評に対し、義景はむしろ胸を張った。物思いに耽る観音菩薩のような小少将の顔立ちはいつもどこか不安の翳を宿し、前波が見ていても痛々しいほどだった。

前波がうやうやしく文を開くと、震えるような女字が見えた。読み進めるうちに驚愕し、覚えず文を取り落とした。

義景不在のおり朝倉館を訪れた堀江景忠に、手籠めにされたと記されている。もともと小少将は、愛妾のお宰を亡くした義景を慰めるために、景鏡が養女に迎えて献上した美姫であった。事が事だけに義景には隠しているものの、養父の景鏡以外に頼る者とてなく、悩んだすえに打ち明けたものであろう。年明けから具合が優れぬと称して部屋にひきこもりがちだった理由が腑に落ちた。

堀江景忠は家中随一の戦上手だが、女癖の悪さはつとに有名だった。

「おそれ多くも小少将様は、私にとって実の娘にも等しきお方におわす。忠実な侍女がそばにあるとは申せ、一人ひそかに心を痛めておられると思えば、嘆かわしき限り。されば前波殿には、いささか込み入った裏の事情をお含みおきいただきたいと思うたのでござる」

　ふだん景鏡は所領の大野にあるから、小少将の身を案じて、前波に重大な秘密を明かしてくれたわけだ。前波が景鏡の信を得ている証でもあった。嬉しく思ったが、同時に困った。

「弱りましたな。いかがいたしましょうや？」

　さしあたり前波にとって最大の関心事は、義景の機嫌であった。この重大事件を知った義景はどう出るか。荒れ狂い、あたりかまわず当たり散らすに違いなかった。とりわけお宰亡き後の義景は、酔うと手に負えなくなった。

「人は世の出来事をすべて知る必要はない。堀江殿は朝倉家の北辺の守りに欠くべからざる名将。この件、くれぐれも内密にお願い申すが、前波殿には、不憫な小少将様を気遣って欲しいと思うたまで。……さてと、私は今日のうちに大野に戻らねばならぬゆえ」

　景鏡は立ち上がると、文を手にしたままの前波に、「その文は燃やしておいてくだされ。この世にはないほうがよかろうゆえ」と言い残して去った。

前波は目の前のバンドコを見やった。北陸の人間が皆、暖取りに使う火桶である。

文を丸めてバンドコの窓から火にくべると、ほどなく白い煙が上がり始めた。が、ふと思いついて、前波はすばやく周りを見回した。独りである。急ぎバンドコから文を取ると、床に落とし、掌で叩いた。「ぎゃっ」と火傷しそうな熱さに手を引っ込めたが、火はすぐに消えた。一部が焼け焦げただけで、読み取れる。

前波はもういちど左右を見てから、焦げ目のついた文をたたんで懐に入れた。

魚住　二

堀江館の一室からは海を望めぬが、それでも潮風が届く気がした。魚住景固にとって、信を置く朋輩二人との酒盛りほど心安らぐ場はない。
「勝ち戦の後の酒は、何を呑んでも美味いのう。あとはよい女さえおれば、死んでもよいわ」
堀江景忠の言葉に、魚住は苦笑を漏らした。正室の前で豪快に笑う年長の盟友は、筋金入りの女好きだった。この男は昔から変わらぬ。いい齢をしてふた言めには女、女だった。初めて出会った二十五、六年前と変わらず、お盛んな話だ。評判の遊女を

抱きたいと、若いころには戦乱の京へ潜入したつわものである。

もうひとりの山崎吉家はといえば、堀江に少し呑まされただけで、顔を真っ赤にして、ゆらりふわりと巨体を揺らしていた。至誠の塊のようなこの男は戦の間、ほとんど不眠であったろう、心地よさそうに居眠りを楽しんでいる。なるほどたしかに一斗（約十八リットル）の酒を象に呑ませて酔っ払わせれば、この男のようになるだろうか。いや存外、象も吉家のように一合（約百八十ミリリットル）ほどで酔い潰れてひっくり返るやも知れぬが。

魚住ら率いる越前朝倉軍は、永禄十年三月十二日、突如侵攻してきた加賀一向一揆を見事に撃退した。

本願寺の兵団は大挙、三方面から進軍してきたが、堀江は予め敵の動きを摑んでいた。一乗谷に急報したうえ、援軍を堀江館に迎え入れて、万全の邀撃態勢を整えていた。吉家が高塚、堀江が熊坂、魚住が牛屋にそれぞれ兵を伏せて大軍を迎え撃ち、さんざんに打ち破ったのである。

総くずれとなった加賀軍を猛追し、その撤退を見届けた後で、朝倉軍の三将は竹田川沿いの堀江館で祝杯を挙げた。今回の戦でも魚住の立てた作戦が用いられた。酒のまずいはずがない。

「堀江殿。こたびの勝ち戦なら、宗滴公のお褒めにもあずかれましょうな」

「いや、俺が警戒を怠っておれば、負けておった。そもそも越前に攻め込まれた不手際に変わりはない。宗滴公はおかんむりであろうぞ」

朝倉宗滴は、己の死後に越前軍を指揮できる将として、五人の弟子を育て、残した。五人は「仁義礼智信」の五徳にちなみ、いつしか家中で「宗滴五将」と呼ばれるようになった。今回の戦では五将のうち、仁の山崎吉家、義の堀江景忠、智の魚住景固の三将が出陣して、見事に勝利した。

いくつもの戦場で生死を共にしてきた三人の絆は特に固かった。魚住が知恵を絞って立てた作戦を、堀江が果敢に実行する。吉家はというと不思議な役回りだった。

吉家は与えられた役目を必ず果たした。いや、それ以上の役回りを演じた。吉家の眼は戦場全体を鳥瞰できるらしく、危地に陥ると決まって現れ、味方を救った。あの巨漢と山崎隊が味方にあるだけで、越前軍の士気はがぜん高まった。戦場に山崎家の「檜扇に四つ目結」の旗印が風にたなびいている限り、負ける気がしなかった。

吉家は戦況がどれだけ不利になっても決してあきらめなかった。死を怖れぬ一揆勢相手にも動ぜず、最後には必ず勝利した。吉家と共に出陣した戦で、魚住は勝った経験しかない。

「朝倉家の飛車角酔象が揃わば、向かうところ敵なしでございまするな」

将棋を愛する朝倉家臣団ではしばしば、堀江は「飛車」に、魚住は「角」に、吉家はもちろん「酔象」に擬せられていた。

「さよう。かねがね俺たちが進言しておったように、早々に加賀を平定しておけば、守勢に回らんで済んだはず。今や家中では、宗滴公の遺言を知らぬ者さえおるありさまじゃ」

生涯、加賀一向一揆との死闘に明け暮れた宗滴は、死に臨んで朝倉家のゆくすえを案じ、早期の加賀平定を遺言した。しかるに宗滴の死から十二年、朝倉家は隣国若狭の小競り合いに中途半端に手を出す程度で、越前一国を保守したにすぎぬ。結果、加賀から逆に攻め込まれる始末であった。

「それもこれも、景鏡(かげあきら)殿が臆しておるからではないか？　宗滴五将の中でも御館に至近の立場にありながら、不甲斐ないのう」

酔眼の堀江が怒鳴るように同意を求めてくると、魚住は慌ててたしなめた。

「壁に耳ありと申す。堀江殿はいま少し雑言(ぞうごん)を慎まれたがよい」

魚住の初陣から数えて、堀江とは二十五年以上のつき合いになる。五将で最年長の堀江は曲がったことが嫌いで、直情径行の性格は昔から危うかった。朝倉景鏡は堀江っていた。

よりひと回り年下だが、同名衆であり格上の家柄だ。無頼漢で甥の義景を「御館」と呼ぶ堀江でさえ、景鏡には一目置き、「孫八郎」と呼ばれた幼少からその器量を買っていた。

十二年前に大黒柱である宗滴が没してから、宗滴を核にまとまっていた朝倉家は、様変わりしていった。家中は大きく大野郡司の「景鏡派」と、敦賀郡司の「伊冊派」の二派に分かれた。いずれも同名衆の重臣だが、武断派の伊冊を、穏健派の景鏡が多数で抑える構図は長らく変わっていない。

宗滴五将のうち、堀江は伊冊派に、魚住ともうひとり印牧能信は景鏡派に属していた。堀江は景鏡の力量を認めるからこそ、加賀出兵に対し煮え切らぬ態度の景鏡に苦言を呈してきた。

「たしかに景鏡殿は能臣なれど、これ以上力を持たせるわけにはいかぬぞ」

景鏡は若年から礼節を重んじた。最長老の宗滴を敬い、その存命中はひたすら宗滴を立て、その言葉に愚直なまでに従った。凡庸で役立たずが多い同名衆のなかではめずらしく能吏であり、戦の心得もあった。もともと主君義景にいちばん血縁が近く、先代孝景から絶大な信を受けてもいた。宗滴を生涯の目標とする景鏡は、宗滴を継いで朝倉家の大黒柱たらんとしていた。

「派閥争いと申しても、われらが朝倉家の繁栄を願う一点ではまったく同じ。越前を守るためなら一枚岩になれようが」

堀江は屈託ない笑顔で笑うが、魚住は一抹の不安を抱いてもいた。

景鏡は戦嫌いの義景に代わって矢面(やおもて)に立ち、家中を義景の意向でまとめようと骨を折ってきた。だが、着実に権力の階(きざはし)をのぼってきた景鏡は、政敵の伊冊や堀江などより役者が上だった。常に穏やかな景鏡の物腰のなかには、得体の知れぬ冷たさがあり、魚住は怖れを感じるときがあった。

実際、景鏡は三年前、同じく義景の従兄で、当時最大の政敵であった敦賀郡司、朝倉景垙を巧妙に排除した。

景鏡は、景垙主導で準備された加賀攻めの兵站(へいたん)の不行届を、家臣らの居並ぶ中で公然と指弾し、さらには過去の敦賀郡司の腐敗まで持ち出して面目を潰した。加賀攻めに反対しながらも出陣が決まると、政略で総大将の地位を得た。戦陣にあっては小競り合いで敗れた景垙を冷静にこき下ろした。景鏡の終始穏やかな口調がかえって景垙を激高させた。怒りに我を忘れた景垙が抜刀して斬りかかると、待っていたように落ち着きはらって返り討ちにした。景垙の不慮の死は、敦賀郡司の面目を立てて「自害」と喧伝(けんでん)されている。だが、景鏡は計算ずくで短気な景垙を怒らせ、待ち構えて切り捨てたのだと魚住は見ていた。横暴で嫌われていた景垙の死を歓迎する家臣も少なくなかったが、景垙の父伊冊が、景鏡に対してますます強い遺恨を持ったのも、無理はない。かくて景鏡派と伊冊派の対立は頂点に達しようとしていた。戦が得意なだけの堀江など、いつ政争で足をすくわれてもおかしくなかった。

「堀江殿はもうこれ以上、伊冊派に肩入れなさいますな。今や堀江殿は伊冊派の筆頭と見られてござるぞ。身を慎まれたほうがよろしかろう」

「伊冊は、景鏡殿に比べれば取るに足らぬ男よ。ゆえに宗家を脅かす心配がない。それに養子の血筋とは申せ、宗滴公の敦賀朝倉家を継いだ身。その一事をもって助力すべきではないか」

堀江のかたわらでは気持ちよさそうに舟を漕ぐ吉家が、ゆらゆらと頭を揺らしている。

「こら起きんか、酔象。俺と魚住が苦悩しておるに、お前はいつものんきでよいのう」

乱暴にゆすり起こされると、吉家は眼をしばたたかせながら、「面目ござらん。夢を見ており申した」と頭をかき、よだれを袖口でぬぐった。

初対面の者は十中八九、この大男を愚鈍と見るだろう。

だが、違う。

誤解も多いが、吉家のあだ名「酔象」は風体のみに因んでつけられたわけではない。朝倉家では上も下も将棋好きだが、吉家は今や家中で最強の指し手とされた。並みの指し手が挑んでも、対等に指す平手戦では勝負にならないため、駒落ちが不可欠だった。若い家臣たちから指南を乞われた場合、吉家は飛車角香車の四枚落ちに加え、「酔象」も落とす「五枚落ち」で多面指しをするのが普通であった。

「酔象」は王将のすぐ前に置く大駒で、後ろ以外の全方向に一マスのみ移動できる。成ると「太子」となり、たとえ「王将」を取られても「太子」を取られるまでは負けない。重要な決まりだが、「酔象」は持ち駒にはできない。討たれれば終わりだ。決して敵に寝返らない駒ともいえる。

魚住が見るに、吉家の圧倒的な強さは戦局全体を俯瞰できる大局観にあった。中でも「酔象」の駒を実にうまく使う。必ず成らせて「太子」として二面作戦を展開した。攻め込まれても「太子」を身代わりにして「王将」を守った。魚住も相当な腕前で、吉家に勝った経験が一度だけある。そのとき吉家は「王将」を身代わりにして、「太子」を守れば勝てたはずだが、そうしなかった。盤上の模擬戦でも、宗滴の教えを守ったと言うべきか。

「ご両人。加越和睦の動きが出る前に大軍を興し、いま一度、大聖寺城を落とせぬものでござろうか」

真顔で問う吉家の大きな丸い背を、堀江が音を立てて叩いた。

「何じゃと、酔象。まだ戦をし足りぬと申すか。まあ俺も、同じ思いじゃがな」

景鏡派と伊冊派が党利党略で競い合う中でも、ただひとり山崎吉家のみは超然としていた。すべて是々非々で通し、いずれの党派にも属さぬまま、両派から敬意を払われる特別の存在となっていた。乱世ではわが身かわいさに、誰しもが保身を考える。魚住が景鏡派に属する理由の半分もそうだが、吉家は愚直に宗滴の遺言を守り、朝倉家のゆくすえだけを純粋に案じていた。

「どうなんじゃ、景鏡殿は？　何とかせよ、魚住」

吉家と堀江が魚住を見ていた。こと加賀征討に関しては、吉家は一貫して武断派の伊冊に同調してきた。

「ほかならぬ御館様が強く和をお望みでございましてな。景鏡公も最後は御館様のご意思に従われますゆえ。されど、こたびは大丈夫でござろう」

このころ足利義秋（後の義昭）は朝倉家を頼って、敦賀に庇護されていた。義秋は三好勢から都を奪還するために畿内諸勢力の結集を呼びかけた。昨年十月には、一向一揆の総元締めである本願寺第十一世宗主顕如に対し、越前との和議を命じた。義秋の信を得ていた景鏡は、義景の意を受けて伊冊派を抑え、家中を和睦でまとめた。が、本願寺は応じず、今回の加賀軍による越前侵攻を招いた。主戦派の吉家と堀江の眼には、逆に加賀侵攻の好機到来と映っているわけだ。

「身どもも魚住殿と参り、加賀平定の意味を重ねて景鏡公に説き申そう」

魚住は覚えず苦笑した。景鏡は鄭重に吉家を迎え入れ、笑顔で話を聞くだろう。実際すでに吉家は何度も景鏡に面会し、共通の師である宗滴の遺言を持ち出して訥々と説いていた。だが、景鏡は説かれて動く玉ではない。穏やかな笑みの裏で何を考えているか知れぬ不気味さがあった。

堀江　三

竹田川から吹く風が、堀江の頰を撫でるように弄んでゆく。

酒を過ごした魚住はまだ目が覚めぬようだが、酒豪の堀江と下戸に近い吉家は気持ちよく目覚めて朝風を浴びていた。

「もう春じゃのう、酔象」

堀江がかたわらに立つ親友を顧みると、吉家はこくりとうなずいた。

雪解けの春は北陸の武人にとって格別の意味を持つ。八十年にわたり抗争を続ける越前、加賀両国にとっては戦にうってつけの季節であった。

宗滴の死後、その遺志を継いだ堀江と吉家は、各地で強大化してゆく大名たちに対抗する自衛戦争として、毎年のように加賀征討を訴えてきた。埒(らち)が明かぬと堀江が半ばあきらめた後も、吉家は非戦主義の義景と景鏡に粘り強く訴え続けた。

ついに三年前の永禄七年（一五六四年）九月、宗滴の死後十年目にして、越前軍は加賀に大挙侵攻した。破竹の勢いで大聖寺城を攻略するとさらに北上し、手取(てどり)川以西の加賀半国を支配下に置いた。わずか十四日間で成し遂げた怒濤(どとう)の快進撃であった。勝因は宗滴五将の活躍によったが、義景も総大将として出陣したため、兵らの士気は大いに上がった。一国平和主義の朝倉家当主自らが行う国外遠征は、実に七十年ぶりであった。

「堀江殿。こたびこそは手取川の東へ攻め込み申そう」

吉家も同じことを考えていたらしい。堀江は大きくうなずいた。

三年前の朝倉家には運がなかった。

戦勝に気をよくしていた義景を、愛妾お宰の急逝(きゅうせい)という悲報が見舞った。義景はたちまち意気消沈した。死に目に会えなかったのは、加賀侵攻を執拗に献策してきた吉家のせいだと口汚く罵（ののし）った。義景は諸将の進言をことごとく一蹴し、大聖寺城にわずかの番勢だけ置いて、葬礼のためただちに撤兵した。そのため翌年四月、時を与えられ態勢を立て直した一向一揆の大軍に大聖寺城を奪還され、朝倉はせっかく平定した加賀半国をも失った。

「返り討ちにした今こそ、加賀を平定する千載一遇（せんざいいちぐう）の好機じゃ。酔象、今度はわれらが加賀にとどまろうぞ。さすれば二度と城は落ちまい」

足利義秋の加越和与（わよ）の命を一向一揆が蹴ったのは、二派にわかれて内部対立する朝倉家に勝てると侮（あなど）ったからだ。本願寺侵攻の報を聞くや、義秋ともども面目を潰された義景は、大きな鼻孔を膨らませて怒ったらしい。顔を真っ赤にしながら全身を震わせて、堀江ら三将に撃退を命じた。

越前勢は今回、加賀勢を完膚（かんぷ）なきまでに撃破して大打撃を与え、形勢は逆転した。勝ち戦に義景も上機嫌であろう。今なら加賀平定を命ずるはずだった。かねて吉家が動き、同盟関係にある越後の上杉輝虎（うえすぎてるとら）（後の謙信（けんしん））との間で、一向一揆挟撃の約定（やくじょう）も成っていた。内乱に苦しみ混乱を極める能登など、物の数ではなかった。朝倉は北方の脅威を除去できる。つまり全軍での南下が可能となる。

「酔象よ。御館の器量に難はあるが、宗滴五将で朝倉の天下を取りにいかぬか？」

昔、堀江が「加賀平定後は何となさいまする？」と尋ねたとき、宗滴は言下に「天下」と答えたものだ。少なくも当時は決して夢想ではなかった。

越前は大国である。都に近く、人口も多く、米もたくさん取れる。ゆえにかつて新田義貞も越前を本拠として、足利尊氏に対抗しようとした。その越前が、加賀を併呑して後顧の憂いを断ち、二国の兵力をもって上洛すれば、朝倉は他に先駆けて天下に号令できるはずだった。

朝倉家は昨夏以来、次期将軍の最有力候補である足利義秋を庇護してきた。若狭の武田家は義景の生母の家系であり、内紛に悩み朝倉家にたびたび救いを求めてきたほどで、大いに国力を落としていた。加越両国を支配する朝倉家には従属するであろう。北近江の浅井家とは長年の固い同盟関係にある。義秋を奉じて上洛し、天下に号令をかけるのだ。

朝倉家は家格も申しぶんない。管領職くらいは優に得られよう。総大将は景鏡か伊冊だが、上洛戦の先頭に立つのはむろん越前の宿将、堀江景忠だ。

家臣に侮られる将は家の乱れの元になると宗滴は戒めたが、この点で義景は心もとなかった。だが、主君は変えられぬ。さいわい嫡男の阿君丸は聡明で、先代孝景を彷佛させる名君の器があるから、義景を早めに隠居させて六代目で天下を窺えばよい。阿君丸は堀江に懐いており、順当なら義景の義理の叔父にあたる堀江が傅役となる成り行きもありえた。

　堀江が夢を膨らませるうち、遅れて吉家の返事が聞こえてきた。

「加賀平定を無事なしとげ、宗滴公のご遺言を果たした暁には、身どもは隠居する所存にござる」

「何じゃと！　俺より若いくせに隠居とは情けなや。ともに京で富貴を楽しもうぞ。お前は京女を抱かずに死ぬつもりか」

　吉家は堀江より二つ若い五十歳である。長いつきあいで互いの考えはだいたいわかった。吉家は軍事から身を引きたいのだ。

「いと糸崎に移り住み、海を見ながら石仏を彫り、静かに余生を過ごしとうござる」

「宗滴公は五将が力を合わせて朝倉を守れば、天下に敵なしと遺言された。お前は宗滴五将の筆頭ではないか。将棋と同じよ。酔象を欠けば、朝倉軍は勝てる戦も勝てんようになる」

　かつて精強を誇った越前軍は、すべてを兼ね備えた朝倉宗滴ひとりの力で築きあげられた。宗滴の采配ひとつで一頭の巨獣のごとくに動き、勝った。だが今は景鏡、伊冊の二派に分断されている。有力同名衆に劣る堀江、山崎の兵力はかつて宗滴が率いた敦賀勢には遠く及ばず、同名衆を使ってしか軍勢を動かせなかった。越前の巨獣は長らく惰眠を貪っている。その間に、たとえば尾張の織田信長は隣国の美濃を征する勢いであった。

「俺たちはあの宗滴公でさえ成しえなかった覇業を遂げようとしておるんじゃ。五将の一人でも欠けば、大事は成るまいぞ」

吉家は戦でも帷幄にでんと座して兵を指揮しているだけで、堀江のごとく自ら陣頭に立って槍を振るいはしない。数多の戦場に出て勝ち続けながら、吉家はおそらく自ら人を斬った経験がなかった。いや、斬れぬのであろう。この男ほど戦に不向きな武将もいまい。愚痴を聞いた覚えはないが、吉家の本心は戦が嫌でたまらぬはずだ。それでも、越前軍の中心には常に吉家がいた。朝倉の勝利には、酔象が不可欠だった。

「お前は戦しか能のない男ではないか。乱世は戦と女、酒こそが生きがいよ」

戦場に長年出ていれば、命のやり取りをする緊張を楽しむ余裕も生まれてくる。勝ち戦の後、勝利を摑んだ達成感と生き残った安堵に包まれながら、美酒を飲み美女を抱く喜びは何ものにも代えがたかった。だが、吉家はといえば、したたかに粘り勝ちはしても、戦後は困ったような仏顔で彼我（ひが）の戦死者の数をかぞえ、死者の霊を弔う。酒は少し呑んだだけで真っ赤になり、女は若くして結ばれたいと以外には見向きもしなかった。

「酔象様ではありませぬか！」

幼時から吉家を慕う堀江の嫡男景実（かげざね）が現れると、吉家は安波賀（あばか）でお気に入りの玩具でも買ってもらった童のように、さらに嬉しそうな笑顔になった。

前波　四

前波は口中に満ちた血の厭（いや）な味でわれに返った。歯を食いしばりすぎたらしい。

この日の宿直（とのい）を買って出た前波は夜半、皆が寝静まった後で、中庭の花壇に面した会所へ忍び足で向かった。部屋へ至る渡り廊下に、誰の目にも付くように、焦げ目のついた一通の文を落としてきた。小少将が景鏡宛てにしたためた例の文である。

義景は深酒をした翌日、朝まだきにはばかりのため必ずその場所を通る。落とし文を読んだ義景が小少将をどうするかが見ものだった。二人の仲をわずかでも引き裂き、不幸にしてやりたい。堀江景忠は死を賜るやも知れぬが、粗暴な戦狂いで、前波など歯牙にもかけぬ男だ。女蕩しの自業自得でもある。前波の知った話ではなかった。

前波はこぼれてきた含み笑いを、怒りの炎で消した。

あこがれのお宰の面差しにも似た小少将の美貌に、前波は間違って好意を抱いていた。景鏡から聞いた気の毒な境涯から同情もした。だが、小少将という女は見目こそ麗しいが、冷酷な魔物だった。お宰とは中身がまるで違った。前波をいじめる悦楽を教えたのはむろん義景だが、小少将は酔った義景でさえためらうような悪戯を考えついた。

——十日前の昼下がりに、その事件は起こった。

主君の寵姫が喜べば、義景の機嫌もよくなる。小少将が黄色を好きだと侍女から聞き出した前波は、早咲きの菜の花を探しに出かけた。遠出してもなかなか見つからなかったが、一乗滝を越えたあたりでようやく初咲きを見つけて持ち帰った。

義景自慢の数奇座敷は、中庭にある花壇と池庭を同時に楽しめる。前波はその部屋にある瓜の形をした青磁の花生に菜の花を挿した。義景に見せたところ大いに喜び、さっそく小少将が呼ばれた。

だが、小少将は整った顔をゆがめながら開口一番、「菜の花はくさいゆえ、大嫌いです。こんな物、早う捨ててくださりませ」と義景に訴えた。

義景に鼻で合図された前波は、慌てて菜の花を捨てに行った。花生を手に戻ると、義景と小少将は「嫌いなもの」について談笑していた。小少将は坊主の説教、醜男(ぶおとこ)の汗の臭い、冷めた味噌汁、北陸の寒さなど嫌いなものを次々と挙げてゆく。小少将は美濃斎藤(さいとう)家の一族の娘で、幼いころ身内を殺され、戦火を逃れて越前に移り住んだ。祖国を戦乱の坩堝(るつぼ)とした織田信長を、この世で誰よりも恨んでいると吐き捨てた後、前波が目に留まるや、白い細指で差して「もちろん出っ歯も嫌いです」と付け足すと、酔いの回った義景が手を打って笑った。

お宰の死後、義景は白昼から酒を呑む日が増えた。齢も離れ、機嫌取りの難しい小少将とやりとりをするためには、深酒が欠かせぬらしい。

根は残酷でもないが、義景は酒癖が悪かった。悪酔いした義景にひどい仕打ちを受けた覚えは枚挙に暇(いとま)がない。お宰の生前はまだ可愛げのあった悪戯は、次第に虐待へと変わっていった。誰も止める者とてなく、小少将が手を叩いて喜ぶと、さらに嗜虐(しぎゃく)的なものとなった。酔いが醒めてから、義景はやりすぎたと後悔するそぶりも見せるが、過ちとは決して認めなかった。義景は取るに足りぬ自負のために、家臣を平気で踏み台にする主君だった。

小少将の美貌に張り付いている冷たい嗤いは、明らかに狂気を孕んでいた。前波の本能は、できる限り早くこの場から退出すべきだと叫んでいた。

義景が苦笑しながら、「出っ歯がこの世でもっとも嫌いなものは何じゃ？」と水を向けてきた。悪気のない話題作りであったろう。

「それがしは、百足を見ただけで怖気が走りまする」

幼いころ百足に刺され、足の指が石仏の頭ほど膨れ上がって以来、前波にとって百足ほど恐ろしいものはこの世になかった。

すると、小少将は「出っ歯、そなたはもっと強うなりなされ」と、冬眠中の百足を五日のうちに百匹捕まえて持ってくるよう前波に命じた。「無粋な菜の花なんぞ持って参った罰じゃ」とも付け加えた。

いかに馬鹿げた命令でも、義景が笑ってうなずいた以上、前波は従わねばならなかった。

名門前波家を継いだ兄と違い、前波には所領もなければ、指図できる小者もいなかった。しかたなく一乗谷の山野へ繰り出しては村人たちに頼み込み、夜も松明を照らしながら大石をひっくり返した。寝る間も惜しんで捕まえ続け、見るもおぞましき生き物がやっと二十匹ほどになった。冬眠中をたたき起こされる百足も気の毒だが、前波はあの気味の悪い生き物を見つけては喜ぶ己が哀れでしかたなかった。

前波が約束の期限である五日後に面会すると、小少将は「何じゃ、戯れ言であったに真に受けておったのか。早う捨ててきなされ」と、くつくつ笑った。義景はばつが悪そうに「大儀であったぞ、出っ歯」とねぎらった。

前波は小少将の仕打ちに腹が煮え、手が震えていた。

「出っ歯は口がくさい。下がりゃれ」との言葉に、「ははっ」と平伏して去ろうとしたとき、「待ちゃれ」と呼び止められた。

何やら思いついたらしく、小少将はきれいな真顔に戻っており、「せっかく集めたのじゃから、もったいない。出っ歯、今ここで食べて見せよ」と命じたのである。

前波は震え上がった。泣きそうになりながら義景を見た。さすがに義景は弱り顔をしていたが、小少将が強い口調で「出っ歯、早ういたせ」と促すと、にわかに笑顔を作り、「面白い余興ではないか。出っ歯、やってみせよ」と命じた。

思い出すだけでも吐き気がする。

前波はがくがく震えながら、侍女がさっそく用意してきた箸を摑んだ。

小少将が見つめる前で、不気味な生き物をつまもうとした。何度も失敗していれば、同情して「戯れ言じゃ」と命令を取り消してはくれまいかと、義景の様子をしきりに見た。だが、逆効果だった。小少将はますます興に入っていた。手を打ち、声を立てて笑い、義景も「百足を食えれば、出っ歯もまことの武士よ」などと同調した。

たとえば堀江景忠のような誇り高き武士なら、辱めを拒否して、腹を切って死んで見せもするだろう。だが、前波はただの小心者だった。若くして妻は病死したが、子もふたりいた。朝倉館では虫けらのごとく扱われていても、子のために生きる必要があった。死も怖かった。百足に刺されて死んだ話は聞かぬし、油漬けにして患部に塗れば火傷にも効く。食しても死ぬはずはないと、必死でおのれに言い聞かせた。

「御館様への忠義、お示しいたしまする」

どうせやるのなら、せめて主君の歓心くらい買わねば損だ。前波も虫けらなりにしたたかに生きているつもりだった。

前波は百足と向き合った。もよおしてきた強い吐き気を懸命に呑み込んだ。冷や汗だけで全身がぐっしょり濡れていた。

「どうしたんじゃ？　出っ歯？」

逡巡する前波に、面白がりながら小少将が催促してきた――。

*

朝倉館の見慣れた宿直屋にも、朝の気配が訪れようとしていた。

館のあちこちで起きてくる者たちの声が聞こえ始めた。前波はほくそ笑んだ。

「見ものじゃな……」

左頬をさすりながら前波はひとりごちた。頬の腫れもようやく引いた。おそるおそるさするのはただの癖だった。

百足に口蓋を刺されたとき前波は飛び上がり、刺し貫くような激痛に大きな悲鳴を上げた。口の中でバラバラになっていた百足をその場に吐き出した。胃中の物も全部、泣きながら何度にも分けて畳の上に吐いた。

「何じゃ、出っ歯は汚いのう。気が済んだら、きれいに掃除しておきなされ。いやな臭いを残したら承知いたしませぬぞ」

小少将はすっと立ち上がり、義景に伴われて去っていった。

取り残された前波は悔しさに声を上げて泣いた。口の痛みのせいで、泣くにも不自由したものだ。

屈辱の百足事件から八日もの間、前波は臥せった。責任でも感じたのか一度、義景が小少将を連れて見舞いに訪れたが、おたふくのように膨れ上がった前波の左頬を見て、小少将は笑いころげ、義景も苦笑いして帰っていった。嗤いにきたのだ。

口の痛みのせいで前波はろくに食事もできず、小太りの身体もひと回り痩せた。ようやく口中の腫れがひいても、腹の虫は収まらなかった。

前波が呻きながら頬を押さえている間に、加賀一向一揆が越前に侵攻してきたらしい。戦好きの山崎吉家は、念願の戦ができて喜んでいるだろう。景鏡も後詰（援軍）で大野から出陣したと聞くが、一乗谷はいたって平穏無事、百年の平和を謳歌し続けていた。

前波は残忍な復讐を思いつき、実行した。あと少しで義景と小少将の幸せをぶち壊せるのだ。いい気味だ。胸のすく思いがした。

前波はさすっていた左頬の手を止めた。背筋が寒くなった。

——なぜ気づかなんだ。わしはただの馬鹿ではない。大馬鹿者じゃ……。

怒りにまかせて実行した復讐だったが、あの手紙を読んだ義景は手紙の書き手である小少将に文の真贋を尋ねはせぬか。事が事だけに問わぬとしても、宛て先である景鏡に事の次第を尋ねるはずだ。景鏡に宛てた手紙が朝倉館で見つかれば、前波の仕業と知れる。身の破滅ではないか。

前波はあわてて立ち上がると、宿直屋を駆け出た。会所へ向かう。が、遅かった。辺りにはすでに人影があった。何食わぬ顔で近習たちと挨拶を交わしながら、それとなく渡り廊下を見たが、あの文はない。すでに義景が拾ったのであろう。前波は全身にびっしょり冷や汗をかいていた。

――どうすればよい？

用もないのにこの場に長居をしては不審がられる。前波はひとまず宿直屋に戻った。

前波は全身汗みずくになりながら、悶々と思い悩んだ。

義景は逆上して前波を斬るやも知れぬ。すぐにも館を逃げ出すべきではないか。いや、義景が景鏡に事情を確かめるまで、前波とわかるはずはない。加賀国境に後詰で出陣した景鏡は戻っていない。まだ、時はある。

どうせ逐電するなら、朝倉館から金目の物を奪って逃げてやろう。

台所にある金箔の土師器皿や金覆輪の天目茶碗なら、今晩にでも盗める。いや、かさばる品は面倒だ。義景が大切にしている持仏堂の裏戸を壊せば蔵に入れる。秘蔵の蛭藻金を持てるだけ奪ってやろう。義景が米銭黄金を積み重ねている蔵に火を付け、その混乱の中を逃げればいい。一乗谷が燃え上がれば壮観だ。憎き朝倉家にあたう限りの損害を与えて遁走してやる。ただでは転ばぬ前波らしい意趣返しだ。二人の子を連れ、戦のない場所へ行こう。たとえば甲斐の武田信玄が治める甲府なら、戦火には見舞われまい。

ちょうど宿直屋に姿を見せた若い侍に尋ねると、一向一揆に大勝した山崎吉家たちが、今夕にも一乗谷に凱旋するという。景鏡は軍勢を所領の大野に戻してから、明日にも来るはずだ。時がない。今夜、決行だ。

前波は奥歯を強く嚙みしめた。血の味を感じると緩め、また意味もなく左頬をさすった。

＊

夕刻、呼ばれて朝倉館の数奇座敷に参上した前波は、全身で震え上がった。

両眼を血走らせた義景の前には、景鏡が優雅な物腰で着座していた。

「出っ歯、そちに尋ねたき儀がある」

義景が大鼻で前波に座るよう示すと、景鏡がやわらかな笑みを浮かべて隣を空けた。

前波は心底怯えていた。読みが甘かった。義景はすでに文を読み、景鏡と話して、渡り廊下に文を落とした者が前波だと知っているはずだ。

今ここで斬られるのか。欲などかかず、すぐに逃げ出せばよかったと後悔した。

「昨春の歌合のおり、堀江が席次に文句を言うてきたのを覚えておろう？」

前波は必死で思い出そうとしたが、動転して頭が真っ白になった。とにかく義景のいて見せた。

念押しを否定する理由はひとつもない。前波は「しかと覚えておりまする」とうなずいて見せた。

「だいたい堀江は、下手くそな歌しか詠めぬくせに、なぜ歌合に出てきおった？　堀江は小少将がいちばんよう見える席を所望したのじゃ。あのおりから懸想しておったに違いない。兄者は堀江をかばいだてするが、そういえば歌合の最中も、あやつのいやらしい眼は小少将を捉えて離さなんだ。そうじゃな、前波？」

歌合で前波は歌を詠むのに懸命で、いちいち出席者の視線など追っていない。が、主君に問われれば、答えは決まっていた。

「はっ。思い当たる節がいくつもございまする」

義景はわが意を得たりといった様子で大きくうなずいた。

「兄者、聞かれたか。堀江はよい齢をして、一乗谷に来るたび安波賀や上城戸の外れで女を買い漁っておるそうな。遊女で堀江を知らぬ者はないとも聞く。余は絶対に堀江を赦さぬ。朝倉宗家の名誉に賭けて、討ち滅ぼしてくれるわ」

拳を握りしめる義景の声は怒りに震えている。

景鏡は静かに義景に向かって両手を突いた。

「こたびの一件、義景殿のお気持ちは察するにあまりある。されど、堀江討伐の大義名分は何となさる？　わが身ひとつのために大軍を興し、内戦で幾百もの越前兵が命を落としたとなれば、小少将様も悲しみましょう」

義景は大きな鼻孔をさらに膨らませた。怒りにわれを忘れている。

「されば、堀江は一向一揆に通じて謀叛を起こした。ゆえに討つという筋書きで参る」

前波は内心のけぞった。堀江はたった数日前に義景の命で、越前へ侵攻した加賀軍を撃退したばかりではないか。

「堀江殿は国境の防備を預かる最有力の国衆にして、かの宗滴公も認められし戦上手。朝倉家があの勇将を失うのは惜しゅうござる」

義景は大きく首を横に振った。国の損得を理で説く景鏡に対し、義景は己にとって小少将がいかに大切か、堀江がいかに唾棄すべき輩であるか、ひたすら愛憎をぶちまけた。

憎悪の矛先は堀江に集中している。前波は助かったのか。

興奮した義景が深呼吸を挟んで懸命に激情を抑える様子を見て、景鏡は何度も小さく首を横に振った後、ついに深々と頭を下げた。

「されば、御館様のご随意に」

景鏡は義景の最近親者だが、君臣の義を弁えている。心を尽くして意見したうえは、たとえ正論でなくとも主命に従うのは、宗滴五将が固く守る不文律だという。

義景は大きくうなずき、「こたびの戦勝にこと寄せて、堀江親子をだまし討ちにするかの」と景鏡に諮った。

「堀江景忠は一代の英傑。簡単に参りますかどうか」

前波にもわかる道理だ。堀江は歴戦の名将だけに、身の危険を嗅ぎ取る本能を持ち合わせている。ふだん反りの合わぬ義景が、戦勝を労う名目で親しく呼びつけただけで、不審に思うはずだ。

「歌合なぞ催して、うまく呼びつけられんかの」

堀江の嫡男景実も剛の者である。同時に討ち果たしておかねば、朝倉家は領内に強敵を抱える仕儀となろう。武人の堀江父子は歌などろくに詠まぬ。常にいずれかが堀江館にあって北の本願寺に睨みを利かせる役回りだった。

「堀江父子を討つには、堀江館を強襲するが最も確実と心得まする」

「あやつらの蛮勇は手強い。兄者が総大将となって討滅してはくださらんか？　そのために無理を言うてすぐに一乗谷へ来てもろうたのじゃ」

景鏡はゆっくりと首を横に振った。

「私の力では足り申さぬ。山崎、魚住の両名でのうては、堀江を討てますまい」

「じゃが、兄者。あの二人は堀江と特に仲睦まじゅうしておるぞ」

「むろん反対するは必定。されど、主命とあらば、最後には必ず従いまする。私もこれより急ぎ大野へ立ち帰り、改めて後詰の支度をいたしましょう」

義景はうなずくと、大鼻でついと戸のほうを示した。

「出っ歯、まずは吉家を急ぎ連れて参れ」

「はっ」と、前波は駆け出すように数奇座敷を辞した。

義景は理よりも情で動く男だ。さいわい義景は堀江への憤怒(ふんぬ)にわれを忘れている。手紙の落し主についてはまだ詮索していないのではないか。あらかじめ景鏡に泣きついておけば、景鏡にも前波に秘密を漏らした負い目がある、不問に付してはくれまいか。これまでも前波は、義景の身を案じる景鏡に、朝倉館の内情を何でも伝えてきた。邪険には扱われまい。とにかく今は堀江討伐だ。

前波が館を出て一乗谷川を渡ると、山崎屋敷のほうから、ひときわ愉しげな笑い声が聞こえてきた。

＊

「ご無礼の段、なにとぞご容赦を」

　ゆらりと現れた山崎吉家はゆっくりと巨体を折りたたんで、義景に平伏した。

　吉家は昼下がりに凱旋（がいせん）し、義景に戦勝報告をした。その後、屋敷で戦勝と無事の帰還を一族郎党と喜んで、にぎやかに祝杯を挙げている最中だった。もっとも、家臣たちにしこたま飲まされた吉家は、顔を真っ赤にして居眠りしていた。「御館様が火急の用事でお召しにござる」と前波が伝えると、吉家は身体をふらつかせながら立ち上がった。そのまま館に同道し、数奇座敷へ案内したのである。魚住はすでに所領へ戻っていて、一乗谷にいなかった。

　生まれつきだろうが、吉家の幸せそうでにこやかな仏顔を見ると妙に腹立たしくなる理由は、前波が幸せでないためだろう。前波は義景の後方に控えているが、灯明皿（とうみょうざら）の火でも二人の様子がよく見えた。

「苦しゅうない。面（おもて）を上げよ」

　吉家は主君の許しを得るまで、かたくなに顔を上げぬ男であった。

　辛気くさい動作で身を起こすと、吉家は用向きを尋ねるように垂れ下がったたぬき目で義景を見た。五十絡みのはずだが、童のまま大人になったように純朴な男だ。

　まだほんのり頬を赤らめている吉家の仏顔が歪む様子を見たかった。前波はずっと山崎吉家を嫌悪してきた。

六年前の犬追物では吉家が出仕を拒んだせいで、前波は犬役になって逃げ回る羽目になった。その翌年、せっかく前波が手配した「曲水の宴」のおりも、吉家は加賀遠征を執拗に献策して宴をぶち壊しかけた。義景の文芸への耽溺が過ぎるたび、吉家は諫言に現れて去ってゆく。正論かは知らぬが、聞き入れるはずもない義景を不機嫌にするだけだった。吉家が館を訪れるたび、前波ら側近が難儀するのだ。山崎吉家は前波にとって、災いをもたらす疫病神でしかなかった。

「吉家よ。魚住景固とともに出陣し、謀叛人、堀江景忠を討て」

義景のうわずった声に、吉家は秋陽を浴びながら舞い降りる落ち葉ほどゆっくりと顔色を変えた。生まれつきの笑い顔のままで太い眉をひそめている。いたずらをした子どもの仏が、親に叱られて泣き出しかけたような顔だった。

「御館様、ご安堵召されませ。堀江殿の忠義はこの吉家が請け合い――」

「無用じゃ。余はあやつを討てと申しておる」

「おそれながら堀江殿はあの宗滴公より深い恩義を賜っておりますれば、身どもと同じく、たとえ天地がひっくり返ろうとも、朝倉家を裏切るような真似は金輪際――」

「宗滴公が身罷られてより十二年。人はさように長い間、故人への恩義なんぞ覚えておらぬわ」

「身どもと堀江殿にとって、宗滴公は父代わりのお方。公は朝倉家を頼むとご遺言――」

「堀江は余の義理の叔父に当たるを笠に着て、かねて余を蔑ろにして参った」

「甥御に当たられるがゆえに、朝倉家のゆくすえを親身に――」

「堀江の女遊びは度が過ぎておる。叔母上も嘆かれておるわ」

ひとしきり押し問答が続いた。

ゆったりとした口調のため、必ず義景に遮られるが、吉家の落ち着いた反論は正鵠を射ているように前波には聞こえた。前波は最初いい気味だと思っていたが、分別のない義景に難渋する吉家が次第に気の毒にも思えてきた。

吉家が朝倉館に伺候してから、優に半刻は過ぎたであろう。義景は明らかにいらだっていた。

「わかった。されば、そちは余の命に従えぬと申すのじゃな？」

義景が甲高い声で詰め寄ると、吉家はゆっくりと首を横に振った。

「さにあらず。堀江殿謀叛の証は何もないと――」

当然の話だった。報復のためのでっち上げの謀叛だ。

義景は聞き飽きたという顔をして、手で吉家を制してから小さく手招きした。巨体を揺すってにじり寄った吉家に、短く耳打ちをした。

吉家はすっかり潮垂れた地蔵菩薩のような顔をした。

「まさか、堀江殿がさような真似を――」

「小少将が偽りを語る理由がどこにある？」

埒が明かぬと見たのであろう、義景は例の不祥事を打ち明けたわけだ。

吉家は畳に額をこすりつけた。

「そが事実なら、堀江景忠が非礼、身どもよりもお詫び申し上げ――」

「友ゆえに討てぬと申すのか。深く傷つけられし小少将の心を慮れば、堀江を赦すわけにはいかぬ。吉家よ、宗滴公はご逝去のみぎり、万一のときは山崎吉家を頼れと遺言された。そちは朝倉宗滴の後継者ぞ。そちの朝倉家への忠誠、今も変わりはあるまいな？」

義景が朝倉宗滴を引き合いに出したのは正解であったろう。吉家は観念したように改めて深々と平伏した。大きな身体から懸命に言葉を絞り出しているようだった。

「寸毫も、変わりございませぬ」

「されば余の命に従い、堀江を討て。魚住と共に明日、ただちに出陣せよ」

「……承知、仕りました」

返答を聞くなり、義景は立ち上がり、足音荒く数奇座敷を後にした。

主君が去った後もしばらく、吉家は丸い大きな背を伏せたまま、小高い山のように動かなかった。

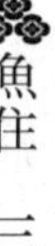

魚住　三

日暮れ時、魚住が仮本陣を訪れると、山崎吉家を始め、すでに主立った家臣らが出そろっていた。開戦前の軍議である。魚住は昨夜、いったん戻った所領から一乗谷に呼びつけられて、義景から突然の出撃命令を受けた。

山崎吉家、魚住景固の両将が率いる二千余の堀江景忠討伐軍は、九頭竜川の支流、兵庫(ひょうご)川の南岸に陣を敷いた。堀江館までは北へあと一里（約四キロメートル）あまりである。慣れ親しんだ坂井郡の平原は、ほどなく真っ赤に染まるだろう。見慣れた林の樹々はこれから始まる惨劇をまだ何も知らずに、夕風に身を任せている。

「堀江殿とて、まさか味方が急襲するとは思うまい。このまま攻め上がれば難なく館を落とせようが、味方同士で血を流し合うなぞ、愚の骨頂。誤解が解けるまで睨み合って、時を稼ぐべきではござらぬか？」

吉家の弟吉延は、山崎家の筆頭家老として家中を切り回している。痩せて小柄な姿形(なり)は兄とは似ても似つかぬが、齢が離れた吉家を父のごとく慕っていた。戦場でも槍を振るって活躍するが、将器は吉家のほうが優れていた。

「いや、吉延。二千もの兵が北上して、あの堀江殿が気づかぬはずはない」

吉家は岩山のようにどっしりと床几に腰を下ろし、陣卓子(じんたくし)の上に広げられた坂井郡の絵地図を睨んでいた。宗滴以来、朝倉家では将棋の駒で、敵味方の部隊を表すならわしである。

「いかにも。酔象殿の仰せの通りでござる」

魚住は本陣を敷いた川岸の位置に「酔象」と「角」を、堀江館に「飛車」を置いた。飛車をいつもとは逆向きに置くのがやりきれなかった。

異例といえる兵の再召集は、明らかな異変の兆候だった。戦上手の堀江が手をこまねいているとは考えられなかった。生半可な奇襲策など通用すまい。

「加えて堀江館は、ただの居館にあらず。本願寺の大侵攻にも耐えうるよう、堀江殿が自ら縄張りされた城でござる。凡将なら、まずは様子見で籠城するであろうが……」

魚住が濁(にご)した言葉を、吉家がゆっくりと引き継いだ。

「さよう。堀江殿は必ず出撃してくる」

急ぎかき集めた堀江勢は、せいぜい一千余であろう。対する山崎、魚住の征討軍は二千余、兵力は倍であった。兵数の不利に鑑みて、通常なら籠城を選ぶはずだが、籠城しても援軍の当てはない。堀江館は加賀勢の侵攻に備えて北面の防御を強化した造りで、味方からの攻撃を想定していないから、南面には弱点があった。野戦を得意とする堀江なら、征討軍の陣が定まらぬうちに動くだろうと、魚住は見立てを語った。

今宵は半月だ。物見の知らせで兵庫川に征討軍が陣を敷いたと聞けば、堀江は館の全軍で一気に本陣を急襲して決着をつけようとするはずだ。その裏を掻く。

魚住は「角」と「銀将」を堀江館と仮本陣を結ぶ直線の左右に置いた。さらに、堀江館に置いた「飛車」を、川を前にした「酔象」に向かって一直線に動かしてゆく。囮となる本陣には、吉家とわずかの兵のみをあえて残す。魚住隊と吉延の率いる山崎隊が侵攻路の両脇の森に潜んでいる。堀江が現れ次第、奇襲し包囲殲滅するのだ。神速の堀江勢は寡兵の本陣に到達するやも知れぬ。が、渡河中の敵を対岸で迎撃する形なら、暫時持ちこたえられるはずだ。

魚住が作戦の説明を終えると、吉延が念を押してきた。

「お待ちくだされ。われらは長らく戦場で苦楽を共にしてきた間柄。まこと味方同士で殺し合いを始めると仰せでござるか？」

魚住とて本意ではない。だが、主命なら従うのが、宗滴五将だ。

苦い思いで黙っていると、代わりに吉家が重い口を開いた。

「堀江殿ほどの将を敵としてこの地に捨て置けば、逆に朝倉家が滅ぼされよう」

魚住の隣で垂れ目の仏顔が見る先には、遠く吉家の親友の居館があった。吉家は懸命に堀江征討に反対したと聞く。吉家こそがもっとも不本意であったろう。

追い詰められれば、堀江とてほぞを固めて戦うほかはない。生き延びるためなら、宿敵の本願寺と手を結ぶなりゆきもありえた。魚住なら、そうする。朝倉家の誇る名将と狂奔する一向一揆が結託して南下すれば、朝倉家はかつてない危機を迎える。その前に、一刻も早く堀江を滅ぼさねばならぬのだ。吉家も先まで見通した上で、どうしても友を討たねばならぬと腹をくくったに違いない。

「堀江勢は、宗滴公の力を最もよく引き継いだ越前最強の軍勢。迷いがあっては命取りでござる。決死の覚悟で勝ちに行かねば、われらは敗れ申そう」

魚住の言葉に、吉家はゆっくりとうなずいた。

「かつて宗滴公も、朝倉家のため敬愛する義兄を討たれた。主命なれば是非もなし。吉延よ、すまぬがここは、腹を据えてくれぬか」

「……兄上がさように仰せなら、魚住殿の策に従いまする」

吉延は苦い顔で、しっかりとうなずいた。山崎隊は吉家以下、常に鉄の結束を誇っている。

堀江は陣頭指揮こそ北陸一だが、局地戦は魚住の最も得意とするところだ。敵として戦った経験はないが、必ず勝てると魚住は思った。だが、無意味な戦に、いつものような心の弾みはない。

魚住が天を仰ぐと、血の色を思わせる夕間暮れ（ゆうまぐれ）の赤が、まだ空に張り付いていた。

＊

深更、堀江勢は出撃してきた。もくろみ通り伏兵で挟撃し、包囲に成功したとき、魚住は勝利を確信したはずだった。だが、その後の信じがたい展開に、魚住は折れそうなくらい強く采配の柄を握りしめていた。

堀江は完全に袋の鼠（ねずみ）となり、魚住の計略に引っかかった。将兵らも慌てふためいていた。魚住は内心同情しながら包囲殲滅を命じた。堀江を討ち取らず、せめて捕縛できぬかと考えた。

だが、同情など無用だった。堀江は混乱した陣の立て直しを断念すると、将兵に対し命懸けで全方向へ討って出るよう命じた。自ら豪槍（ごうそう）をしごき、大きく円を描くように最前線を回りながら、兵らの士気を鼓舞した。

不意打ちの先制と包囲の成功により、戦況は魚住たちにとって圧倒的に有利なはずだった。だが、堀江の的確な用兵と鍛え上げられた将兵の猛反撃に、数に勝る征討軍が逆に押され始めた。信じられぬ事態だが、成功したはずの作戦は失敗した。

本陣は二百に満たぬ寡兵である。吉家が危ない。魚住はやむなく態勢を立て直すために、持ち場を家臣に委ね、乱戦の中を急ぎ数騎で本陣へ戻った。

帷幄(いあく)では、吉家が腕組みをして、味方同士が命を奪い合う戦場を見守っていた。

「堀江殿は、鋒矢(ほうし)でここへ攻め込む気じゃな」

鋒矢は突撃の際に堀江が多用してきた得意の陣形である。

魚住が川向こうに目を凝らすと、ばらばらだったはずの堀江隊に統一的な動きが現れていた。さすがに朝倉家随一の見事な用兵だった。一気に本陣を突き、荷駄に火でもかけてから城へ撤退する腹であろうか。

「まったく何という御仁でござろうな。罠にかかりながら、力ずくで罠ごと打ち破って勝機を摑むとは……」

嘆息し二の句が継げぬ魚住の隣で、吉家がゆっくりとつぶやきながら立ち上がった。

「このままでは敗北必至。堀江殿は身どもがここで止め申そう。されば、魚住勢は蹴散らされた伏兵をまとめつつ、右手の間道を伝い、竹田川まで出て、堀江殿の背後を突かれたし」

堀江は乾坤一擲（けんこんいってき）の勝負に賭け、ほぼ全軍で出撃している。竹田川まで北進して本拠の堀江館を脅かせば、堀江とて兵を引かざるを得まい。だが、あの驚異の攻撃力を持つ軍勢の突撃を、本陣の寡兵でどれだけの間、止められるのか。

だが、迷っている暇はなかった。吉家に任せるしかない。

「お頼み申しまするぞ、酔象殿」

川向こうで聞こえた鬨（とき）の声のなかに、堀江の雄叫びが混じっている気がした。

＊

翌夕、見馴れた堀江館を間近にして、山崎、魚住の征討軍は館の包囲を終えた。

「兄上、魚住殿。これから、何としたものでござろうか」

魚住景固は山崎吉延の問いに即答できなかった。魚住のかたわらでは、吉家が口を固く結んだまま、敵城となった堀江館を見上げていた。

綱渡りの再逆転で、からくも戦を引き分けに持ち込んだ。

魚住隊が敵の背後に回り込んだとき、山崎隊は一歩も引かず、渡河しようとする堀江隊をまだ食い止めていた。まれに見る激戦だった。朝倉征討軍の死者は九十七人、戦場に残された堀江勢の死者は三十二人だったが、味方将兵の半数以上が浅くない手傷を負っていた。吉家はいったん東の溝江館に本陣を敷いたが、敵味方に関係なく遺骸を回収すると、堀江館からも見えるように白昼、遺体を荼毘に付した。吉家が彫らねばならぬ石仏の数がまた増えた計算だ。

殺し合った相手は、昨日まで長らくともに戦ってきた朋輩であった。家族まで見知った顔の戦死者を弔った。忍び泣く兵らもいた。主命とはいえ、味方同士が故郷で血を流し合った後、陣は重苦しい空気に沈んでいた。

これだけ双方の将兵が傷つけば、戦の続行はしばらく不可能だ。攻城戦には多少の自信がある魚住も、現有兵力での堀江館攻略は無理だと考えていた。

「魚住殿。ひとまず景鏡公の援軍を待つほかござるまいな?」

吉延の言葉に、魚住は小さく首を横に振った。

「いや、急がねば本願寺が動き申そう。堀江殿は座して死を待つ将ではござらん」

五将の師、宗滴は「武者は犬ともいへ、畜生ともいへ、勝つことが本にて候」と門下たちに教えた。犬畜生と罵倒されようとも、戦は勝たねばならぬ。堀江も手段を選ぶまい。征討軍が坂井郡に攻め入る前、すでに堀江は本願寺と話をつけていたやも知れぬ。援軍が来れば、朝倉家がもっとも憂慮すべき長期の内戦に突入する。

「されど、今は兵らがとても戦える状況ではありませぬぞ」

長らく続いた沈黙を破ったのは吉家だった。

「苦しいのは堀江殿も同じ。われらは数で勝り、堀江館を隅々まで知っておる。戦える兵だけで力攻めをするよりあるまい。犠牲は覚悟の上。警戒を怠らず交代で休み、明晩、総攻撃をかけるといたそうか」

魚住は低く呻(うめ)きながらうなずいた。越前にとって何と不毛な戦であろうか。双方望まぬ戦を前に、生温かい風が荒々しい音を立てた。魚住の耳には、宗滴の遺した朝倉軍が崩れてゆく音のように聞こえた。

前波　五

「余の気を惹(ひ)くための戯れ言であったそうな」

弱り顔で笑う義景の言葉に、前波吉継は仰天した。大野から呼びつけられた景鏡は、渋い顔で薄い口ひげをしごいているが、内心は呆れ返っているに違いない。

「何はともあれ、めでたしじゃ。何もなかったのなら、それに如(し)くはないからの」

義景は狂言で内戦まで引き起こした小少将をたしなめただけで、何らの処罰もせずに済ませるつもりらしかった。

「されど、事態がここまで進んだ以上、義景殿の勘違いで済む話ではござるまい」

山崎、魚住の両将が坂井郡で堀江と死闘を演じたものの、結果は引き分けに終わり、両軍に相当数の死傷者が出たとの報せが一乗谷にも伝わっていた。義景は「憎き堀江の首を一刻も早く挙げよ」と吉家からの使者を追い返した後で、すべて狂言であったと小少将から打ち明けられ、拍子抜けした様子であった。

「さればこそ、兄者に急ぎ来てもろうたのよ。うまく矛を収めるための知恵を貸されい。昔から窮地を脱するには、兄者の力が必要であった」

景鏡が瞑目し、口ひげをいじりながら思案に入ると、義景は前波を振り返った。

「出っ歯。お前も何ぞ妙案を思いつかんか？」

「……当方に非があるうえは、真の事情を堀江殿に話し、間違いであったと――」

「問うだけ無駄であったわ。そちは余に向かって、家臣に詫びよとでも申すのか？」

考えてみると、義景が謝った姿を、前波は見た覚えがなかった。始終そばにいて記憶がないのだから、詫びてばかりの前波と違い、生涯で一度もないのやも知れぬ。生まれながらにして、越前の帝王たるべく育てられた義景の気位の高さは、どうにも救いがたかった。

だが、主君の過ちで征討の対象とされた家臣に頭も下げずに、血を流す内戦にまで発展した大事件をいかにして丸く収めよというのか。

「義景殿。小和田本流院の真孝殿のお力をお借りしてはいかがか」

真孝の室は若狭武田家の出で、堀江の正室の姉にあたり、堀江と真孝は義兄弟の間柄であった。義景の生母が長姉にあたるが、国母が不祥事に顔を出すわけにもいくまい。

「さすがは兄者よ。その手があった。されど、落とし所は何としたものか」

「謀叛の嫌疑なく家臣を討ったとなれば、宗家に対する家臣の信頼が揺らぎ申そう。事ここに及びしうえは、あくまで謀叛人を赦す形をとるしかござるまい」

堀江一族は格別の温情をもって助命のうえ国外退去とし、堀江の所領は宗家の直轄とする。あまりに虫のいい提案だが、はたして堀江が受け入れるのか。

「堀江を説くにはうってつけの将がひとり、わが軍におり申す」

魚住　四

魚住は堀江館を見上げながら、山崎吉家の帰りを待っていた。

夜の総攻撃を企図していた日の昼下がり、前波吉継が堀江に対する降伏勧告の書状を持って現れた。助命以外は全面降伏に等しい条件と聞いて魚住は絶句したが、吉家は「身どもが堀江殿を説き申そう」と丸腰で単身、堀江館へ乗り込んだ。吉家の巨体が館に消えてから一刻以上経つが、吉家が戻る気配はない。

「まさか山崎殿が殺されはしますまいの」

前波の問いに魚住は答えなかった。もし堀江が吉家を討てば、弟の吉延以下、山崎隊は復仇（ふっきゅう）に燃えて堀江を討滅しようとするだろう。それでも宗滴五将の筆頭、仁将の山崎吉家さえ討ち果たしてしまえば、朝倉軍は瓦解（がかい）してゆくはずだ。勝つためなら殺したほうがよい。だが、いかに堀江でも、友を、あの山崎吉家を殺せるだろうか。

魚住は静まり返った堀江館を、祈る気持ちで見つめていた。

堀江　四

堀江は脇息に肘を預けながら旧友をじっと睨みつけていた。

山崎吉家は会うなり両手を突き、たどたどしく詫びた後、堀江の義兄にあたる小和田真孝からの手紙を手渡し、「何とぞお聞き届けくだされ」と、深々と頭を下げた。

征討軍の北上を知るや、やむなく堀江は動き、撃退したばかりの宿敵本願寺と共闘の密約を結びはした。だが、懸念したとおり、一向一揆は約を違えて動かなかった。無理もない。朝倉軍の宿将で、あの宗滴が見込んだ堀江が朝倉家と戦う政変など、にわかには信じられまい。堀江自身も運命の残酷な変転を信じられぬのだ。本願寺は、今後の加賀侵攻の布石とする罠だと見たに違いない。

昨日の征討軍との激闘は、堀江の離反を信じさせるに十分だったろうが、堀江ら三将に撃破されてからやっと六日、一向一揆はまだ態勢を立て直していなかった。それでもこのまま籠城を続けていれば、ひと月もせぬうちに本願寺の援軍が来るはずだ。そうなれば負けぬ自信が堀江にはあった。

だが、それまでこの館が持ち堪えられるか。吉家はいかなる無理をしても力攻めを繰り返すはずだった。景鏡の大野勢が速やかに動けば万事休すだが、吉家ならすでに来援を要請したに違いなかった。

「酔象よ。これは朝倉の報復を畏れた本願寺の離間の計に決まっておる。朝倉家に弓引くは、宗滴公を裏切ると同じ。お前は俺が謀叛を企てたなぞと信じておるのか？」

堀江が吼えかかるように問うと、吉家は太い眉根を寄せながら、ゆっくりと首を横に振った。愚かな人間たちが犯した過ちについて、咎なき神仏に向かって文句を垂れているような気分に、堀江はなった。

堀江が義景の愛妾である小少将と不義密通を働いたとの噂も流れているが、まったく身に覚えのない話だった。義景は明君ではない。保身のために小少将の歓心を買っておいて損はなかった。年初に遅れて一乗谷へ出向いた際、機嫌取りに笏谷石の花立てを献上しただけだ。年甲斐もなく女は好きだが、わざわざ主君の寵姫に手を出すほど、堀江は女に困っていない。

「宗滴公は嘘つきを嫌悪された。ゆえに俺は生涯で、まだ一度も嘘をついた覚えがない。俺は本願寺に嵌められたんじゃ」

「重々承知してござる。されど、主命なれば、どうかお赦しくだされ」

宗滴五将にとって主命は絶対だった。堀江と同様、吉家は宗滴の教えを愚直に守ってきた。

「受け容れねば、何とする？」

吉家は両手を突いて巨体を折りたたんだ。

「すでに景鏡公に援軍を仰いでござる。加賀勢が押し寄せる前に、この館を力攻めで落とす所存。またたくさん石仏を彫らねばなり申さぬ。されば、お頼みいたす」

言葉に重みがあった。こけおどしの脅迫ではない。昨日の激戦を見ればわかる。吉家は朝倉を守り抜くために、本気で攻めてくる。敵とするにはもっとも厭な相手だった。

「お前は昔から駆け引きの通用せん男じゃからな。されど、俺とて勝つためには手段を選ばぬ。それが宗滴公の戦のやり方であった」

堀江は立ち上がって刀置きから太刀を取ると、鞘から抜き放った。

「朝倉軍の柱は酔象じゃ。俺がお前を殺すとは考えなんだのか？」

堀江が鼻先に切っ先を突きつけても、吉家は身じろぎひとつしなかった。

吉家は胸の前で合掌すると、目を閉じた。

「命はとうに捨ててござる。堀江殿が朝倉家を離れる以上、宗滴公の後を継ぐのは、身どもでござる。されば宗滴公に代わりてお頼み申す。無体きわまる条件なれど、どうか呑んでくだされ」

「酔象、誓って俺は、何ら忠義に反するような真似はしておらん」

堀江は五将の中でも、義に篤き将として宗滴に認められた男だ。

「むろん承知してござる。されど、御館様の翻意を得ることかなわぬと知り、朝倉家のため兵を興し申した」

征討軍がかくも迅速に北上せねば、堀江は近隣の諸豪をまとめ、有利に迎撃できた。吉家が堀江にそれを許さなかったのは、朝倉家を守るためだ。ここで吉家を討ち、懸命に防戦して本願寺の援軍を待てば、勝機はまだ残っている。だが、その後どうするのだ。義将の堀江が朝倉家を滅ぼすというのか。吉家は堀江が宗滴の遺言を破れぬと見越して、説得に来ていた。

せめてあと三日あれば、負けはしなかった。対等の交渉に持ち込めた。だが、相手が悪すぎた。朝倉家のためなら、たとえ友であっても、吉家は堀江を容赦せず討滅する。堀江は刀を鞘に収めると、へたり込むように座った。

これから朝倉軍の加賀侵攻を開始しようという矢先、事情もわからぬまま謀叛人扱いされ、故郷を放逐されるとは……。志半ばで朝倉を去る結末に、堀江は宗滴に申し訳が立たぬと思った。

「無念でならぬぞ、酔象。俺は朝倉家を守りたかった。お前と共に加賀を征し、京へ攻め上り、天下を取りたかった。お前は隠居して石仏を彫るんじゃろが？　いったい朝倉はこれから、どうなるんじゃ？」

不覚にも悔し涙がにじみ出てきた。堀江は涙目を隠そうと天を仰ぎ、絶望して笑った。それでもやはり、涙が流れた。

「ひとまず隠居はやめ申した。堀江殿に代わって、身どもが力の限り、朝倉家をお守りいたす所存」

吉家も眼に涙を浮かべていた。そういえばこの男も、昔から一度も嘘をついたことがなかった。朝倉家はこれから飛車なしで敵と戦うわけか。酔象なら、言葉どおり、討たれるその日まで王将を守ろうとするだろう。

「俺は敵国にあっても、朝倉にだけは刃を向けまい。されば、酔象よ。宗滴公より託されし朝倉家を、頼む」

堀江が声を絞り出すと、吉家は、

「しかと、お約束申し上げる」

と答え、また巨体を折りたたんで、板の間に額を付けた。

前波　六

「しばしこちらにてお待ちを」

品の良い家人に案内されて、前波吉継は館の一室に入った。景鏡が呼んだ客を待たせるとは、めずらしい話である。

寝静まるにはまだ早いはずだが、広い館内は水を打ったように静かで、館近くで大きく屈折する一乗谷川の水音だけが異様に大きく聞こえた。人が来る気配はない。

義景の思いつきの仕事に、前波は近ごろまた振り回されていた。小少将のために特別な館を新築せよとの命令である。狂言だったとはいえ、今回の騒動を踏まえて、家中の者が頻繁(ひんぱん)に出入りする朝倉館から、一刻も早く小少将を移したい様子であった。ありふれた居館では納得すまい。

庭には、小少将が喜ぶ趣向を凝らせと注文を付けてきた。義景のあらゆる欲望に応えるのが前波の仕事とはいえ、注文の多い足利義秋の応接だけで手いっぱいな時期に、新たな雑用が急増した。百足の一件で強く抱いた義景と小少将に対する恨みは決して忘れぬが、館の財宝を盗んで逃げる企てを夢想する暇(いとま)もなかった。

そんなおり、景鏡から館に来るよう呼び出しがかかったのである。

廊下に足音が聞こえるや、いつものように前波は平伏した。

現れたのはきつね目の女であった。小少将の輿(こし)入れの際に朝倉館に上がった女で、いつも小少将のそばを離れぬ侍女であった。名を蕗(ふき)という。前波よりは年長で、二十代にも四十代にも見えた。前波が嗤い物にされていても、にこりともしない変わった女だった。

「景鏡公の御名でお呼びすれば、前波さまと二人でお話しできると思いましたゆえ」

蕗の容色は衰えていない。ふだんは小少将の美貌に邪魔されて目立たぬが、こうして近くで見ると、なかなかによい女だ。だが、木っ端役人に何用なのか。まさか前波のごとき醜男(ぶおとこ)に懸想するはずもなかろうがと、愚にも付かぬことまで考えた。

「この文(ふみ)に見覚えは？」

蕗は婀娜(あだ)っぽい仕草で懐から一通の紙を出すと、前波に向かってゆっくりと開いて見せ、再び懐にしまい込んだ。

前波の全身から冷や汗が噴き出した。見間違うはずもない。片隅に焦げ目のある例の小少将の文であった。前波は一瞬、この女を殺して逃げだそうかと考えた。だがすぐに、門番をしていた屈強な男の剛(かた)い髭を思い出した。

「過日、姫が困った文をお書きになったと知り、景鏡公にお尋ねしたところ、前波さまが燃やしたはずと仰せでした。しかるに、なぜかような文が館の渡り廊下に落ちていたのでしょう。面妖なお話でございます」

前波はごくりと生唾を飲み込んだ。この女は何をどこまで知っているのか。狙いは何なのか。

「ご安心なされませ。御館さまがご覧になる前に拾いました。この文が実は焼き捨てられておらぬとは、景鏡公にもまだ申し上げておりませぬ」

夜半に落としておいた手紙を、小少将付きの侍女が偶然に見つけたりするだろうか。

前波の不審を見通すかのように、蕗は付け足した。

「ゆえあって、朝倉館の夜には常々目を光らせておるのです」

蕗は立ち上がると、艶やかな笑みを浮かべながら、前波のすぐそばまで近づいて腰を下ろした。苦みのある沈香の香りがした。

「おりいって前波さまにひと肌脱いでもらいたいのです。御館さまの最側近でのうては、決してなしえぬ大事にございます」

「何ゆえ、それがしなんぞに……」

「前波さまは主命に従い、百足まで口にされたではありませぬか。私は前波さまの忠誠と勇気に深く感じ入っておりました」

物は言いようだが、信じてよい話だろうか。

「……それがしなんぞに、いったい何をせよと？」

もしや新館建設を巡る便宜だろうか。蕗の部屋を日当たりのいい広めの部屋にするくらいなら何とかなりそうだが……。前波にできそうな些事を思いめぐらしている途中で、蕗が笑い出した。

「まだその時ではありませぬ。されど、お家の大事なれば、前波さまをおいて成し遂げられるお方はおられますまい」

蕗は鼻と鼻が触れ合うほどに顔を近づけてきた。よい匂いがした。

前波は己の顔が赤らむのがわかった。

「ほほほ。姫にお味方くださる限り、わたしは前波さまの味方です」

きつね目の妖艶な笑みに、前波は凄まれるよりかえって怖れを覚えた。

「されど……裏切れば、容赦はいたしませぬぞ」

この文を義景が読んでいないなら、小少将が自ら義景に狂言を仕組んで、堀江を嵌めたことになる。なぜだ、何のためだ。

突然、目の前の蕗から赤い舌が伸びて、前波の出っ歯をゆっくりと右から左へ舐めた。

前波が驚いて後ずさると、灯明皿の油火が音を立てて揺らいだ。

第四章　幻の天下

――永禄十一年（一五六八年）小夏

前波　七

朝倉館の数奇座敷からは、庭園に咲く紫陽花(あじさい)が辛抱強く雨に打たれる健気(けなげ)な様子がよく見えた。

主君朝倉義景の斜め後ろで神妙に控える前波吉継は、山崎吉家の進言に舌を巻いた。吉家は口べただが、頭は悪くない。軍事の素人が聞いても、考え抜いた末の上洛作戦だとわかった。

「吉家、そちはいい簡単に申すがの。義昭（義秋）公を奉じ、三好三人衆と事を構えて、確かな勝算があるのか？　負ければ、わが越前まで失いかねんぞ」

義景の問いに対し、吉家は自信ありげにうなずいた。

朝倉家は昨年、激しい同士討ちを演じたあげく、北の国境を守る勇将、堀江景忠を追放した。以来、主戦派の山崎吉家でさえ加賀侵攻を言わなくなった。能登へ亡命した堀江が、宿敵本願寺の招聘に応じてその軍門に降った今、加賀平定は至難となった。堀江は越前の内情を知るばかりか、越前将兵のうちに慕う者も多く、特に国境の坂井郡に強い影響力を持っていた。

義景もまた、堀江を得た一向一揆を怖れた。状況の大きな変化を受けて、吉家は立場を変えた。加賀征討でなく加越和親を率先して進めたのである。朝倉家は庇護下にある足利義昭に周旋を頼みこみ、ついに加越の和睦までこぎ着けた。昨年十二月の出来事である。

「本願寺との同盟も成り、三好三人衆を南北から挟み撃ちにできる好機。宗滴公の鍛え上げられし越前兵はなお健在にございまする。若狭の武田家、江北（北近江）の浅井家の助力を得て、今こそ義昭公を奉じ、上洛すべき時」

本願寺最大の牙城は大坂の石山である。内紛で混乱する三好家を討ち滅ぼすのは難しくないと吉家は説いた。

「いま少し様子を見たほうがよいのではないか？　だいたい本願寺は信用ならぬ。加越は八十年もの長きに及び事を構えてきたのじゃぞ。約束を反故にされ、加賀から攻められれば、お手上げではないか」

懸念はもっともだった。北の守将、堀江景忠を本願寺へ走らせた愚か者は義景だが。

「されば、おそれながら縁組みの話を進め、絆を深めたいと存じまする」

義景には幼い娘が二人いるが、いずれかを本願寺顕如の後継者である教如に嫁がせるという。もともと堀江は事あるごとに上洛戦をぶち上げていた。堀江の亡命後、吉家は盟友が実現できなかった方針を引き継ぐ気らしく、朝倉家の活路を上洛戦に見いだそうとして、独りで動き始めていた。景鏡のいる大野や伊冊の敦賀にも出向いて説いた。本願寺との歴史的な和睦のために奔走して話をまとめた人物は、とどのつまり吉家であった。

「じゃが、肝心の義昭公が信用ならぬぞ。のう、出っ歯?」

油断していた前波は、慌てて「御意」と、何も考えずに同意した。

一昨年の秋に次期将軍候補の足利義昭を敦賀で庇護して以来、前波は義昭の世話役をさせられてきた。義昭は、義景よりもさらに狭量な気難しい男で、容赦なく前波をこき使うため、前波は疲れ果てていた。安養寺に義昭の欲望を満たす御所を作るにあたっては無理難題をいくつも押しつけられ、金を出し渋る義景との間で板挟みになって、身も細る思いをしたものだった。

本来なら庶家の小役人が担当すべき役目ではないが、たまたま前波が和歌を詠め、文芸に明るかったせいで白羽の矢が立った。皆が雑務を嫌がり、前波に押しつけた結果でもある。小心者の前波は、高貴な賓客の接待をするたび、剣山で刺されるように胃が痛んだ。

そこへ現れたのが山崎吉家だった。

前波にとって上洛戦など実際どうでもいい話だが、義昭は吉家の考案した戦略に相好を崩し、巨漢がのっそりと安養寺御所を訪れるたびに上機嫌となった。仏顔で朴訥に語るだけなのだが、不思議と皆が吉家の話に耳を傾ける。吉家さえいれば、義昭の機嫌がよく、無体な扱いも受けない。吉家は前波にとって救いの神に変わった。義昭には前波を通さねば面会できず、前波も立ち会うから、この半年あまりの間、多くの時を吉家と過ごした。この三月に糸桜を観賞した観桜会、五月に挙行された朝倉館への盛大な「お成り」も、本来なら前波が裏方でいっさいの手筈を整えねばならなかったが、吉家と弟の吉延が率先して協力してくれたおかげで、滞りなく済んだ。

何より吉家は前波のごとき小物を「前波殿」と呼んで丁寧な言葉を遣い、ひとりの人間として扱ってくれた。前波は吉家に対し、友情に近い思いさえ抱くようになり、「山崎殿」ではなく「吉家殿」と呼ぶようにもなっていた。

吉家があきらめずに繰り返す上洛戦の献策に対し、義景は気のない様子で庭の紫陽花の葉にのっかっている雨蛙(あまがえる)を見ていた。

「義昭公を当家でお匿(かくま)いして、はや三年目——」

吉家の助け船になればと、前波は余計な口を挟もうとしたが、義景のひと睨みに黙した。突き出された大鼻が膨らみ、「出っ歯ふぜいが、血迷うて意見するな」と警告していた。

義景も馬鹿ではない。将軍足利義輝(よしてる)が三好、松永(まつなが)らに殺害された後、朝倉家が弟の義秋を匿ってきた理由は上洛のためだ。この四月には義秋が朝倉館で元服し「義昭」と改名した。加冠の儀は義景自らが執り行った。すっかり準備は整っていた。

「じゃが、六角承禎(じょうてい)が三好と結んで抵抗するであろうが」

南近江の六角家は、朝倉と同盟関係にある北近江の浅井家と抗争していた。味方につけるほうが無理というものだ。吉家は順序立てて勝算を説いたが、乱世で確実な勝利などないことは、前波でもわかる話だった。

義景の側近となって十年あまり、前波は義景が上洛戦を渋る本当の理由を知っていた。浮薄で狭量な義昭と反りが合わぬ事情だけではない。義景はどこにでもいる凡庸な男だった。弓が家臣に自慢できるくらいには得意で、一流歌人とつき合える程度の和歌の嗜(たしな)みもある。だが、正真正銘ただそれだけの男だった。義景自身も己が将軍を支えて天下に号令する器でないと正しく弁えていた。義景は己にまったく自信がない。怖いのだ。

吉家は強くならねば服従するしかない乱世の冷厳を訥々と語っていた。越前が力を持たねば、より強き者に滅ぼされると持論を繰り返した。加賀平定の望みが潰(つい)えた以上、朝倉家は南下して力を得るしかなかった。

「されど、敦賀の叔父上が反対しておるではないか」

当初、敦賀に匿われた義昭は、大野郡司の朝倉景鏡より先に、敦賀郡司の朝倉伊冊父子と会い、親交を深めた。堀江景忠が加賀平定を急ぎ、将来の上洛戦を説いていたのは伊冊派に属していたゆえもあった。朝倉家中の事情を知らなかった義昭は、天下に名高い朝倉宗滴の養子たる伊冊を抱き込み、上洛戦に役立てる肚(はら)であったろうが、これが裏目に出た。

景鏡は主君義景を取り込んで、伊冊に対抗した。義昭が初めて一乗谷に下向した昨年十二月の朝倉館お成りでも、景鏡は「所用のため」と称して出仕しなかった。

足利義昭はしたたかな男だった。伊冊より景鏡が主君義景に近いと悟り、さらに堀江景忠の追放によって伊冊派の力が削がれた事情を冷静に分析したのであろう、伊冊を捨てて景鏡に乗り換えた。怒ったのは伊冊である。今度は伊冊が義景に取り入り、上洛妨害工作を始めた。

もともと義景は義昭を好きでなかった。義昭の要望した物々しいお成りに際し、朝倉家では大枚をはたいて太刀、弓、征矢(そや)、鎧に加え鴾毛(つきげ)の馬を献上したが、この時、全家臣が主殿から庭に下りて跪(ひざまず)いたにもかかわらず、義景は前日の雨でぬかるんだ庭で足が汚れるのを嫌い、縁側の沓脱石(くつぬぎいし)に片膝を突いただけだった。

懸命に説き続ける吉家を、義景は手で制した。

「この一件、まだしばしの思案が要る。夏に軍勢を動かさば兵たちに疲れも出よう。しばし様子を見るとしようぞ」

立ち上がりながらの義景の言葉に、吉家は「はっ」とぬかずいた。

義昭の来越から足かけ三年、これ以上いくら考えても名案なぞ浮かぶまい。後はやるか、やらぬか、義景の決意次第だった。

逃げるように義景が去った後も、吉家は足音がすっかり消えるまで頭を上げなかった。ゆっくりと身を起こした巨漢に、前波は慰めるように語りかけた。

「あの様子では、やはり無理やも知れませぬな」

「身どもは朝倉家を守ると、堀江殿に固く約束したのでござる。あきらめるわけには参らぬ」

「景鏡公が今宵、改めてお見えになるではありませぬか。お気を落とされますな」

義昭から矢の催促を受けて、景鏡が義景の尻を叩くために一乗谷入りする。上洛後、実際の政を景鏡が仕切るのなら、義景も首を縦に振るのではないか。義景のごとき浅薄な男に天下など取らせたくはないが、それが出生の宿命というものだろう。

「景鏡公には、よしなに。必要とあらば、いつでも身どもをお呼びくだされ」

前波に会釈して帰ってゆく吉家の大きな丸い背中が、今では少し愛おしく見えた。

＊

「吉報でござる！　御館様がついに上洛を内諾なさいましたぞ」

翌朝、前波吉継が息を切らせて盛源寺に着くと、吉家は案の定、縁側で石仏を彫っていた。吉家は喜ぶより、仏顔を逆に引き締めながら前波を見て、いつもどおりに座るよう勧めてくれた。

「やっとお骨折りが実りましたな、吉家殿」

土壇場になって上洛を渋っていた義景が翻意したのは、いっさいの面倒は景鏡が取り仕切るという約束と、確約された「管領職」のゆえであった。景鏡は義昭に進言して、上洛の暁には義景を幕府管領に付けると約させた。当初、義昭は口を濁したらしいが、景鏡の懸命な説得と利益誘導に折れた。義昭は義景の煮え切らぬ態度に半ば愛想を尽かして、美濃を征した織田信長と頻繁に接触していたが、景鏡はこれを義景の説得に利用した。いざ義昭を他に取られると思うと、義景もせっかくの駒がもったいないと考えたのか、上洛戦に同意した。

「明日にも、義昭公が安養寺御所へ御館様をお召しになるとか。景鏡公のご推挙により、吉家殿におかれては万全の戦支度をと」

すでに義昭から前波に対し、宴会と能の手配をするよう指図がなされていた。戦は伊冊、景鏡両派に属さぬ吉家に任せるのがよいと景鏡は進言したわけである。

「承知いたしました。五日のうちに出陣の支度を整え申そう」

すでに対外的にも上洛準備は整っていた。義景の気が変わらぬうちに軍勢を興すほうが得策だろう。

吉家は鑿と槌を小箱にしまい、作りかけの石仏を縁側の隅に置くと、ゆらりと立ち上がった。

「ついにやりましたな、吉家殿」

前波が笑いかけると、吉家は大きくうなずいた。いつも笑った仏のような顔だから、ふだんと別段変わりない。それでも前波は吉家の喜ぶ姿が嬉しかった。

＊

前波はまぶしい陽光を見上げた。梅雨の晴れ間が、一乗谷に澱んでいた雨の匂いを弾き飛ばしている。行きかう武士たちの中に見馴れぬ顔が混じっていた。上洛戦へ向かう軍勢が一乗谷に集結し始めているためだ。

前波は朝倉館を出ると、一乗谷川をようようと上ってゆく。

義景は上洛を決めてから、小少将の住まう諏訪館で起居していた。前波が命ぜられ、懸命に造らせた新館であった。義景と小少将からは無茶な注文を受けたが、側室の居館が義昭のために作った安養寺御所より立派になっては波風が立つ。板挟みになりながら造らせた苦心の館であった。

義景は出立まで小少将のもとにいると宣言した。上洛にかかる裏方の仕事は政所の朝倉館を中心に行われるから、前波はいちいち諏訪館の義景に伺いを立てに行かねばならなかった。

軍勢が通過する若狭の武田家には通告済みであり、宗滴が築いた同盟で結ばれた浅井家も朝倉家に同心する。堀江景忠こそ失ったものの、宗滴が残した四将と精強な兵はまだ健在だった。伊冊も時流に乗り遅れては損をすると考えたのであろう、吉家が直談判に出向いたところ、おとなしく主命に従う気らしく、金ケ崎城で軍勢を整えて待っている。

明後日の朝、安養寺御所の義昭を奉じ、越前朝倉勢二万余が大挙して京を目指す。

前波は義景と小少将に怨恨があった。だがそれでも義景が管領となれば、前波の地位も自然と上がり、富貴のおこぼれにもあずかれるはずだ。義景とていずれ、前波の従順さとありがたみに気づくのではないか。天下を取れば、長年の奉公に報いるべく、前波に一城でも与えてくれまいかと思った。そうすれば前波など眼中にない兄の景当(かげまさ)や前波家の面々を見返してやれる。

前波は出陣せず朝倉館の留守を預かる身だが、義景に加え、気難しい義昭からひとまず解放されると思うと、天にも昇る心地であった。

さきほど吉家が前波に会うために朝倉館を訪ねてきた。来る(きた)義昭の出御(しゅつぎょ)の段取りにつき最後の確認をするためであった。今の前波は朋輩に頼られていた。歌合(うたあわせ)などと違い、上洛戦という大戦略の裏方を担う役回りに、誇りを感じ始めてもいた。犬猿の仲の景鏡の大野勢、伊冊の敦賀勢との連携も、吉家が間に入りうまく取り計らっていた。後は出陣するだけだった。

用務を済ませて諏訪館を出ようとすると、「前波さま、しばし」となまめかしい声に呼び止められた。きつね目の蕗である。

「おお、蕗殿。ご機嫌うるわしゅう」

「いつもの部屋でお話が」

着物の裾を優雅に払うと、蕗は先に立って歩き出した。前波が続く。

蕗のおかげであろう、小少将の気まぐれな仕打ちも止んだ。もしや蕗は、前波に心を寄せているのではないか。

前波は風采も悪く、うだつの上がらぬ小役人だが、見ようによっては主君にもっとも可愛がられている側近ともいえた。義景が雑用を申しつけるとき、まっさきに呼びつける家来は前波だった。義景の嗜好や内心まで弁えた腹心と見えても、あながち変ではなかった。史書を紐とけば、愚にもつかぬ男が主君の寵愛を受けて力を得た例が少なからずあるではないか。

諏訪館は南東に面した庭園が見事だが、蕗とは北東の隅にある小部屋で会うと決まっていた。蕗は膝を突いて引き戸を開けると、先に前波を入れた。前波を尊重してくれる人間は、景鏡と吉家のほか、この蕗くらいだ。

蕗は音も立てずに戸を閉めると、前波に向かってあでやかに微笑んだ。狭い部屋だと蕗の好む沈香の匂いだけでなく、甘い体臭さえ感じられる気がした。

出会いが異質だっただけに、前波は当初、蕗を警戒していた。が、月に一、二度会って義景や家中の噂話をするくらいで、大仰な話は何ひとつなかった。蕗は何のために前波に接近してきたのか。色恋沙汰なら、歓迎なのだが。

「いよいよそのときが参りました。前波さまに、おりいってお願いがあるのです」

「何なりとお申し付けくだされ。蕗殿のためなら、この前波吉継、ひと肌脱ぎ申そう」

蕗が身を乗り出して顔を寄せてきた。甘い匂いが強くなった。近すぎぬか。

「いよいよひもじを追い払います」

義景の正室、近衛殿の名は「ひ」で始まるから、蕗はひもじと呼んでいた。小少将が愛妾にすぎぬのは近衛殿がいるためだ。嫉妬深い近衛殿は四年前、同じく義景の愛妾であったお宰を呪い殺したと言われる。恐ろしい相手だ。

「このわしに、さような真似が……」

「妙手があるのです。お聞きあれ」

妖艶（ようえん）な笑みを浮かべる蕗におそるおそる顔を近づける。前波の出っ歯に生温かい息が掛かった。

*

夜半まで続いていた一乗谷の喧噪も今は収まって、朝倉館の宿直屋に聞こえるのは夕刻から降り始めた沛雨の音だけだった。

前波は手の震えを押さえようと、蕗に手渡された小さな薬嚢を握りしめた。

諏訪館の狭い一室で、蕗は前波が引き込まれそうな微笑みを浮かべたまま、湯漬けのお代わりでも所望するように言ってのけた。

——阿君丸さまのお命を奪いなされ。

呆然と絶句したままの前波に、蕗は薬嚢を手渡し、事細かに殺害の段取りを指図した。

前波は震える手で、安波賀で手に入れた安物の濁り酒を瓶子のままで飲んだ。景気づけだ。宿直が酔うのはうまくないが、とても素面では実行できない凶行だった。

乱世に生まれながら、前波はこれまで人を殺めた経験がなかった。戦場も知らぬ。いとも簡単に人が死ぬ時代にあって、運が良かっただけの話だ。

七歳の阿君丸は生母のお宰に似て、なかなかの美少年で利発だった。顔の輪郭は義景とそっくりだが、顔立ちが母親の面影をはっきり宿していた。近ごろでは前波を嗤い物にする義景をたしなめる時さえあった。不甲斐ない父親よりはるかに優れた主君となるだろう。実際、義景も阿君丸に期待して、ことあるごとに褒めそやし、「政なぞ、早う阿に任せて隠居したいのう」などと口走りもした。前波が憎き義景のもとにとどまっている理由は、いずれ阿君丸のもとで多少の栄達を図れぬものかとの下心もあった。

義景の子を産んだ女はお宰のみであり、男子は阿君丸ひとりであった。義景がもっとも愛したお宰の忘れ形見だけに、義景は阿君丸をことのほか大切にしてきた。

だが、小少将にとって、義景の寵愛を受ける阿君丸は邪魔だった。

――あの童にはちょっとした秘密があります。

あの小部屋で、蕗は前波の左耳に口を寄せてきた。こそばかすように、唇が軽く触れた。

耳穴に蕗の熱い息を感じながら、「あの乳母が曲者なのです」との囁きを聞いた。

阿君丸は七歳になってもまだ乳母の乳を吸っているという。物心つかぬうちに生母を失ったせいか、乳母によく懐いていた。蕗によれば、乳母は朝倉家を乗っ取ろうと企んでいるらしい。阿君丸が望むのを奇貨として毎晩のように添い寝をし、わざと乳離れさせず、いまだに依存させている。

だが阿君丸が別室で休むようになってからは、簡単にはいかなくなった。今では家人にわからぬよう、皆が寝静まった夜半、北門側の女中の部屋で乳をやっているらしい。最近の義景は遅くとも夕方には朝倉館を出て諏訪館に入り、夜は不在にしている。諏訪館の警固に力を入れるぶん、朝倉館は手薄になっていた。北門のあたりは出入りがほとんどなく、他人に気づかれずに済む。乳母は必ず台所で銅製の水注（みずさし）にある水を飲んでから授乳する。黒釉（こくゆう）の碗を使って飲む習慣まで、蕗は知っていた。

――この毒を水注に入れなされ。乳を飲ませて殺すのです。

足利義昭一行の来越に伴い、京から新種の毒薬がもたらされたとの噂があった。服毒してもすぐには効かぬ。ぴんとしているが、しばらくして毒が身体に回り始め、やがて悶（もだ）え死ぬという。乳母とその乳を飲んだ阿君丸を同時に始末するわけだ。

今回の上洛戦で義景が出陣すると決まり、阿君丸は明日、乳母とともに朝倉館を出て傅役（もりやく）の屋敷へ移る段取りとなっている。その前に実行せねばならなかった。小少将とともに諏訪館へ移った蕗には手を下せぬ、前波が頼りだという。だが前波としても、使い捨てにされてはかなわなかった。

――ひもじの女房に、乳母と張り合っているおさしという馬鹿な女がいます。その者に罪を被せますゆえ、前波さまはいっさい疑われませぬ。

蕗は女同士のやっかみや諍（いさか）い、意地悪な仕打ちから、互いに付けているあだ名まで事細かに説明してくれた。近衛殿に罪をなすりつけて、追放するわけだ。

突然の落雷に、前波は宿直屋で飛び上がった。

前波は朝倉家への忠誠心など持ち合わせていない。己の保身さえできるなら、主家がどうなろうと関心はなかった。

危険を冒す見返りを求める前波に対し、蕗は阿君丸暗殺に成功すれば、おりを見て夫婦になってもよいとまで約してくれた。口約束が守られるかは知らぬが、すでに前波は蕗に惚れてしまっていた。意気地なしだと思われたくなかった。秘密は絆を深める。蕗と重罪を共有したいとも考えた。

蕗は前波の弱みを握ってもいた。あの文が景鏡に渡れば、前波は信を失う。義景にどう伝わるか知れぬ。前波の命など鼻毛ほどに軽んじられている。打ち首にされても不思議はなかった。

阿君丸に恨みはなかった。優しく接してくれたお宰には申し訳ないとも思った。だが、殺さねば、前波が破滅する。ほかに道はなかった。

——お宰様、阿君丸様。どうかお赦しくだされ……。

＊

前波が薬嚢を手に立ち上がったとき、雨音がいっそう強まった気がした。

阿君丸とその乳母の死を知った義景は半狂乱になった。

上洛戦は延期された。義景は阿君丸の乳母といがみ合っていたおさしとその夫を下手人と断じて誅し、正室の近衛殿を離縁した。その後は「病を得た」と称して諏訪館に引きこもり、誰にも会おうとしなくなった。

他方、足利義昭はついに朝倉家を見限ったらしく、織田信長を頼って美濃へ動座すると公言し、幕臣の明智光秀らとともに着々とその準備を始めていた。

「お頼み申し上げる」

諏訪館の遠侍に詰めていた前波は、吉家の巨体を見るたび、すまない気持ちでいっぱいになった。吉家の上洛作戦を潰したのは結局、前波だった。阿君丸の死が公にされると、吉家はまっさきに駆けつけてきた。面会を求めて通い詰めているが、義景は面会を許さなかった。今日で十日目になるだろうか。

「吉家殿。なにぶん時が悪うござる。改められたほうがよろしかろう」

「前波殿、お取り次ぎくだされ。今、上洛せねば、朝倉家は千載に禍根を残す仕儀となり申す。宗滴公に合わせる顔がござらん」

何回取り次いでも門前払いの結果は見えていたが、いちおう話を繋いだ。だがその日、義景からは意外にも「会う」と短い返事があった。吉家と話して気でも紛らわせ酔るつもりか。

吉家を案内して主殿に赴くと、やつれ切った顔の義景が脇息に身を預けながら、酔眼で来訪者をにらみつけていた。頬がそげたぶん、義景の大鼻はさらに目立った。

「こたびは痛恨の極み。この吉家、口惜しゅうてなりませぬ。阿君丸様は必ずや英君となられたはず。思えば先だってお会いしたおり、四書五経の……」

吉家の示す長い弔意に対し、義景は能面のように何の反応も示さなかった。「面を上げよ」とも言わぬため、吉家は額を畳に付けたまま、たどたどしく言上し続けている。

前波が盗み見ると、義景はとうに盛りを過ぎた庭の紫陽花を見ながら、ゆったりと扇子で顔に風を送っていた。

「余は忙しいのじゃ。もそっと早う喋れ」

「はっ」と吉家は平伏したまま続けたが、性癖をすぐに治せるはずもない。

吉家は哀悼の辞を終えると、上洛の意義を丁寧に説いた。すでにくり返し言上した内容だった。義景はおそらく聞いてもいまい。吉家をからかっているだけだ。前波にもわかる。人は不幸になると、幸せそうにしている人間に敵意さえ覚えるものだ。とくに山崎吉家のごとく顔に笑みが張り付いている仏顔の男はかっこうの標的だろう。

景鏡によれば、義景は政にすっかりやる気をなくしていた。誰が何を説こうと、上洛などするはずがなかった。歌合ひとつやるまい。にもかかわらず「朝倉家のゆくすえのため」とくり返して、まじめに説き続ける吉家が気の毒でならなかった。

義景は一刻近く、平伏したままの吉家に喋らせた後、ゆっくり身を起こした。

「言上の向きはわかった。ときに吉家、そちは子を殺された経験があるか？」

「殿のご心中、お察し申し上げまする。されど亡き阿君丸様のためにも今こそ――」

「ほう。上洛すれば、阿が生き返るのか？」

「さにあらず。されど、朝倉家の存続と繁栄は天上の阿君丸様にとっても――」

「そちに余の気持ちなぞわからぬわ！」

吉家の口調は相変わらずのろい。それがますます義景の癇に障るらしい。

「この時のために当家は、義昭公を三年にわたりお匿い――」

「そちらが匿えと言うたからじゃ。そのせいで京から入ってきた毒薬で、阿を失うてしもうた。義昭なぞ匿わねば、阿は死なずにすんだのじゃぞ！　そちのせいではないか！　下がれ、吉家」

「おそれながら、美濃を得た織田殿が義昭公を奉じて上洛すれば、その力、ますます強大となり、遠からず当家は織田家の風下に――」

「くどいぞ、吉家。織田の話は聞き倦いたわ」

美濃を平定して日の出の勢いの信長を、義景は成り上がり者よと蔑みながら、妬み、嫌悪し、おそらくは恐れてもいた。

「余は上洛せぬとは言うておらん。日延べするだけじゃ」

「何事を成すにも時宜がございまする。今を逃さば、ふたたび上洛の好機は参りますまい。いずれ当家は織田殿に膝を屈さねば――」

「また、織田と申すか！　余の前で二度とあの下賤な男の名を語るな」

信長を恨む小少将の手前、義景は信長に対する悪罵しか口にしなかった。

「されば御自らご出馬されずとも、ひとまず景鏡公を名代とされ――」

「兄者も今はゆっくり休めと言うておるわ！　もうよい、下がれ！」

「朝倉はこの機を逃してはなりませぬ。なにとぞお考え直しのほど――」

「余は今、忙しいのじゃ！」

義景は荒々しく立ち上がると、乱暴な足音を立てて部屋を出て行った。

前波に声をかけられるまで、吉家は平伏したままだった。場には苦くうつろな時が流れてゆく。ようやく身を起こした吉家は、困ったような笑い顔をしていた。むろん笑ってはいない。そういう顔なのだ。

「時が悪すぎると申し上げましたろう」

吉家の奔走と再三の説得で、義景も上洛戦に向けてようやく重い腰を上げようとしていた。だが、吉家は運に恵まれなかった。努力はすべて水泡に帰した。

「あたら好機を、むざむざ織田殿に献上するとは、残念無念でござる。何ゆえ宗滴公は、身どもなんぞに後事を託されたのか……」

吉家は寂しそうな笑みを口の端に浮かべながら、庭に力なく転がる、干からびたようなかたつむりの殻を眺めていた。

上洛戦の延期を聞いたとき、義昭は落胆よりも呆れた顔を見せた。二年も将軍の座を待たされたのだ。吉家は阿君丸の死の異常と義景の心痛を説き、「しばしのご猶予を」と秋までの延期を求めていた。だが、義昭は最近、吉家に会おうともしなくなった。危機感を覚えた吉家は時宜を得ぬと知りながら、義景との直談判に及んだのだ。

「これからいかがなさる? 吉家殿」

吉家は泣き笑いする仏のような顔で、前波に微笑みかけた。

「当家はこれより織田家と友誼を深め、対立を避けるが得策。義昭公の美濃行きも粗相なきよう取り図らうといたそう。前波殿もお力をお貸しくだされ」

前波はとっくに義景に愛想を尽かしていたが、山崎吉家はつむじを曲げて投げ出すような男ではなかった。堀江追放の時も同じだった。最善の策を運命に奪われても、腐らずに切り替えて、朝倉家のため常に次善の策を用意して前進しようとする。宗滴が後継者に吉家を指名した理由が、今ならはっきりとわかる気がした。

一揖(いちゆう)して去った吉家の大きな背中は、まだ何もあきらめていないように頼もしく見えた。

第五章　岐路

——永禄十二年（一五六九年）初春

前波　八

上洛断念の翌年、永禄十二年正月の一乗谷は、人馬の行き来を拒むように、深い雪に閉じ込められていた。

本来、年頭に朝倉館の常御殿で開かれる評定には、家臣らが勢揃いするはずだが、この日は大雪のために交通が遮断され、敦賀の朝倉伊冊らは出府していなかった。前波吉継は、例年どおり「昼下がりには宴会を始める」と景鏡から聞いていたが、どうも雲行きが怪しい。むろん宴会の差配は前波が命ぜられていた。

「敦賀諸浦（もろうら）はひとり川舟座（かわぶねざ）の物にはあらず。越前朝倉家の重要な湊（みなと）でござるぞ」

滔々と弁ずる男は宗滴五将のひとり、「信」の印牧能信であった。

評定は義景に代わって筆頭家臣が進行する。家中の有力者である伊冊と景鏡が交代で務めた。今日の評定を取りしきるのは朝倉景鏡だが、進行にふだんの冴えがなく、些末な議題で躓いていた。先ほど来、義景が退屈そうにあくびをかみ殺している。昨夜は、ひと足早く一乗谷入りした景鏡と飲み明かしたらしい。

「河野屋の申し条にも一理あるではござらぬか」

弁の立つ印牧が、立合いで鋭い剣舞でも見せるがごとくに続けた。

敦賀湊では、かねて船仲間として川舟座と河野屋舟座が成立し、入舟（湊への運送）が認められていた。昨年十二月、朝倉伊冊の要請を受け、義景は川舟座にのみ入買（塩・干魚などの買い付け）を認めるとの裁断を下したため、河野屋が景鏡に泣きついた一件であった。船仲間への特権の付与は徴収する公事銭の多寡に影響するため、伊冊が便宜を図ったわけだが、景鏡は船仲間を競争させてこそ湊の発展に繋がり、越前の益になるとの考えらしい。前波にとってはどちらでもいい話だ。新年の盛大な宴会を無事に始め、終えられるかだけが気懸かりだった。

「しかしすでに先月、入買承認の件は御館様のご裁断を仰いだ上、敦賀郡司に伝達ずみでござる」

伊冊派の誰ぞの発言に、すぐに印牧が反駁(はんばく)した。

「あいや、そこには誰も異議はござらん。重ねて河野屋に入買を認めても差し障りなかろうと言うておるのでござる」

印牧は景鏡の懐刀(ふところがたな)であった。もともと義景の近習から立身した印牧は抜群に剣の腕が立ち、老いた宗滴の護衛として宗滴本陣の脇を固めた。宗滴に惚れ込み、晩年は可愛がられた。「香車」に擬せられる印牧は、堀江景忠のような戦上手というより一騎当千の荒武者だが、舌鋒(ぜっぽう)も鋭かった。

景鏡が欠席した前回の評定において、伊冊主導で決まった話が、次の評定で蒸し返されるのは日常茶飯事だった。逆もしかりである。常に両派は他方を攻撃する材料に事欠かなかった。

「敦賀郡司に川舟座から袖の下が渡されておるとの噂もございまするぞ」

印牧の不穏当な発言に座が色めき立った。近ごろは景鏡自身が自派の若手を制御できずに当惑している感さえある。

諸浦における船仲間への特権付与は、年初から家臣団が侃々諤々(かんかんがくがく)論じ合うほどの議題でもないはずだが、景鏡派は伊冊派をやり込める絶好の機会と見たらしい。先月の評定ですんなり川舟座の入買承認を許したのは、後に収賄を問題とするための策略だったのだろう。もともと川舟座をけしかけたのが景鏡派だったと見るのは、さすがにうがちすぎか。

「待たれい！　証もなく、根も葉もない風聞を公の場に持ち出すとは、伊冊公に対し無礼千万な言い草であろう」

主君義景は十数回目の生あくびをかみ殺しながら、延々と続く論争の光景を他人事のように眺めていた。吉家はと見ると、いつもの仏顔で両派のやりとりをじっと聞いているだけで、何も発言しない。もともと口数の少ない男だが、軍事を預かる者は政治に口を出さぬという宗滴以来の自制を固く守っているためだ。

景鏡はいったん頭を冷やすべしと引き取り、小休止を取って弁論を再開したが、印牧の不穏当な発言について押し問答が続き、結局、川舟座の議題が打ち切られて次回持ち越しとなったころには、冬の日がとうに落ちていた。

魚住　五

魚住は先刻から手持ちぶさたに、あご鬚をしごいていた。愚にもつかぬ談合ほど疲れるものもなかろう。義景はしきりに大鼻の先を指でさすっていた。退屈した時の癖で

ある。鼻が高いと寒さで冷えやすいのやも知れぬ。だが、最重要事がまだ残ってい
た。これからその談合に入る段取りだろうが、なるほど魚住には景鏡のやり方がわか
ってきた。
「さて、今日は思いのほか長い評定となり申したが、いまひとつ談合すべき一件がご
ざる。実は織田家から当家に対し、新年慶賀の使者が参っており申す」
思い出したように付け足す景鏡の言葉に、隣の吉家がこの日の評定で初めて顔色を
変えた。食い入るように上座を見つめている。景鏡派の魚住は評定を再開する直前
に、立ち話で景鏡から内密に明かされたが、吉家は寝耳に水だろう。
「信長殿よりの書状は、当家に対し、二条御所造営のため上洛せよと命ずる内容でご
ざる」
昨秋、信長は越前を去った義昭を奉じてただちに動いた。六角家をものともせず、
見事に上洛を果たして、三好三人衆を蹴散らした。十月には義昭が征夷大将軍とな
り、年が明けると、尾張、美濃、伊勢など十一ヵ国から八万とも呼号される大軍勢が
上洛したという。信長は日の出の勢いで快進撃を続けていた。
「お待ちくだされ。公方様ではなく、織田家が命ずると？」
そこまでは聞いていない。魚住の問い返しに景鏡がうなずき、印牧が補足した。

「今も待たせてあるが、使者はまるで猿のような小男でござる。木下秀吉と申す男で、現に信長は猿と呼んでおるそうな」

景鏡派筆頭の印牧が笑いを誘うと、一座にぬるい追従笑いが起こった。景鏡派の中でも温度差がある。魚住は警戒されているらしかった。

義景は大鼻のあたまに手をやって生あくびを隠しているが、吉家は巨体を乗り出し、懸命に耳を澄ましていた。印牧が続ける。

「今日の評定は長丁場であったゆえ、方々もお疲れであろうし、宴会の用意もできてござる。特段弁論を要する話でもござるまい。朝倉家は管領に次ぐ御相伴衆。織田の指図を受けるいわれなぞない。御館様、猿めを追い返しましょうぞ」

義景は大鼻の上にやっていた指を止め、印牧に面倒くさそうに問い返した。

「かまわぬが、その後はどうなる？」

長らく近習を務めていた印牧は、義景の信も篤い。

「いずれ公方様から改めて上洛の要請がなされましょう。雪解けのころにでも、それにつき合えばよろしいかと。猿一匹を寄越すなぞ、当家に対し無礼千万。もしも非礼が続くようなら、この印牧能信、御館様の御前に信長の首を献上してみせましょうぞ」

景鏡は義景との事前のすりあわせで上洛を勧めたらしいが、説得に失敗したと魚住に話していた。織田に国を逐われた小少将の手前、織田とは是が非でも対立を演じねばならぬ。一度目の使者については、小少将の顔を立てる方向で話がついたという。

「そちらに任せる」

義景が投げ出すように応じると、景鏡が引き取った。

「されば、当家としてはこたびの信長の上洛要請には応じませぬ。方々、本日はご苦労でござった。にぎやかな宴で新年を寿ぎましょうぞ」

言い放たれた結論に義景が腰を上げ、家臣らがいっせいにぬかずいた。

「お待ちくださりませ」

見ると、山崎吉家が上座に向かい、両手を突いている。

義景が不満げに腰を下ろすと、長時間の不毛な評定で疲れきった皆が、不愉快そうな顔で吉家を見た。そのなかを吉家は微笑みさえ浮かべながら訥々と始めた。

「当家は必ず上洛すべし。織田殿、浅井殿とともに将軍家をお支えするが、朝倉家の取るべき唯ひとつの道と心得まする」

吉家は寡黙だが、まれに発言する。朝倉家の命運を左右する大事について、評定で決まる方針に反対する場合だけだ。訥々とした語りはしばしば物事の本質を突き、派閥を超えて賛同者を得る場合があった。堀江追放後の本願寺との同盟や上洛戦が好例である。

待ちかまえていたように印牧が応じた。

「山崎殿は信長の肚（はら）が読めぬと見ゆる。こたびの要請がまこと公方様の上意によるのなら、上使を下されるはず。しかるに、やって参ったは小猿一匹。信長はご公儀の威を悪用して天下を盗み取らんとしておるもの。上洛に応ずれば、世人には朝倉が織田ごときに降ったと見え申す。信長に不届きな野心あらば、朝倉は天下簒奪（さんだつ）に力を貸す仕儀となる。天下の嘲（あざけ）りを受けるのは、ほかならぬ御館様でござるぞ」

朝倉家は三十年来、管領に次ぐ御相伴衆に列する高い家格であった。義景にいたっては、足利将軍家の通字である「義」の一字を拝領していた。極めて異例の扱いであり、誇りだけは高い。だが、世は移り変わっている。かつて越前朝倉家は強国だったが、足踏みをしているうちに、より強大な国が現れた。尾張の織田家である。

「織田家は公方様を手中にしてござれば、信長殿の命は今や幕命も同じ。上洛せねば、義昭公の上意に従わぬ不義不忠ありと言いがかりをつけられ、いずれは討伐の対象と――」

「そも義昭公の窮境（きゅうきょう）をお救い申し上げたは、当家ではござらぬか」

吉家のゆっくりした物言いに、富田長繁(とみたながしげ)が荒々しく言葉を重ねてきた。若いが、景鏡派の将として頭角を現わしてきた男である。

「義昭公は信長の専横にご不満ありとも聞き及ぶところ。いま少し待って、織田討伐の気運が高まりし後、浅井家とともにこれを討てば、管領職を得られるやも知れませぬ。軽々(けいけい)に動くべきではござらん」

富田の出した「管領」という言葉に、義景は一度だけ眼を見開いた。

「成り上がり者の織田にとって、名門朝倉家は邪魔者。信長は実の弟さえ殺めた男でござるぞ。上洛にかこつけて、おそれ多くも御館様のお命を狙うておると考えるのが筋というもの」

印牧の言葉に、義景は大鼻へやっていた手の動きを止めた。たしかに、だまし討ちの怖れが皆無とは言えぬ。

反駁にも吉家は動ぜず、顔色も変えていない。

「さればせめて、加賀一向一揆において約定に反し、不穏な動きありなぞと理由を付けて、返答を先延ばしになさいませ。非礼な態度を取れば、当家は織田家と事を構えねばならぬ仕儀に――」

「話をすり替えられるな、山崎殿。非礼なのは当家ではない。織田のほうでござるぞ」

　家中でも珍しく印牧は吉家を毛嫌いしていた。もともと相性が悪いようだが、吉家によって印牧が檜舞台で大いに面目を潰された事件がある。魚住も関わりがあった。

　府中奉行人になりたてのころ、印牧はひとりの若者を盗みと殺しの下手人として打ち首にしようとした。若者は魚住の家人で、槍の腕前を買って仕官を認めた者だったが、もともと一向一揆の出自で、以前に山賊を働いていた前科があった。「身に覚えがない」と必死に繰り返す若者を魚住は信じなかった。が、魚住の話を聞いた吉家は若者に会い、その言葉を信じた。吉家はその後しばらく行方知れずとなっていたが、若者が打ち首とされる日の朝、真犯人を連れて現れた。訴え出た者こそが下手人だった。

　印牧の牽制に続いて、若い富田が大風呂敷を広げた。

「織田びいきの山崎殿のお話は眉唾ものでござるな。織田は三好の混乱に乗じて畿内に兵を進めたものの、人心はいまだ新参の織田なぞになびいてはおり申さぬ」

「さよう。早いうちに織田を畿内から追い払わねば、まことに当家が織田ごときに膝を屈する仕儀となりかねませぬぞ」

「富田殿のご意見に賛成でござる。小少将様のご心中をお察し申し上げるなら、憎き織田の命に従うなぞ、口が裂けても言えぬはず」

富田の勇ましい意見に口々に賛成したのは、景鏡派の毛屋猪介と増井甚内であった。魚住にも事前の根回しがあったように、景鏡派はさしあたり反織田で意思統一されている。

だが、吉家は怯む様子もなく、上座に向かって鄭重に両手を突いた。

「織田家は兵も多く、麾下には良将が綺羅星のごとく揃っておりまする。当家は決して織田殿と矛を交えては――」

富田の高い笑い声が吉家の言葉を遮った。富田は一同を見回しながら、改めて笑いを誘うように天を仰いだ。

「織田なんぞを怖れておるのは、わが朝倉家中では山崎殿ただひとり。仁将もすっかりお齢を召されましたな。耳を澄ませば、ほれ、草葉の陰で宗滴公のすすり泣かれる声が聞こえまするぞ」

すぐに印牧が後を継いだ。

「山崎殿は、斎藤龍興公のお立場をいかが思し召しか」

朝倉家は織田に滅ぼされた美濃の斎藤家当主龍興を客将として保護したばかりである。吉家はその際も受け入れに強く反対していた。

「当家が斎藤家とともに滅びる理由なぞ、どこにも――」

「山崎殿は仏の生まれ変わりじゃなぞと申す者もおるが、何と無慈悲な御仁かな」

印牧が笑いを誘うと、富田らがどっと沸いたが、吉家が意に介する様子はない。

「信長殿の妹御を正室とされた浅井長政公が、必ず当家に同心なさるとは限りませぬ。よしんばお味方くださるにせよ、強大な織田家と事を構えるなら、浅井勢ではまるで足り申さぬ。三好、松永らとも結び、本願寺顕如殿はもちろん延暦寺、伊勢の北畠家、遠くは甲信の武田家とも手を取り合って、綻びなき完全な包囲網を敷かねば対抗できませぬ。勝機もなくはござらぬが、朝倉家がこれより長きにわたって、強大な敵との戦に日々、明け暮れる仕儀となるは必定。当家にかくも大がかりな長期戦を戦い抜く覚悟がおありでござろうか？」

居並ぶ諸将の中には、景鏡派と吉家のやり取りを見ながら、他人事のように宙を見つめている者、うつむいて黙っている者たちがいた。内心では吉家が正しいと思っても、景鏡派と事を構えて益はない。二年前の堀江事件は、伊冊派の有力国衆を排除したい景鏡の策謀ではないかとの噂も流れていた。下手を打てば政敵として葬られるとの懸念が朝倉家臣団にはあった。

「山崎殿の織田びいきは困りものじゃ。まさか織田家に出入りするうち、何ぞ言い含められたのではござるまいな？」

　印牧の言うとおり、吉家が事あるごとに織田家との和親を主張し続けてきたのは事実だった。吉家は口下手ながら朝倉家の外交をも担当し、各国を飛び回っていた。

「さては己が栄達のために、朝倉家を売るご所存か！」

　富田が拳（こぶし）で床を激しく叩きながら怒鳴ると、毛屋、増井らが色めき立った。

「方々、控えられよ」と、すぐに景鏡が割って入って鎮めた。

「御館様におかれましては、いかに？」

　義景は疲れた顔で腹をさすり始めた。

「すぐ終わるはずが、長丁場の評定で、ちと腹が減ったのう」

　前波を含め、場の皆が同感であったろう。狙いどおり家臣らを笑わせると、義景は満足そうな笑みを浮かべた。

「織田家は当家より格下の家柄。将軍家ならいざ知らず、織田ごときにあごで使われたとあっては、余としても、父祖に合わせる顔がない。猿とやらはひとまず追い返して様子を見るがよかろうて。織田とて朝倉の助力を欲しておろうゆえ」

　話を打ち切るように、義景はふたたび座を立つしぐさを見せた。

「お待ちくださりませ。家格ゆえに織田殿の力を侮（あなど）っては、いずれ後悔する時が参り

ます る。木下殿を待たせし詫びは身どもより――」

「吉家。今、そちは何と申した？」

　義景の見開かれた眼は血走って、怒気に満ちていた。長引いた評定への嫌気に加え、飲まず食わずの空腹も手伝っているに違いなかった。

「無礼者になぜ詫びる？　朝倉は織田と対等ではないぞ。当家には宗滴公の鍛えあげられし越前兵がおる。織田なぞ恐るるに足りぬわ。されば兄者、信長ごときに指図されるいわれはないと小猿を叩き出してくだされ」

「なりませぬ。使者と面談もされずに追い返したとなれば、織田殿の激しい怒りを買うは必定。当家にいかなる益もございませぬ。万やむを得ず織田と事を構え、御館様より戦えとのご下命あらば、この吉家、むろん命を賭して戦い抜きましょう。されど、信長殿は容易な相手ではありませぬ。ひとたび敵に回せば、戦に次ぐ戦となり――」

「戦好きのそちらの出番であろうが。名門朝倉家が織田ごときに膝を屈したとあれば、宗滴公も泉下で嘆かれようぞ」

「おそれながら、強き者に従うもまた、乱世を生きる道に――」

　なお言いつのろうとする吉家の言葉にかまわず、義景は立ち上がった。

「余はもう疲れた。腹が減って頭も回らぬ。兄者、後はお頼み申す」

義景に大鼻で合図された前波が慌てて立ち上がった。

「御館様、お待ち下さりませ！」

吉家の必死の呼びかけに、義景は振り返りさえしなかった。

＊

主君義景が逃げ出すように評定の場を去った後、魚住は黙したまま、平伏する吉家のくじらのような丸い背中を見つめていた。

信長はあえて義景の誇りを傷つけるべく命令を出し、拒否させたのか。上洛拒絶を口実に朝倉討伐戦に乗り出す肚なのか。その最前線で戦うのは吉家や魚住だ。吉家が言上したように、戦わねばならぬのなら、戦いもしよう。だが、ここに居並ぶ連中は本当に織田との大戦を望んでいるのか。

義景が去った後を景鏡が引き取った。

「方々もご承知のとおり、小少将様は美濃斎藤家ゆかりのお方。されば当家がただちに織田に与(くみ)するわけにはいき申さぬ。が、いずれ織田との和親の道も開け申そう。ほかに誰ぞ、意見を申し述べたき御仁はおわしまするか？」

誰もうつむいたまま物言わぬ中を、吉家が訥々と弁じた。

「織田殿と事を構えるべからず。たとえ誇りを傷つけられようと、ここは忍んで、生き延びる道を選ぶが得策にござる。今宵は敦賀郡司もおわしませぬ。お国のゆくすえに関わる大事を、満足な談合もなく決すれば、悔いを千載に残すは必定。さればこの大雪でも構いませぬ。せめて何か理由を付けて返答を先延ばしにすべきでござる」

　魚住は吉家の演説を聞く景鏡の涼しげな顔を見た。

　どうやら義景の意向以外にも、上洛拒絶には裏がある。なるほど織田と戦になった場合、まっさきに織田軍の侵攻に晒されるのは、近江に接する敦賀だ。景鏡は織田軍を使って伊冊派を潰す肚なのだ。もし敦賀郡司の伊冊がこの場にいれば、結果は違っていたはずだ。景鏡はあえて敦賀との交通が雪で遮断された日を選んで招集をかけたわけか。

「あいや、山崎殿のご意見は十二分に承知してござる。私も本来なら賛同申し上げたきところ。他の方々はいかなるご存念でござろうか？」

　景鏡の促しにも皆、口を閉ざしたままだった。

　今が運命の分かれ道だ。織田との対立路線を選べば、朝倉家はこの後、戦に明け暮れねばならぬ。宗滴五将の一人として、この局面で一言も口にせぬのは無責任だ。魚住は景鏡に仕えているのではない。朝倉家の忠臣だ。

深呼吸をしてから口を開いた。

「それがしも山崎殿のご意見に賛同いたす。会いもせず使者を追い返さば、織田に攻める口実を与えかねませぬ。この一件は朝倉家の命運を左右する大事。弁論も尽くさぬまま決めるのでなく、いま少し談合を重ねるべきと思料いたしまする」

「それゆえ今しておるのでござろうが。御館様の意に反して織田に屈従すべしと申される御仁は、山崎、魚住、両将のほかにはおられますまいな？」

印牧の言葉に富田、毛屋、増井らが同調し、場は騒然となった。

「お待ちなされ。方々、下手を打てば、先人たちが守り抜いてきた越前百年の平和が崩れまするぞ」

「魚住殿、その儀は心配ご無用じゃ。お齢を召した先輩方に代わり、われらが織田勢を打ち払おうではござらぬか！」

印牧が右手を高く掲げると、富田、毛屋、増井らが応じて勇ましく気勢を上げた。宗滴が健在のころは長幼の序が歴然としてあったが、中堅の景鏡が年長の伊冊を蔑ろにするに及んで、かつての綱紀も乱れていた。

馬鹿らしくなって魚住が口をつぐむと、景鏡がまとめた。

「意見も出尽くしたようでござる。山崎、魚住両将のご意見は傾聴に値する。されど、名門朝倉家にも誇りがあり申す。されば、こたびの使者への対応については、ひとまず御館様のお指図どおりといたす。初手から下手に出れば、織田をつけあがらせる仕儀ともなり申そう。外交は双方駆け引きをしながらやりとりを重ねてゆくもの。よって、これにて評定はおひらき。主殿では例年のごとく宴の用意がされておるはず。加賀の菊酒も用意してござるぞ」

常御殿から喧噪が去った後も、山崎吉家は虚空を見つめたまま、評定の場を動かなかった。皆に存在を忘れられた古い石仏のように、つくねんと座っていた。

「そろそろ参りませぬか、酔象殿」

声をかけると、吉家はわれに返った様子で魚住を見た。

「幾度でも御館様にお会いし、何としても翻意をお願いせねば」

「おやめなされ。織田への虚勢は小少将様への見栄でござる。お気持ちは変わりますまい。このまま織田と事を構えるとなれば、大掛かりな戦になりましょうな。されど、一乗谷城は巨大なる山塞。しかと備えて迎え撃たば、二、三年の籠城はできるはず」

「いや、国を蹂躙されては越前の民が苦しむだけ。まこと戦をするのなら、討って出て勝利を得ねば、宗滴公に顔向けができ申さぬ」

吉家はかねて隠居を口にしていたが、堀江追放の後はあきらめたらしく、上洛戦に全精力を傾注した。その努力が水泡に帰すや、今度は織田家との和親に努めてきた。

吉家は天を仰ぐように天井を見た。

「宗滴公は仰せでござった。合戦について成るまじきとは一切言うてはならぬ、と」

たとえいかなる窮境にあろうとも、戦には必ずどこかに活路があると宗滴は教えた。だが、いかにして織田の大軍に勝つというのか。織田軍は敦賀から侵攻するであろう。魚住は金ケ崎城の縄張りを思い浮かべて軍勢の配置を頭の中に巡らせたが、勝算などありそうになかった。やるなら、一乗谷の籠城戦しかあるまい。

「されば酔象殿には、織田の大軍に勝つ算段がおありと？」

吉家はゆっくりとうなずいた。

「宗滴公のご遺徳にすがり、一度きり使える秘策があり申す。どうしても織田家と戦わねばならぬのなら、必ずや成功させて信長殿の御首級(みしるし)を挙げ、越前を守り抜く所存」

言葉こそ重々しいが、吉家の表情はふだんと変わりない。

魚住にとって局地戦の采配はお家芸だった。だが、戦術に秀でていても、戦略は別の才だ。万を超える軍勢が激突する大会戦など、雲を摑むような話だった。何をどうすればよいのか、見当も付かなかった。

「魚住殿、力を貸してくだされ。早ければ今年か、遅くとも来年には大戦（おおいくさ）となり申そう」

うなずいた魚住が話を聞こうと吉家の前に座り直したとき、中庭を挟んだ主殿のほうから、ひときわ大きな哄笑（こうしょう）が聞こえてきた。

第六章　金ケ崎崩れ

——元亀元年（一五七〇年）薫風～同初冬

魚住　六

魚住景固が呼ばれて急ごしらえの帷幄に着くと、ほぼ同時に山崎吉家が鎧を鳴らしながら現れた。本人は目いっぱい急いでいるつもりだろうが、それでもどことなく悠長に見えるのは丸い体格のせいか、仏顔のせいか。

元亀元年四月二十六日、朝倉義景は、足羽郡ほか三郡の将兵からなる本軍一万余を率いて一乗谷を進発した。途中、浅水で兵を止め、日野川のほとりに兵を休ませた。

だが、目に優しい緑を愛でているゆとりなど、朝倉軍にはないはずだった。六日前、吉家がかねて警告していた事態が突如、起こった。

織田信長が朝倉討伐のため三万の大軍を興して京を発ち、越前侵攻を開始したのである。昨年正月の上洛拒絶から一年三ヵ月後、出しぬけの軍事行動であった。

「御館様。この地で兵を止められしは何ゆえにございまするか？」

魚住の問いに義景が即答しないでいると、吉家がたたみかけた。

「事は一刻を争いまする。金ケ崎城が落ちれば、疋壇も守れず、敵の一乗谷侵攻を許す仕儀となりましょう。いざ進軍のご下知を」

片膝を突く吉家の進言に、義景は二本の指先で大鼻のあたまをなでた。何やら赤い出来物ができて気になるらしい。

敦賀侵攻を開始した信長は昨日、金ケ崎城の支城である天筒山城を攻略し、千三百七十人の首級を挙げたと伝わっていた。魚住も吉家も、数日は持ち堪えられると見ていたが、大軍を前に、城はわずか一日で陥落した。織田の猛威に、義景は震え上がった。

「敵は三万と呼号しておる。やはり一乗谷で手堅く守るが得策ではないか？」

「本軍の一万余が、先行して武生にある景鏡公の大野勢六千と合流し、さらに金ケ崎にある敦賀勢三千と合わせれば二万を超えまする。地の利を知る朝倉軍が力を合わせて当たれば、織田軍に引けは取りませぬ」

魚住の言葉に、かたわらの吉家が大きくうなずいた。

吉家を中心に、朝倉家は信長襲来に備えて万全の迎撃態勢を作り上げてきた。本願寺との同盟を深め、加越国境の兵さえも南下させていた。だが、天筒山城の陥落で義景はすっかり気弱になり、土壇場になってぐずり始めた。

「それでも一万近く少ない。織田は強いと、吉家も常々言うておったろうが」

吉家が義景を励ますあいだ、魚住は内心で苦笑した。

兵数で及ばぬ理は、織田との対立路線を歩む前に吉家が警告し、迎撃作戦につき承認を得る際にも説明済みだった。いまさら慌てる話ではない。

「ご安心召されませ。信長殿を討ち取る手はず、すでに万端、相整えてございまする」

吉家が断言する通り、魚住も勝利を確信していた。朝倉は必ず勝てる。

魚住は、吉家のうなずきに促されて、献策した。敵に漏れるのを怖れ、吉家と極秘裏に進めていた秘策であった。

「信長が越前に侵攻し、金ケ崎城まで兵を進めた場合、朝倉軍の南下を待って浅井長政公が織田軍の退路を断ち、背後を奇襲なさる密約を結んでおりまする。朝倉、浅井連合軍で南北から挟撃し、袋の鼠とすれば、信長を必ず討ち取れましょう。信長もまさか長政公が信義のため劣勢の朝倉に味方するとはにわかには信じられず、撤兵も遅れるはず。この戦、必勝でござる」

「実は織田軍の金ケ崎侵攻を受け、今しがた長政公より密書が届きましてござる。手筈通りにと」

　吉家は長政からの文を懐（ふところ）から取り出し、恭（うやうや）しく献上した。義景は一読したが、気のない様子で吉家に返すと、ふたたび大鼻の先の出来物にそっと手をやった。

「罠であったら、何とする？　長政殿は信長の妹を嫁にもろうておる。今は中立を装っておるが、まこと信用してよいのか？」

「浅井家は先々代より宗滴公の扶（たす）けを得て、江北に覇を唱えた経緯（いきさつ）がございまする。こたび朝倉への深い恩義ゆえに、織田との対決を決断されしもの。長政公は義に篤き名君なれば、約定を破られるなど――」

「なぜそう言い切れる？」

　吉家のゆっくりした物言いを、義景が不機嫌な顔で遮った。

「余が長政殿なら、過去の恩義のために戦なぞやらぬ。乱世なれば、約定を疑ってかからねばの。長政殿と信長の妹との夫婦仲はすこぶる円満と聞く。ここはしばし一乗谷で様子を見たほうが安全ではないか」

魚住は開いた口が塞がらなかった。必勝の秘策を膳立ててしてやったのに、いざ実行する段になって兵を返すとは、いかなる料簡なのか。

吉家はいつもの困り顔で、ていねいに説いた。

「敵に時を与えて、朝倉が得る物は何ひとつございませぬ。敦賀を失い、金ケ崎に織田軍の拠点を与えれば、その後の挽回は――」

「何人も一乗谷を落とせはせぬわ。さればこそ余は、そちらにしつこく言われて籠城支度を万端進めてきたのではないか」

この必勝の機を逃すのはあまりに惜しい。魚住も必死で説いた。

「籠城戦となれば、民が苦しみ、将兵は疲弊し、刈田に遭い、国が傾きまする。籠城せずとも必ず勝てる道を作ったのでございまする。今しかその道は歩めませぬ。信長を討たねば必ず悔いを残しまするぞ！　何とぞ、ご下知を」

浅井家がひとたび織田と敵対すれば、これからは浅井家こそが対織田戦の矢面に立たされよう。吉家の懇請に対し、長政は懊悩していた。もともと長政は織田との縁組みに際し、同盟関係にある朝倉家を攻めぬとの言質を得ていた。だが、信長は約定を破って朝倉を攻め始めた。愛妻お市の方の義兄を選ぶか、長年の同盟国との信義を守るか。吉家の策なら信長を確実に討てると長政は考え、朝倉を救うためにこの作戦に乗ったのだ。朝倉が兵を出さぬでは、信義にもとる。

「じゃと申して、万と万の軍勢が野戦でぶつかれば、兵が多く死のう。国の大事ゆえ、兄者にも諮(はか)らねばなるまい」

「信長殿を討つこれほどの好機は二度と参りますまい。景鏡公が反対なさるはずがありませぬ。今この時に討ち取らねば、信長殿は必ず再び越前に大挙侵攻して参りましょう。百戦錬磨の織田の大軍を食い止めるのは至難。いざご動座を」

吉家は懸命に説いて頭を下げたが、義景は大鼻の出来物を人差し指と中指で挟み込むようにして、大きさを確かめている様子だった。いじって裏目に出たのか、出来物は赤く盛り上がっている。

「そちらは歌に疎(うと)いがの。即興の和歌も悪くないが、やはり練って作った和歌のほうが味わいも出るものじゃ。ちと思案したい。しばし待て」

義景は鼻から下ろした手を軽く振って、魚住らに帷幄を出るよう合図した。

前波　九

前波が山中でのはばかりから戻ると、義景はひとり帷幄にあって、まだ大鼻の先の出来物を人差し指の先で軽く突ついていた。鼻にできた出来物が大きくなると、必ずよくない事が起こるのだと、義景から聞いた覚えがあった。

今回の迎撃戦では、前波のごとき武芸の心得のない側近までが、慣れぬ鎧を着せられて戦に駆り出されていた。吉家が全将兵をあげて越前を守るとの方針を打ち立て、義景が採用したためである。迷惑千万な話だが、しかたないと前波でさえ腹をくくっていた。義景は嫌いだが、越前は前波の故郷だった。

義景は、信長が攻め込む前に使者を改めて寄越し、外交で戦を回避できると高をくくっていた。ゆえにであろう、突然の敦賀侵攻が伝えられると、青くなってしばし言葉を失っていた。

「出っ歯、そちはどう思う？」

意外な問いかけに、前波は不意打ちで首を絞められた蛙のように、素っ頓狂な声を上げた。

「それがしに、ご下問にございまするか？」

前波が驚いて見せると、義景はうなずき「兵を動かすかどうかじゃ」と付け足した。

義景が前波に意見を求めるなど、いかなる風の吹き回しか。

この一年あまり、前波は山崎吉家が奔走する姿をしばしば見てきた。朝倉館にもよく現れた。義景が使者の木下秀吉を追い返した後も、吉家は織田との戦を回避すべく、関係修復の道を探ろうと懸命に説いた。朝倉側からの働きかけを進言していたが、沽券に関わるとされて実現できなかった。それでも籠城の準備を進める一方、対外工作に力を入れている様子だった。近ごろは石仏を彫る時間がないらしく、いつ盛源寺を訪れても、作りかけの石仏が困ったような笑顔で作り手を待っているだけだった。

今では前波も、吉家にはっきりとした好意を抱いていた。信長の敦賀侵攻が急報されたときは、前波も絶望した。朝倉に勝ち目などないと思った。だが、懸命に説く吉家と魚住の様子をつぶさに見て、前波もこの戦には勝機があると思った。

前波は居住まいを正すと義景に向かって片膝を突き、努めて重々しく言上した。

「山崎吉家殿の策、なかなか周到に準備されたご様子なれば、採用されてしかるべきかと心得まする。兵を進められませ。非力ながら、この前波吉継も、ご同道仕りましょう」

朝倉義景なぞという凡将が信長を討ち取って名を挙げるのは癪でならぬが、籠城戦で義景が不機嫌になれば、前波が苦しむだけだ。攻め込まれて織田兵に殺されるのも怖かった。

「わかった。余は決めたぞ。一乗谷へ戻る」

前波は腰を抜かさんばかりにのけぞった。

「な、何ゆえにございますか?」

「出っ歯が正しい判断をするとは思えぬ。されば、その逆が正しかろう」

「されど、山崎殿や魚住殿のせっかくの努力が無駄と——」

「実は今しがた、そちがどこぞで糞をしておった間に、一乗谷より火急の報せが届いたのじゃ」

「な、何か起こったのでございますか?」

近ごろ、一乗谷に不穏な動きありとの怪しげな風聞がありはした。各地から行商人、薬売りや虚無僧（こむそう）が訪れる大きな町であるから、織田家の間者の一人や二人、当然入り込んでいよう。もぬけの殻となった一乗谷に騒擾（そうじょう）でも起こったのか。小少将の身が心配でならん。

「諏訪館にまた泥棒が入りおったそうな。

「されど、さような理由で陣払いなどなさっては……」

「出っ歯にはわからぬかの。諏訪館は一乗谷で最も厳重な警固をしておる。この変事はただごとではない。出陣前にも、下城戸で付け火があったばかりではないか」

　最初の盗みも火付けも、実は前波の仕業だった。阿君丸の暗殺以来、前波は蕗と懇ろな間柄になっていた。蕗は前波より相当年長のようだが、あのようないい女が前波をかまうのは利用価値があるからだ。蕗に捨てられたくなかった。蕗に命ぜられるまま、前波は意味もわからずに、おそるおそる悪事に手を染めていた。

「加えて小少将の具合がすぐれぬ。お宰の例もあるでな。やはり余が側にいてやらねばなるまいて」

　蕗は小少将が身籠もったのではと喜んでいた。体調不良はただの悪阻ではないのか。

「本拠で騒擾が起こっておると申すに、捨て置くわけにもいくまい」

　義景は大鼻の出来物から手を離すと、ゆらりと立ち上がって春霞の空を見上げた。

「よいな、出っ歯。そちから吉家にしかと伝えよ。これは主命であるとな」

「では、山崎隊、魚住隊も撤兵と？」

「それは任せる。好きにさせよ」

　本軍は動かずとも、朝倉景鏡の大野勢六千が、南下する途中の武生にある。英明な景鏡がこの好機を逃しはすまい。吉家もむろん承知していようが、景鏡の助力を得て大野勢を主力とすれば、なお作戦の成功はありうるはずだ。愚かな義景など捨て置いて、吉家たちは早く南下したほうがよい。

急ぎ伝えてやろうと、前波は帷幄を駆け出した。

景鏡　一

朝倉景鏡は、日野川沿いの武生に六千の大野勢を休ませ、心地よい川風に身を委ねていた。

景鏡は川面に映る己の顔に見入った。鼻筋の通った細面は、朝倉家歴代当主の無骨な丸顔とはまるで違う。まさしく貴族の顔だ。

景鏡は義景の本軍と合流する名目でいったん進軍を止めた。だが、義景は南下せぬはずだ。「一乗谷にて騒擾あり」との流言は、愚かな小心者を引きずり戻すに十分であろう。

――酔象は、赤鼻めには過ぎたる将よ。

山崎吉家が信長を確実に討ち取るために編み出した恐るべき秘策を、景鏡は魚住から内々に聞かされていた。だが、朝倉家が勝ちすぎてはならぬ。

朝倉家臣団には、景鏡が宗滴を目指し、朝倉家の支柱たらんと望んでいると見えていよう。だが、誤りだ。景鏡は宗滴を超えるのだ。朝倉家を乗っ取り、越前の覇者となる。信長の力を利用して、国主の座をすげ替えさせる。義景が先代孝景のごとき大器であったなら、景鏡も不遜な野望など抱きはしなかった。だが、愚昧な義景ごときに越前は任せられぬ。

かねて景鏡は、従弟の義景なぞより、己こそが越前国主に相応しいと確信してきた。家中の者たちがそう思うように仕向けてもきた。義景はいかなる犠牲も払わずに、血筋だけで難なく王座を得た。景鏡が義景なら、王の力を歌や女や犬追物に使ったりはせぬ。かつて師の宗滴が目指したように越前をさらに強大な国とし、天下安寧のために用いる。

すでに景鏡は家中の半ばを手中にしたが、対立する伊冊が邪魔だった。大野勢を温存しつつ、信長を利用して政敵を滅ぼす。そのためには金ケ崎への援軍が間に合ってはならぬのだ。

――蕗と小少将が抜かるはずもない。赤鼻は来ぬ。

蕗は景鏡の真意を知る唯一の腹心であり、小少将は景鏡の言いなりになる女だ。将棋で言えば、義景は「毒まんじゅう」に掛かったわけだ。

景鏡の領する大野郡は美濃と国境を接する。信長に故郷を追われ、幼いころ命を救われた小少将は、景鏡に深い恩義を感じていた。いずれ傾国の美貌になると見た景鏡は、幼女を慈しんで養育し、己に恋させた。愛に飢えていた小少将は、景鏡に言われるがまま動く女に育った。

望みどおり景鏡の側室として幸せそうに暮らす籠の中の鳥を、わざと秘して義景に関心を抱かせたうえで、見せびらかした。案の定、義景は小少将を欲しがった。お宰の面影があると義景はいうが、たいていの美女は似通っているものだ。小少将の献上で景鏡に大きな借りを作った義景は、景鏡による国政壟断（ろうだん）に目をつむるようになった。

義景に側室として差し出す際、景鏡は最後に、小少将の前でひと芝居打った。めずらしく取り乱した風を装って小少将への愛を語り、理不尽に奪っていく義景への恨み言さえ口にしてみせた。いつか力を得て、お前を取り戻したいとまで言ってのけた。景鏡のためなら、小少将は何でもやってのけるはずだ。

万事、景鏡の思うがままに運んでいる。

蕗を通じて小少将に狂言を仕組ませ、義景の妬心を利用して伊冊派の勇将堀江景忠を失脚させた。堀江は景鏡の力が宗家を凌駕（りょうが）する事態をかねて警戒していた。後継者の阿君丸に気に入られ、傅役の座を狙ってもいた。阿君丸に忠誠を尽くす堀江は、景鏡になびくまいと見た。ゆえに排除した。

　さらには蕗に命じて阿君丸を暗殺させ、義景の後継者を消した。同時に上洛戦も断念させた。吉家の思惑どおりに上洛戦が成功すれば、京に近い伊冊派が力を得る事態は容易に想定できた。赤鼻の義景ごときが天下に号令をかけるなど許せなかった。有力家臣が増えては王座の簒奪が難しくなる。小少将に復仇を焚きつけて、義景に織田との対決路線を選ばせ、家論を誘導したのも、外敵を用いて伊冊派と義景を潰すためだった。

　——あと二手、過たずに打てば、詰みだ。

　朝倉家中に将棋好きは多いが、景鏡は長じてから負けた経験がなかった。家中一の腕前と評判の山崎吉家とは一局だけ指した。時間切れで引き分けたが、手筋を見ると実戦での鍛えが入っているとわかった。

　互角の伎倆を持つ指し手が戦う場合、勝負の帰趨はたいてい「酔象」の使い方で決まる。景鏡独特の棋風では「酔象」を必ず成らせて「太子」とし、「王将」を取らせて「太子」で勝つ。王将は義景であり、太子は景鏡だ。「王将」の使い捨てに逡巡を覚える指し手もいるが、景鏡は肉を切らせて骨を断つ戦法で勝利する。外敵に義景を始末させる筋書きは、足利義昭を越前に庇護したころから構想していた。

もともと義景が国主となった初めから、景鏡は無能で惰弱な従弟、朝倉義景に対して、忠誠心など欠片も持ち合わせていなかった。陰では「赤鼻」と蔑み、端から愛想を尽かしていた。景鏡は朝倉家を乗っ取るために、微笑みの裏で己を殺しながら半生を費やしてきたのだ。

――赤鼻めから、一乗谷も家臣も、何もかもそっくり奪ってやる。

宗滴の死後、景鏡は朝倉家中で着実に権力を手中にしてきた。金山、鉱山を擁する大野郡の財力を蓄え、また、兵の消耗を極力避けて自軍を無傷で温存してきた。義景を滅ぼし、取って代わるのは難しくない。だが、簒奪ではなく禅譲がよい。景鏡は家臣領民に望まれて王座に就く。何も失わずに越前を丸ごと手に入れるのだ。

小少将を義景の側室に送り込んでから、景鏡の策謀は新たな段階に入っていた。己が国主の器でないと知る義景は、家臣の意見によく耳を傾ける。だが聞いても、決断できぬために迷うだけで、結局、景鏡に意見を求めてそれに従う。後づけの理由は義景が自前で思いつきもするが、景鏡が考えてやる場合もあった。景鏡こそが義景を思うがままに動かしてきたのだ。

――さて、義景が浅水から兵を返した時、吉家はどう出るか……。

山崎吉家は金ケ崎で織田軍を撃破するだろう。だが、その前に信長には金ケ崎城を落とし、伊冊派を滅ぼしてもらわねばならぬ。その後、大野勢全軍で南下すれば、吉家の秘策で信長を討ち取ることもおそらく可能だ。だが、朝倉義景ごときが天下に名を轟(とどろ)かしてはならぬ。義景は家臣に愛想を尽かされ、捨てられる主君であらねばならぬ。景鏡は、暗君義景を廃して擁立されるのだ。

信長を討っても、越前一国に再び平和が戻るだけの話だ。信長は生きて帰す。攻めあぐねた織田と交渉し、後継者のない義景の廃位と引き換えに、景鏡が越前の守護代となる道も収まりはよかろうか。

「殿。山崎隊、魚住隊が到着した由。両将が謁見(えっけん)を求めておられまする」

家臣の言上に景鏡はうなずいて、川べりから立ち上がった。

景鏡は南下してきた友軍を見た。せいぜい数千程度、万にはほど遠い兵数だった。内心でほくそ笑んだ。やはり赤鼻は兵を返したのだ。

景鏡は、巨体を揺らしながら駆けてくる、憎めぬ男に向かって微笑みを作った。

魚住　七

傾き始めた陽光が、一方的な殺戮の地獄を執拗(しつよう)に照らしていた。

魚住は馬上で雄叫びをあげながら、自ら槍をしごき、総崩れとなった敗兵を屠った。

戦は、追撃する朝倉軍の兵力を除いて、すべて吉家の立てた作戦通りに展開した。完全に無防備な背後を浅井軍に襲われた織田兵はすっかり戦意を喪失し、逃げ帰ることしか考えていない様子だった。敵は哀れなほど脆く、弱かった。

義景は本軍を一乗谷へ帰したが、吉家と魚住らは許しを得て、有志の諸将らとともに四千近い軍勢で南下した。途中、武生にあった景鏡の軍勢六千と合流すれば大きな力になると考えた。

しかし景鏡は、一乗谷の騒擾について新たな報せが届いたとし、「御館様の身に何かあっては取り返しがつき申さぬ。今しばらくこの地にとどまり、危急の事態に備えとう存ずる。ご両人は先に進軍くだされ」と応じた。

信長を討つ好機だと懸命に南進を説く吉家に対し、景鏡は大いに賛意を示しつつ、「物見に出した家臣が戻り、一乗谷の無事を確かめ次第、南下いたす」と答え、吉家らに先を急がせた。

魚住らが遅れて敦賀に到着したころには、金ケ崎城、疋壇城は持ち堪えられずに明け渡されていた。だが密約通り、朝倉軍の南下に呼応して浅井軍が信長の背後を急襲すると、魚住らは敦賀の敗兵をまとめて反撃に転じた。金ケ崎城をすぐさま奪還し、撤退する織田勢をさんざんに打ち破った。

　魚住は初めて、馬上の仏が戦場で阿修羅と化した姿を見た。ふだんは陣床几に坐して采配を振る山崎吉家も、今日は先頭に立って追撃し、織田兵の殲滅を冷徹に指揮していた。

　だが、織田軍の殿軍を務める木下秀吉、徳川家康の軍勢が踏みとどまったため、朝倉、浅井連合軍は足留めを喰らっていた。信長を逃がすために時を稼ぐ意図は明らかだった。

　そのなかで山崎隊だけが突出していた。吉家らしからぬ采配である。魚住は敵中に斬り込んで、自隊を何とか押し込むと、吉家のそばへ駒を寄せた。

「酔象殿、無理はなさるな。どうして敵将もなかなかに見事な采配にござる」

　馬上の吉家はゆっくりと首を横に振った。

「いや、今こそ無理をすべき時じゃ。この機を逃さば、信長殿を討ち取る好機はござらん」

「さいわい信長は朽木越えを選んだ様子。酔象殿は幾重にも、信長を討つ手立てを講じられたではござらぬか」

　朝倉家の全軍で南下して、信長を朝倉か浅井の領内で討ち取る作戦だったが、吉家は、失敗して取り逃がした場合の手を二つ打っていた。

浅井軍が美濃への退路を封鎖すれば、信長は琵琶(びわ)湖西岸の朽木谷を通って京へ落ち延びるしかない。朽木谷を治める豪族の朽木元綱(もとつな)に信長を討たせる。元綱はかねて将軍義昭による所領安堵を望んでいたが、吉家の口利きでこれが実現していたから、元綱は朝倉家に恩義を感じていた。しかも元綱は浅井家に嫡男を人質として差し出している。吉家は、織田が越前を侵攻した際は朝倉に味方するよう、元綱の約を取り付けてあった。

また吉家は戦に先立ち、湖西を荒らしていた野伏の一団にも眼を付けていた。信長による侵攻の際には、多額の褒賞を払うと約して信長の首を狙わせていたから、三千近い追捕兵(ついぶへい)が信長のゆくての山野に加わった計算になる。

「それがしには、信長が生きて京へ戻れるとはとても思えませぬがな」

魚住の言葉に、吉家は短く首を横に振った。

「いや、信長殿は運の強いお人のようじゃ。手強(てごわ)い木下、徳川勢は長政公に任せ、われらは朽木谷へ追撃戦に移るが上策」

「されど酔象殿、今の兵力では危のうござる。背後を突かれますぞ。深追いは禁物でござる」

「されば山崎隊のみ先へ参る。魚住隊は援護くだされ」

全力で突撃して殿（しんがり）の木下勢を突き破り、信長に追いすがるわけだ。当初の作戦にはない苛烈な追撃戦であった。

戦場にあっても、馬上の吉家はいつもの困ったような笑顔で魚住を見ている。魚住は苦笑しながらうなずき返した。

＊

夕間暮れが新緑を血の色に染めていた。今日は織田兵が血を流したが、次は朝倉兵の番となるやも知れぬ。

戦場から金ケ崎城へ先に戻った魚住景固は、帰陣してきた山崎吉家を半分の笑顔で出迎えた。決戦は朝倉・浅井連合軍の大勝利となったが、吉家は申し訳なさそうな顔で下馬すると、短く首を横に振った。

「信長殿を取り逃がし申した。長政公に合わせる顔がござらん」

山崎隊は、数騎で落ち延びる信長を朽木谷まで猛追した。山腹にある大岩の岩窟まで信長を追い詰めた。逃げ道はないはずだった。だが、肝心の朽木元綱が織田方に転じ、信長を匿った。約定（やくじょう）に反した元綱を討つ力は、朝倉軍になかった。

「堀江殿が朝倉にあれば、討ち取れたものを……」

連合軍は追撃する兵力が足りず、信長をみすみす京へ逃した。

敵の織田軍は一致団結して、絶体絶命の危地に陥った主君信長の撤退を成功させた。対する朝倉軍では、肝心の主君が途中で戦を放り出し、援軍も間に合わず、とうてい一枚岩とは言えなかった。

今回は完璧な奇襲で勝利を得たが、兵力では織田軍が圧倒的に有利な状況に変わりはない。浅井家による突然の離反は一度きりの禁じ手であった。二度目はない。それに失敗した。

織田信長は必ず報復戦に出てくる。魚住はかつてない戦慄を覚えた。

「指し切りでござるな、酔象殿。次は一乗谷の籠城戦になりましょう」

朝倉軍の攻めはここまでだ。これからは駒組みを変えて守りに徹すべきだ。

魚住は上城戸から一乗谷城にかけての軍勢の配置を頭に思い描いた。すぐには落とされぬ。だが、籠城戦に持ち込んだとて、最終的に勝利できる保証などない。敵の大軍が迫れば、人望のない当主を見限る諸将も出るはずだった。

「いや、籠城は最後の手段でござる。もとより朝倉、浅井だけでは勝て申さぬ。されば、困っておる仲間を集めて、信長殿の包囲網を作り申す。まだしばらく石仏を彫っておる暇もござるまい」

吉家は魚住を励ますように、仏顔に笑みを作った。

景鏡　二

元亀元年（一五七〇年）六月末、越前大野郡の山野をいつ止むとも知れぬ雨が潤し続けていた。

景鏡は懐から青銅の手鏡をそっと取り出すと、己の顔を映し出して話しかけた。

「さて、賭けは吉と出たか、凶と出たか……」

朝倉・浅井連合軍と織田軍の決戦は、結果が出ているころあいだった。

金ケ崎崩れと呼ばれた織田軍の大敗後、信長はふた月もせぬうちに、離反した北近江の浅井攻めを開始した。浅井家から援軍要請が来るや、吉家らは全軍での南下を提案し織田との決戦を主張した。金ケ崎で敗退した朝倉伊冊とその子景恒は、敦賀郡司の面目を取り戻すべく、再起を期さんと戦功を強く望んでいた。同名衆で血気に逸る朝倉景健も決戦に同調した。景鏡が政敵を滅ぼすには好都合な展開だった。

ちょうど義景には出陣を渋る理由があった。一時期続いた小少将の体調不良の原因は悪阻と判明したが、早産のおそれもあって、義景が気を揉んでいたのである。

大野勢の出陣を粘り強く懇請する吉家に対し、景鏡は前向きの返事をしながらも一計を案じ、景健をけしかけた。景健は名門を継いだばかりの単純な男で、武名を欲しがっていた。義景に対し、派遣軍の総大将を名乗り出て、許された。伊冊は景健の指揮下に入る屈辱を受け入れたが、これにより景鏡の出陣はなくなった。吉家と魚住は、景健に対し、総大将の座を景鏡に譲るよう懇願したらしいが、景健に激怒され、己の出陣さえできなくなった。

結果、朝倉景健を総大将とする朝倉軍約八千のみが援軍として近江に派兵された。対する織田・徳川連合軍は三万余とも呼号されていた。大軍を相手に、凡手しか打てぬ景健ごときが勝てるはずもない。景鏡はこの賭けに必ず、勝つはずだ。

景鏡の背後で、階段を駆け上がってくる足音が聞こえた。

「申し上げます。近江姉川にて、お味方、敗軍と相成りましてございまする」

「誰か、死んだか?」

「真柄直隆、直澄兄弟が戦死した由」

まずまずの吉報をもたらした近習を、景鏡は手で軽く合図して下がらせた。

もくろみ通りだ。真柄兄弟の戦死は惜しいが、これで伊冊は完全に失脚した。旧伊冊派を糾合しようとした景健の出鼻も挫いてやった。今や邪魔な政敵は、義景を除き数えるほどである。

――さて、次に葬るべきは……忠義者の前波景当か。

景当は出っ歯の前波の兄だが、なかなかに知勇兼備の忠臣である。景鏡派に属してはきたが、いざ景鏡が国主を簒奪するとなれば、従うまい。邪魔だ。前波家を出っ歯あたりに継がせれば、内衆の名門を景鏡の思い通りに動かせよう。

景鏡が朝倉家を手に入れるには、義景を丸裸にする必要があった。景鏡は手鏡の中の己に微笑みかけてから、鏡をそっと懐へ戻した。

魚住　八

琵琶湖西岸の堅田に敷かれた朝倉軍の本陣には、湖面で冷やされた寒風が容赦なく吹き寄せた。

元亀元年十二月十三日、魚住景固のかたわらでは、あきらめを知らぬ男がひとり弁じ続けていた。

「断じて和議はなりませぬ。敵の使者なぞ面会無用。すぐに追い返されませ」

山崎吉家が訥々と言上する間も、朝倉義景はしきりに手を擦り合わせ、息を吹きかけていた。その掌で鼻先を温めている。

「じゃが、かねて織田との和平を説いておったのは、ほかならぬそちではないか」

「あの折とは事情がまったく異なりまする。織田軍は和約で包囲網を切り崩し、態勢を整え次第、約定などただちに破棄して各個撃破に移るはず。信長殿は恐るべき梟雄。ゆめゆめ信じては――」

「人質の交換もするのじゃ。簡単に破約なぞすまい」

この秋、小少将が男児、愛王丸を出産した。義景が赤子を人質に出すわけもなく、魚住の嫡男を代わりに出す。信長と義昭もそれぞれ家臣の子を人質として出し、交換する段取りであった。吉家は反対してくれたが、魚住は景鏡からじかに頼まれてやむなく了解した。伊冊派の没落後、朝倉家中で並ぶ者なき権勢を手に入れた景鏡には逆らえなかった。

景鏡は筆頭家臣として義景の隣に座している。黙しているのは義景の方針を支持したからだ。義景は万事をあらかじめ景鏡に諮るから、議題は今や評定へ出す前に、結論が決まっていた。

「信長殿は非情にして苛烈なる御仁。家臣の子の命を顧みるとは思えませぬ。この和約は必ず、必ず破られましょう。甘言に乗せられては――」

「吉家よ。さように疑っておっては、年じゅう戦をしておらねばならんぞ」

「今はわれらが優勢。ここは苦しゅうても戦い続けねば、敵が態勢を立て直してしまいまする」

姉川で朝倉・浅井連合軍は半分に満たぬ兵で織田軍に挑み、敗れた。吉家も魚住も、戦場に出ることさえできなかった。

だが、敗戦後も、吉家はあきらめなかった。むしろ果敢に動いた。信長と鋭く対立し始めた本願寺と連携し、さらには三好三人衆や信長を裏切った荒木村重(あらきむらしげ)らとも結び、外交戦略で信長包囲網を形成した。粘り強く義景を説いて出陣させると、吉家は自ら山崎隊を率いて、魚住らとともに近江坂本(さかもと)の地で、織田軍相手に大勝利を収めた。信長の弟である織田信治(のぶはる)や重臣の森可成(もりよしなり)（森蘭丸(らんまる)の父）らを討ち取りもした。

堅田は水運の要地である。十一月二十六日、堅田の奪回を試みた織田軍を、朝倉軍は激戦の末に撃退し、敵将坂井政尚(さかいまさひさ)を敗死させた。

いよいよ包囲網の構築が功を奏し、朝倉軍が優位に戦を進めるなか、形勢不利と見た信長は、将軍義昭を介して和議を申し入れてきた。義昭の使者が平身低頭、朝倉軍の本陣を訪れるたび、義景は上機嫌になった。四日前には、正親町(おおぎまち)天皇から織田家との和与(わよ)を命ずる文さえ届いた。義景の虚栄心は満たされていた。

「信長が泣きついてきておるのじゃ。そろそろ赦してやってもよいではないか」

乾燥のためか、義景は鼻のあたまがざらつくらしい。ざらつき加減を確認するように、二本の指でそっと撫でている。

「こちらが赦しても、信長殿は決して当家と浅井家を赦しますまい。全方位から攻撃をしかけている今なら、朝倉家は間違いなく勝利を――」

「されど、おそれ多くもこたびの和与は、信長ふぜいの懇請ではない。当今（正親町天皇）と公方様のご下命であるぞ」

「このまま長政公を後詰として京へ一挙に攻め上り、信長殿がしたように公方様を手中に収められませ。勝った者が正義となりまする。信長殿の追討令を賜りましょうぞ」

朝倉家は将軍を擁する織田家と戦っていた。京を陥れて将軍を奪い返せば、信長が今やっているように、幕府と朝廷の権威を利用できる。二年前に吉家が説いていた上洛戦を実行に移すわけだ。

吉家は近江入りして以来、織田の大軍相手に戦に勝ち続け、勝負を五分にまで戻し、さらには勝機まで作った。苦しいがあと一歩で勝てるのだ。もちろん山崎吉家には天下に号令をかける野望などありはしない。ただ、朝倉家を守りたいだけだ。吉家が宗滴と、さらには親友の堀江と固く交わした約束だった。

「されどいったい、いつまで戦を続けるのじゃ？」

「信長殿を討つまででござる。決して攻撃の手を緩めてはなりませぬ。織田家は今、包囲網に苦しんでおりまする。この好機を逃せば、今度は当家が攻められ――」

「よい。そちの申し条はわかった」

義景は吉家を手で制すると、笑顔で家臣らを見回した。

「正月には一乗谷で、皆の参賀を受けねばならん。皆も、家族に会いたかろう。余も愛王丸の顔が見たい。大きゅうなっておろうのう。他に、こたびの和約につき意見する者はおるか？」

魚住以外にも、内心で吉家を支持する家臣もいたはずだった。和議を結べば、今までの戦が無駄になる。戦場で散った兵たちが浮かばれぬ。朝倉にとっては不利しかなかった。

だが、多くの家臣にはもうわかっていた。義景は戦に倦(あ)いたのだ。

堅田の防衛戦では朝倉方の将にも戦死者が出て、前波吉継の兄に当たる重臣の前波景当(かげまさ)が討ち死にした。景鏡とともに義景を支えていた忠臣である。戦場で初めて身近な戦死に直面した義景は、すっかり意気消沈した。忍び寄る寒さも不快げだった。首の据わった愛王丸がもうすぐ寝返りを打ちそうだと文で知り、一刻も早く会いたくなった様子である。

吉家の孤軍奮闘空しく、ついに和議、撤兵と決して使者を帰した後、吉家はひとり、湖岸に揺れる夕照(せきしょう)を黙って眺めていた。

信長によって和議が破られた場合、魚住はどうするのか。愚かな義景を当主と仰ぐ朝倉家にとどまるのか。人質とされたわが子を犠牲とするのか。しばし思案してみたが、答えは出せなかった。

魚住は盟友の大きな丸い背中を見つめていたが、ついに声をかけられなかった。

第七章　乗り打ち

――元亀二年（一五七一年）新春～翌正月

前波　十

元亀二年正月、前波吉継には、一乗谷の前波屋敷から見る雪景色の庭が、昨年よりも明るく輝いて見えた。

前波はひどく緊張していた。きれいに切り揃えた口ひげを意味もなく、しきりにしごいた。

「殿。家臣団、揃いましてございまする」

にきび顔の小姓の言葉に重くうなずいてから立ち上がった。手のひらにかいた汗を着物でぬぐう。覚悟を決めて廊下に出、広間へと進んだ。

前波の前には家臣たちが整列し、平伏していた。中には前波を小馬鹿にしてきた者たちも縮こまったように控えていた。今は皆、前波の家来となった。

「大儀である。面をあげよ」

前波は重々しく言おうとしたが、痰がのどにからんだため、咳払いしてから言い直した。人の上に立つのはまだ慣れぬ。

ひと月前、不仲の兄前波景当が堅田で戦死したため、前波が後を継ぎ、前波屋敷に迎え入れられた。世の中、何が起こるか知れぬ。

「わしは兄上のごとき武人ではないが、御館様のおそばに長らくお仕えして参った。されば、政の要諦は弁えておるつもりじゃ」

妙な作り声になったので、途中でまた咳払いをしてごまかした。

「じゃが、若うして朝倉館へお仕えに出たゆえ、前波の家についてはよう知らぬ。皆の力を貸してくれい」

「ははっ」と家臣たちが再び平伏する姿を見て、前波は面はゆい快感を覚えた。

前波はもう、義景にこき使われ、虐げられる「出っ歯」ではなかった。義景も小少将も、以前のごとく邪険には扱えまい。朝倉家の重臣として尊重すべきなのだ。前波には内衆の名門、前波家を継ぐ器などなかった。だが、器でなく、血筋で地位や富貴を得るのは世のならいである。義景こそがその最たる例ではないか。

義景と小少将への恨みは骨髄に徹し、いつか二人を殺してやると心底考えたときもあった。

だが、朝倉家が滅びれば、前波も今の地位を失う。広い心で二人を赦してやろう。これからは朝倉家と一蓮托生の身だ。前波家のためにこそ、朝倉家を滅ぼすわけにはいかぬ。

前波にできるのは朝倉を守ろうとする吉家と景鏡への協力だ。金ケ崎城を守れなかった伊冊父子は没落し、伊冊派は完全に消滅した。敦賀は宗家の直轄となり、景鏡は権勢並ぶ者なき実力者となっていた。これからはかつての宗滴のように景鏡が大黒柱となって朝倉家を支えていくのだ。前波はその景鏡の信を得ていた。順風満帆とはこのことだ。

「皆、面をあげてくれい」

前波は上機嫌で家臣らに命じた。

＊

前波はひさしぶりに盛源寺を訪れた。吉家の巨体が見えると胸が高鳴った。冬の日だまりで石仏に向かっている。

「進んでおわしまするかな？」

新年の挨拶を交わす。突如、重臣の列に加わった前波を、多くの者が奇異の目で見た。今まで前波を小馬鹿にしていた側近たちまで追従するようになった。だが、吉家は態度に何も変わりがない。

吉家は昨年、出陣した戦で織田軍を相手に連戦連勝、山崎隊を率いて鬼神のごとき活躍を見せたと聞くが、石仏を彫る姿はただの石工(いしく)か、杣人(そまびと)にしか見えない。

前波が家を継いだ苦労を笑い混じりに訴える間も、吉家はいつもどおり手を休めることなく、辛気くさい槌を振るい続けていた。

「実は、おりいって吉家殿にお願い申し上げたき儀がござる」

手を止めて前波を見る吉家の顔には、跳ねた小さな石片がいくつかくっ付いていた。

「情けない話でござるが、わしは馬にうまく乗れませんでな」

幼いころから前波は日陰者扱いされ、そのまま朝倉館に出されたため、ろくに乗馬の訓練をしていなかった。乗れなくはないのだが、馬が少しでも暴れると、みっともなくしがみつくような案配で、実に格好が悪い。肥えた体格が吉家に似ているし、吉家なら丁寧に教えてくれると考えた。

「吉家殿の馬術は、お若いころからなかなかの腕前と聞き申す。三月の笹尾(ささお)での鷹狩りに何とか間に合わせたいのでござる。家臣たちに今さら馬に乗れぬとも言えませぬでな」

鷹狩りには義景以下、家臣団がこぞって参加する。朝倉家の重臣が馬に困るようでは形になるまい。前波には信頼できる家臣もおらず、家臣たちに馬鹿にされたくなかった。正直に心のうちを話すと、吉家は神妙な顔で聞いてくれ、やがてゆっくりとうなずいた。

「承知仕った。身どもの馬は力持ちでおとなしい性分でござるゆえ、慣れるには向いており申そう」

上城戸のさらに南、桂田(かつらだ)の地は人の目もさしてない。乗馬の鍛練にはもってこいの場所だった。

前波が喜んで礼を言い、頭を下げると、吉家はすでに鏨と槌を片づけ始めていた。

*

鷹狩りの終わりを告げる法螺貝(ほらがい)の音が遠くに聞こえると、前波は馬上でほっとため息をついた。

越前の山間(やまあい)も雪が解け、春へ向かう準備をしている。

平泉寺（へいせんじ）近くの笹尾は、朝倉景鏡が治める大野郡にあり、朝倉家で長らく狩場として使われてきた。宗滴は将兵の鍛練を兼ねた鷹狩りを好み、毎年大野で実施していたが、ついには堂に入って鷹を卵から孵（かえ）して育てる方法まで編み出しもした。宗滴の死後は文弱な義景が途絶えさせていたが、対織田戦に危機感を覚えて景鏡に再開を命じたものである。

前波は鷹狩りなどに寸毫（すんごう）も関心がない。かえって狩られる狐（きつね）や兎（うさぎ）などを哀れに思って、まるで気乗りがしなかった。どうせ腕に覚えのある武将たちが百人あまりの勢子（せこ）を使って捕まえるのだ。前波に出る幕などなかった。

荒々しく腕を競い合う喧噪（けんそう）のなか、前波はできるだけひと目に付かぬよう遠くまで行き、馬乗りの練習などしながら時間を潰していた。

吉家は桂田で親身になって乗馬を教えてくれた。落馬しそうになった前波を大きな体で受け止めてくれもした。おかげで、前波もようやく怖がらず馬に乗れるようになった。早駆けなどは無理だが、ゆったり乗っているぶんには様になっていた。

前波は家臣が仕留めた野兎一羽を譲ってもらったきりだが、どうやら馬がらみで恥だけはかかずに済みそうだった。あとは酒宴に出るだけだ。

鉱山のある大野郡は富んでいる。景鏡の差配する盛大な酒宴が今日の目玉だった。

だが、宗滴時代にあやかろうとしただけで、もともと義景も乗り気でない鷹狩りの後だ。機嫌よく見えても、義景がいつ悪酔いするか知れたものではない。触らぬ神に祟(たた)りなし、ころあいを見て早々に引き上げるほうが賢明だろう。

九頭竜川(くずりゅう)の河畔に賑やかな人出が見えた。

すでに笑い声が起こり、歌い出す声まで聞こえてきた。女たちが舞う姿も遠くに見える。愛王丸が生まれて以来、義景は上機嫌で小少将と愛息(まなむすこ)を伴って公式の場に出た。今日も酔いに任せて、愚にもつかぬ歌を詠んで披露するに違いなかった。

前波はもはや木っ端役人ではない。義景の機嫌を取りながら走り回る必要などなかった。堂々たる名門朝倉家の重臣なのだ。家臣団の一員として飲み食いしていればよいだけだ。

「時津風(ときつかぜ)よ、そちと出会えてよかったぞ」

前波が親しげに話しかけると、時津風が嬉しそうに微笑んだように見えた。間違いない、吉家が太鼓判を押したとおり、前波の言葉は馬に通じているのだ。

前波は暴れ馬などには乗れぬ。吉家につき合ってもらい、己と同じく臆病そうな馬を選んで、「時津風」と名づけた。初めて前波が飼った馬だ。

吉家からは乗馬の秘訣として、馬と仲良くする方法を教わった。効果はてきめんだった。前波は教えどおり、時津風をわが子のごとく可愛がり、近ごろは想い人のごとくいっしょに過ごした。実際、蕗に冷やかされたこともある。たしかに時津風は冴えない馬で、駿馬ではない。だが、それゆえにこそ前波と心が通じ合っている気がした。気心の知れた者どうし、乱世を無難に渡っていければ、それでよいのだ。

「これからも末永く、仲良うやって参ろうぞ」

前波の死んだ妻はときという名だった。その名を込めてもいた。醜女だったが、前波のような木っ端役人に嫁いでも、文句ひとつ言わずに尽くしてくれた。出世した今の前波を見れば、ときは目を丸くするだろう。前波はときを想い出しながら、時津風のたてがみを優しく撫でてやった。

川べりを進むうち、小少将の隣で談笑する義景の姿が遠くに見えた。

義景は前波にまだ気づいていない様子である。朝倉家の「三盛木瓜」が大きく記された陣幕の手前で下馬せねば無礼に当たる。が、前波はぎりぎりまで、威風堂々と馬で闊歩する己の姿を、義景に見せつけてやりたかった。

「父上、こちらにおいでしたか。何やら暴れ馬がおるとか。お気をつけを」

馬を寄せてきた若武者は、十三歳になった嫡男の新七郎である。

前波はときに先立たれたせいもあって、子の面倒をよく見た。前波のごときつまらぬ男の家に生まれて哀れだと思っていたが、前波家を継がせられるのだ。今さら父親風を吹かせるつもりもないが、さいわい新七郎は、朝倉館での前波のみじめな姿を知らぬ。地位が人を作るとすれば、新七郎の前では威厳ある父でいたいと、前波は願っていた。

「お前はいずれ朝倉家の重臣となる身。何事にも動ぜず、巌のごとくあれ」

「はっ」と新七郎は畏まった。

前波は春の空を見上げた。霞んではいても、前波を祝福するかのように温かく包んでくれる。前波は人生で初めて、生まれて良かったと思い始めていた。

山崎吉家の八面六臂の活躍もあって、朝倉家はこれまで対織田戦を互角以上に戦ってきた。だが、和議が成立したはずの畿内には、すでに不穏な空気が漂っていた。

吉家が懸念していたとおり、この二月、信長は約定を反故にして、浅井家の将、磯野員昌を調略して佐和山城を奪取した。南近江の六角義治、阿波の篠原長房と秘かに和議を結んでいる事実もわかった。信長包囲網に綻びが見え始めていた。織田軍は今、伊勢長島の一向一揆に手こずっているが、領土拡大戦をやめたわけではない。

それでも、まだ鷹狩りを楽しめる越前は、今しばらく平和であるらしい。

春の穏やかな風が田打ち桜（コブシ）の香りを乗せて、前波の鼻先を擽ってくる。

「新七郎、そろそろ下馬せよ」

陣幕まで一間(約一・八メートル)あまりまで来た。義景はよちよち歩きする愛王丸に気を取られて、まだ前波に気づかぬようだが、これ以上、馬で進めば無礼に当たる。前波はもう立派に馬に乗れるのだ。またの機会はあろう。

前波は愛馬を止めた。義景がこちらを向かぬかとしばし待ったが、あきらめて降りようとしたとき、突然、右手のほうで激しい馬の嘶きが聞こえた。林から姿を現わしたのは、富田長繁が乗る漆黒の暴れ馬だった。乗り手の富田は家中でも札付きの暴れ者である。富田の馬は大きく跳躍すると、前波の間近に荒々しく着地した。

怯えた時津風が竿立ちになった。

前波は落とされぬよう必死で手綱を摑んだ。時津風は激しく嘶き、富田の黒馬から逃げるように疾走を始めた。前波は振り落とされぬよう必死でたてがみにつかまる。

時津風は陣幕を蹴破って、狂ったように疾駆した。

半泣きの前波の目に映るのは、愛王丸と上機嫌で戯れる義景の姿だった。

「止まれ！」と必死で叫んだ。

が、止まらない。前波はしがみついているだけで精いっぱいだった。暴れ馬の乱入に宴会場は騒然となった。このままでは馬ごと義景の御前に突入する。前波は「お退きくだされ！」と叫んだ。無我夢中だった。

義景まであと数間に迫ったとき、突然、衝撃があった。

前波は宙へ投げ出された。

何が起こったのか、すぐにはわからなかった。地面でしたたか打った腰をさすりながら半身を起こすと、ひとりの巨漢が時津風を抱き止めていた。

山崎吉家は馬の首に手を回し、子をあやすように時津風に話しかけていた。義景にぶつかる寸前で、参列していた吉家が巨体を投げ出し、暴走を止めてくれたのだ。

吉家は馬を家人に渡すと、上座に向かってひざまずいた。

「出っ歯、そちは何様のつもりか！」

助かったと思ったのも束の間だった。前波は平伏さえ忘れて、おそるおそる主君を見上げた。

鼻先まで顔を真っ赤にした朝倉義景が、前波を睨みつけていた。

◆魚住　九

魚住は、前波吉継のみじめな姿を、苦々しい思いで眺めていた。

「そちは、余に向かって退けと吐かしたな！」

前波は諸将の居並ぶなかを土下座し、なりふり構わぬ謝罪を繰り返していた。何度も必死で額を土にこすりつけた。たしか新七郎といったか、前波の嫡男も父の後ろで平伏している。

だが、義景の怒気はいっこうに収まる気配がなかった。

「出っ歯、まずはそちの駄馬を始末せよ」

魚住や吉家は歴戦の将だけあって、前波の馬が乱入してきても動じなかった。吉家は悠然と狂奔する馬の前へ出た。

だが、義景は己に向かって制御されずに疾駆してくる暴れ馬を見て、怯えた。腰を抜かしてあわてふためき、這って逃げ出そうとした。小少将と愛王丸を守るため、ただちにその前へ出たのは義景ではなく、魚住と印牧であった。

「何をしておる、出っ歯！　早う殺さんか！」

前波は運が悪かった。義景は本来、それほど残酷な男ではない。しかし、不慮の事態にあって、愛妾とわが子に心ならずも見苦しい姿を見せつけてしまった。おまけに悪酔いしていた。

前波は全身を瘧のように震わせながら、ひたすら詫び言を繰り返していた。

「その駄馬を簡単に死なせてはならぬぞ。あたう限り苦しめて殺せ。せっかくの宴を、そちにぶち壊されたが、おもしろき余興となろうぞ」

義景が家臣らを見回しながら残忍に嗤うと、どこかで追従笑いが聞こえた。

乗り打ちは主君に対してはなはだしい非礼に当たる。手打ちもありえた。

覚悟を決めたらしい前波が、泣きそうな顔でお気に入りの馬を処刑している間も、義景は憤懣やるかたない様子で、憂さ晴らしに使える新たな生け贄を探そうとした。

前波の馬が驚いたのは、富田長繁の暴れ馬のせいだと聞くと、富田を座に引き据えさせた。

しかし富田はいっさい非を認めず、「戦場で奇襲を受けても、それがしの馬は毫も驚きませせぬ」と口答えしたため、義景は激怒した。上座から降りると富田をさんざんに打擲した。富田は筋骨逞しい若者だが、歯を食いしばり、顔を血だらけにしながら黙って打たれていた。

やがて打ち疲れた義景は富田を足蹴にして「去れ」と命じた。さらにその後ろ姿に向かい、「狂った馬を始末せよ」と罵声を放り投げた。

怒りが収まらぬまま上座に戻った義景の前に、馬を処刑し終えた前波が血みどろになって現れた。前波が蒼白の顔でひざまずくなり、義景は上座から駆け降りた。勢いよく前波の鼻面を蹴り上げた。富田を打って手が疲れたのであろう、前波をさんざん足蹴にした。

「見よ、出っ歯の前歯が欠けておるわ」

息を切らせながら義景は笑ったが、今度は家臣団の誰も追従しなかった。

前波は口じゅうを真っ赤に染め、おめきながら泣いていた。義景を見上げる卑屈な眼つきには瞋恚が宿っているように、魚住には見えた。

蹴り疲れたらしい義景は、犬を追い払うように手を短く振り、「出っ歯をくびり殺せ」と、誰にともなく、つぶやくように命じた。

前波は己と馬の血で赤く染まりながら、憔悴しきって呆然とへたりこんでいた。前波の後ろに青くなって控える新七郎が、魚住には不憫でならなかった。

義景の左右の者が前波に歩み寄って、哀れな元側近を立ち上がらせると、前波はまた見苦しく赦しを乞うた。義景が鼻を鳴らして嗤った。

家臣の列から出て、凍りついた場にのっそりと巨体を現わした男がいた。いったん場から引き下がっていた山崎吉家である。

「御館様、どうか気をお鎮めくだされ」

吉家は前波を守るように巨体で壁を作ってから、身体を折りたたむように平伏した。

「乗り打ちは主君に対する非礼ゆえ、罰せられねばなりませぬ。すでに富田、前波の両名は、御館様のお手で肉刑に処せられておりまする。綸言汗の如し。御館様御自ら一度お決めになり、すでに執り行なわれし罰を改めるは法に反しまする。宗滴公もお認めにはなりますまい」

「されど、吉家。出っ歯のせいで、あやうく小少将と愛王丸が命を落とすところであったのじゃぞ」

「宗滴公の育てられし諸将が御身をお守りいたしておりますれば、命を落とされる事態など、万にひとつも起こりえませぬ。馬どうしの喧嘩で、人までが命を失うなぞ――」

吉家の言葉が終わる前に、義景は立ち上がった。家臣たちがいっせいに頭を垂れた。

そのなかを景鏡が進み出て、義景の行く手を塞ぐように片膝を突いた。

「御館様。ここは本日の宴を差配せし私に免じ、どうか寛大なるご処分を」

義景は景鏡と吉家を交互に睨んでいたが、やがて放り出すようにうなずいた。

「もうよい、宴は終わりじゃ。余は疲れたゆえ、一乗谷へ戻る」

義景は平伏する前波の脇を通り過ぎて、いったん立ち去りかけてから振り返った。

「出っ歯、そちを勘当する。生涯二度と、余に目通りはかなわぬと思え」

前波は平伏したまま全身を震わせていた。その丸い背を吉家の大きな手が撫でるようにさすってやる様子が、魚住にも見えた。

前波　十一

前波吉継は徒歩で一乗谷川を上っている。

一乗谷には油売り、餅売り、饅頭売り、数珠師、金工師から博奕打ちまで何でもいた。谷の外に住まう者たちが多少めかしこんで町へゆくとき、「谷へ出る」と言ったものだが、年明け以来めっきり人通りは少なくなった。織田信長の命で、越前と大坂間の商人らの海陸往還を止めさせたためだと、実行した木下秀吉から直接聞いた。昨秋には比叡山延暦寺が焼き討ちされ、信長による大量殺戮が行われた。吹き荒れる織田の烈風は、雪に埋もれた越前まで確実に届いていた。

秀吉は三年ほど前、信長から朝倉家に上洛要請があった際に、使者となって一乗谷へ来た小男である。その折りには前波が朝倉館へ案内したから面識もあった。印牧が嗤ったように、改めて見てもたしかに猿に似ていた。秀吉の登場に前波の心は揺れた。

　昔から前波は冬の日だまりが好きだった。それにも似て、日陰の人生を歩んできた前波にとって、たまに接する人の温もりほどありがたいものはなかった。それを求めて、前波は盛源寺を目指している。

　昨春の乗り打ち事件以来、前波は朝倉家中で黙殺され続けた。まるで失敗作の石仏のごとく、最初からどこにもいなかったように扱われた。

　前波は命ぜられるでもなく蟄居（ちっきょ）謹慎してみたが、誰からも相手にされなかった。謹慎にも飽きて吉家を訪ねたが、ずっと不在で一度も会えなかった。秀吉の話では、吉家は織田家にとってゆゆしき行動ばかり取っているらしいのだが。

　雪と寒さを極端に嫌う義景は、およそ冬の軍事行動をしない。新年には必ず朝倉館で家臣、国人、寺社などの参賀を受けた。これを怠ったためしは一度もないから、家臣らも一乗谷に戻らざるを得ない。山崎屋敷を訪ねると案の定、吉家の妻いとから、夫が最近ようやく越前に戻ったのに、今日はさっそく盛源寺へ出かけてしまったと聞いたのである。

　前波が上城戸の門番に会釈すると、門番は意味ありげな笑みを返事代わりにした。

この一年近く、前波は足羽川北岸の所領にある館の一室で、無為に過ごす日常を送った。やっと気ままに過ごせる時間を手に入れたのに、歌ひとつ詠んでみる気にもなれなかった。所領の近くには、一乗谷の玄関に当たる安波賀がある。足羽川には舟着き場も作られ、見世物小屋から唐人町（とうじんまち）まである賑やかな場所だが、そこへ足を運んで女を買っても、前波の心は晴れなかった。

みじめに失脚した前波に対し、亡兄に仕えていた家人たちは冷笑をもって接した。哀れな父を気遣ってくれる二人の息子が不憫でならなかった。

諏訪館に蕗（ふき）を訪ねたが、前波を見捨てたのか、会ってもくれなかった。前波家取潰しの噂まで流れ始めると、朝倉景鏡のいる大野まで遠出をし、亡兄の貯めた有り金をあらかた持参して懸命に取りなしを願った。景鏡は「今は雌伏（しふく）の時でござる。任せられよ」と請け合ってくれ、どうやら最悪の事態は免れそうなのだが。

今の前波の人生で救いがあるとしたら、ただひとり「友」と呼べる吉家だけだった。前波は小さな決心をしていた。吉家を「酔象殿」と呼ぶのだ。それで初めて真の友になれる気がした。面はゆい気もしたが、長らく会っていないから、ずっと前から「酔象殿」と呼んでいたふりをしようと決めていた。親しき友が「吉家殿」と呼んだのでは、どうにも他人行儀ではないか。

見慣れた盛源寺の小さな境内が、葉を落とした冬の林の向こうに見えた。

吉家に会えると思うと、それだけで荒(すさ)みきっていた心が軽くなってゆく気がした。

「おひさしゅうござる」

笏谷石に向かっていた吉家はいつもの仏顔を上げると、鑿(のみ)を持った手で、縁側の隣を示した。十年あまり前、犬追物(いぬおうもの)の件で直談判したときは、実にいけ好かぬ偏屈者だと思ったものだ。吉家は頭に白髪が交じったほかはそのころとまるで変わりなく、石仏に向かうおだやかな仏顔も昔のままだが、前波も、朝倉家を取り巻く事情も激変していた。

「北近江には、かれこれ十度近く出陣されたのではござらぬか？」

同盟国の浅井から援軍要請があれば、吉家は必ず援軍派遣を進言し、自ら山崎隊を率いて救援に向かった。織田軍の刈田のせいで江北は兵糧に事欠くため、越前から供給する必要があった。唇亡(ほろ)びて歯寒し、浅井と朝倉は命運をともにしていた。朝倉家のために信長を敵に回した同盟国への信義もあった。

「酔象殿は大坂やら、伊勢長島やら、甲府やら、全国を飛び回っておられるようでござるな」

乱世で軍事と外交は不可分一体であり、吉家は口下手なくせに外交も担当していた。反織田の旗印のもと、吉家は本願寺との縁組みをとりまとめ、かつての仇敵との間に強固な盟約関係を作りあげた。さらには遠く甲斐の武田信玄との共闘も構築しているらしい。

噂にも流れてはいるが、たいがいは木下秀吉から聞いた話だった。

秀吉は驚くほど朝倉家の内情に通じていた。「朝倉家中にも、織田にお味方くださる御仁がおわしますからな」と、痩せた猿顔に人懐こい笑みを浮かべるが、実際、権力の枢要部で内通者が出ているに違いなかった。秀吉からは、山崎吉家を織田家で厚遇するゆえ話を繋いでくれぬかと頼まれていた。だが、試みるだけ無駄だと、前波は知っていた。

「一乗谷へ酔象殿が無事にお戻りあるたび、『朝倉家はまだしばらく安泰じゃ』と、公界所に逃げてきた近江人も言うておりましたな」

前波は秀吉から再三の誘いを受け、迷ってはいたが、まだ朝倉家を裏切ってはいなかった。むろん義景への忠誠などではない。前波のごとき無能な人間が織田家で取り立てられるはずがないとの警戒が大きかった。前波家を完全に失ったわけでもないし、朝倉家のために奔走する吉家を裏切りたくない気持ちも強かった。

吉家は黙々と、間延びした音を立てながら石仏を彫っている。もともと寡黙で無駄口を叩かない男だが、吉家なら、多くの朝倉家臣に対し織田家の調略の手が伸び、前波などまっさきに寝返りかねないと弁えてもいるはずだ。前波は吉家にだけは疑われたくなかった。

「わしのごとき無力な輩にも、間違って織田家からの調略がござる。むろん相手にしてござらんが、戦も政も不得手なわしなんぞ、朝倉家の鼻つまみ者。朝倉が滅びるというに、もはや何のお役にも立て申さぬ」

「ほとぼりもいずれ冷めようゆえ、前波殿は御館様のため、佳き歌なぞ作られるがよろしかろう」

いつぞやの曲水の宴は、前波が差配したからこそ大成功を収めた。たしかに前波なしで義景自慢の芸事ができるとは思えぬ。だが、前波はもう義景のために何かをしてやる気にはなれなかった。義景が、憎い。

「御館様のご不興を買い、これから何をよりどころに生きて参ればよいのやら……」

吉家は鑿と槌を置くと威儀を正し、前波に向かって深々と頭を下げた。

「御館様に代わって、この吉家がお詫び申し上げる」

前波は驚いて「やめてくだされ。酔象殿には何の責めもござらん」と慌てたが、吉家は頭を上げなかった。

「身どもは宗滴公に後事を託されながら、いまだに朝倉家を危地から救えぬ不甲斐なき身。織田家は強大なれば、朝倉家一丸となってこれに当たらねば、勝ちはござらぬ。どうか前波殿も力をお貸しくだされ」

「むろん、わしは腐っても朝倉家臣でござるゆえ、織田に寝返りなぞいたしませぬ。されど、酔象殿は朝倉に勝ち目ありと仰せか？」

朝倉家の命運を託された男は、困ったようないつもの仏顔で、しかしたしかにうなずいた。

秀吉が自信ありげに織田の圧倒的有利を説くように、前波には万にひとつも朝倉に勝機があるとは思えなかった。だが、今までも吉家は信長を窮地に陥れてきた。もし勝てるのなら、このまま朝倉家に踏みとどまり、いずれは新七郎に家督を継がせて前波家を守れぬだろうか。むろん口外無用なのだろう、吉家は、仏顔のまま口をつぐんだ。

「ときに酔象殿、よき日和（ひより）なれば一献、いかがでござる？」

事毎（ことごと）に前波が使ってみた「酔象」の呼び名は、ごく自然に会話に溶け込んでいた。

前波は自信たっぷりに、背負ってきた包みを開いた。手土産に持参した小ぶりの越前焼甕（やきかめ）には濁り酒が入れてある。盃も割れないよう布にくるんで持ってきた。

吉家は相好を崩し、前波の手酌を受けた。

「加賀の菊酒でござる」と、前波が安波賀で行商人から手に入れた蘊蓄（うんちく）を語る間も、吉家はうまそうに酒を味わっていた。

「何ゆえ酔象殿はさように朝倉家に忠義を尽くされまするか？」

「宗滴公が朝倉のゆくすえを、身どもに託されたゆえ」

大きな手には小さすぎる盃で、吉家はさも美味そうに菊酒を呑んでいる。

「酔象殿にとって宗滴公とは、どのようなお方だったのでござるか？」

前波が朝倉館の近習として世に出たとき、すでに宗滴は世を去っていた。

盃に数杯ちびりちびり呑んだだけだが、吉家はすでにほろ酔い加減で頬の上部を赤らめ、なつかしげな笑みを浮かべていた。

「身どもは一度ならず二度までも、宗滴公に命を救われてござる」

吉家は盛源寺の境内から、絶えぬ一乗谷川の流れを見下ろしていた。

吉家　一

三十年と少し遡（さかのぼ）る天文九年（一五四〇年）夏、一乗谷はすでに日が入り、油蟬（あぶらぜみ）のすだく音も疎(まば)らであった。

山崎屋敷では父の祖桂(そけい)と弟の吉延(よしのぶ)が首を揃えて山崎吉家を待っていた。

「宗滴公のもとで息災にしておるようじゃな」

吉家は十四歳の初陣以来、宗滴のそばにあって十年目だった。もともと吉家は目から鼻へ抜けるような知恵者ではない。泥臭く努力を重ねるだけだった。宗滴には遠く及ばぬが、失敗を重ねながら武将としての力量を培ってきた。

戦奉行である宗滴のもとには、将来の出世も見越してしばしば家中から次代の朝倉家を担う若者たちが派遣されていた。堀江景忠もそうだ。最近は元服したての魚住景固なる者も加わった。

吉家は祖桂に向かい、両手を突いて近況を報せた。

祖桂は若いころから主君孝景の実弟景高に仕え、政治手腕を遺憾なく発揮してきた。大野郡司である朝倉景高の器量は兄孝景をも凌ぐとさえ評され、特に京にあって幕府、朝廷工作を一手に担っていた。朝倉家の繁栄を支えているのは宗滴ともうひとり、景高の力だと言われた。

ひさしぶりの対面だが、酒席の用意はない。酒好きの祖桂が日暮れどきに素面(しらふ)でいるとは珍しかった。表情も戦場にあるごとく硬い。元服して間もない弟の吉延にもふだんの明るさがなかった。

「今宵はお前と大事を話さねばならぬゆえ、酒はない」

祖桂が声を潜めたので、吉家はおもむろに身を乗り出した。

「かねて景高公は、越前のゆくすえを案じておられた。御館様は義に篤きお方なれど、きれいごとで乱世を渡ってはゆけぬ」

主君朝倉孝景は野望を抱かず、越前一国の安寧の維持を図っているが、乱世はいよいよ混迷を極めつつあった。孝景は他国の要請に応じ、例えば北近江の浅井家や親族に当たる若狭武田家の救援に派兵はしても、領土拡大のための戦争をしなかった。これに異を唱えたのが実弟の景高だった。

「越前を守るためには、一国の保守だけでは足りぬようになる」

加賀を征し、その国力を合わせ持ってこそ、朝倉家とその家臣、民を守りうる。近隣に脅威がなく平和を享受している今こそ、加賀征服に全力を注ぐべきだと祖桂は説いた。宗滴と同じ考えである。

「今、景高公は京へ上られ、来るべき時のために烏丸（からすま）家を始め、幕府の要人と秘かに会われておる」

祖桂はいっそう声を落とした。

「今宵、われらは御館様のお命を頂戴する」

吉家はびくりと身体を震わせた。祖桂のささやき声が吉家の耳に棘のように突き刺さったまま消えぬ。吉延も事情を弁えているらしく、祖桂の隣で小さくうなずいた。

「むろん宗滴公は賛成なさるまいが、加賀征討の件では景高公とかねて盟友の間柄。御館様と長夜叉(後の義景)様さえ討ち果たしてしまえば、ご公儀の覚えもめでたき景高公が新たな国主として認められるはずじゃ」

吉家は全身が凍りついたように身動きできなかった。

謀叛は事前に外へ漏れれば一巻の終わりだ。ごく少数の信頼できる同志のみで企てを進めてきたという。ゆえに祖桂は決行の日まで、わが子にも知らせなかった。

「深更、同志と景高公の意を受けた家人たちがこの屋敷に集う。さればわれらは一気に朝倉館へ討ち入り、御館様と長夜叉様のお命を頂戴する。よいか、これは私欲私怨に駆られての暴挙ではない。朝倉家と越前のゆくすえを案じての義挙である」

吉家は少しく身を引くと、祖桂に向かって深々と頭を下げた。

「父上、なりませぬ。家臣が主君に、弟が兄に背くなど――」

「わしはお前に諮ってなどおらぬぞ、吉家。お前は請けぬとみたゆえ、員数にも加えておらぬ。お前はここでおとなしゅう待っておれ。お前の役回りは、事が成就した後に宗滴公を説くことじゃ。お前がわしらの討伐軍の将として攻めて参ってはかなわぬゆえ、蜂起の前に呼んだまで」

　たとえ謀叛に対抗して反景高派が兵を挙げたとしても、すでに宿敵の本願寺とまで手を結んであるという。景高が権力を握った後、本願寺との約定を破って宗滴に攻め込ませる筋書きまで周到に描かれていた。

「なれば、身どもは何としても父上をお止めせねば――」

「無駄じゃ。実は景鏡様もひと肌脱がれておってな。まだお若いが、実に頼りがいのある御仁よ。昨晩のうちに大野から一乗谷入りされた。景高公は京にあってすでに幕臣に謀(はかりごと)を漏らされておる。後へは引けぬのじゃ。されば必ず今宵、決行する」

　吉家が必死で思案するうち、何やら通りが騒がしくなってきた。やがて玄関のほうで悲鳴があがり、人の倒れる音がした。

　祖桂と吉延は顔を見合わせたが、すぐに抜刀して身構えた。二人とも吉家よりは腕が立った。

　――謀叛人、山崎祖桂はおるか！

　物々しい甲冑(かっちゅう)の武装兵が喧(やかま)しく広間に乱入してきた。いっせいに槍を構えて三人を取り囲んだ。

「何の話じゃな？　朝倉景高公が腹心、山崎祖桂の屋敷と知っての狼藉か！」

祖桂は堂々と追捕の兵らに対したが、武装兵らの背後から現れた若者を見るや、力なくくずおれた。かすかに童顔の残る美男である。

元服してまだ数年の朝倉景鏡は一歩前へ出ると、涼しげな顔で祖桂たちに言ってのけた。

「わが父朝倉景高の謀叛に与せし者どもよ。申し開きの儀あらば、朝倉館で聞こう」

景鏡は実父景高の企てを知るや、これに協力するふりをして事を進めさせ、土壇場になって主君孝景に密告したのである。景高に与する家臣らは一網打尽にされ、先代孝景の統治は盤石なものとなった。景鏡は嫡男である実弟を追放して当主の座を得た。孝景は景鏡の忠義を賞し、若くして大野郡司に任じた。

謀叛が露見した翌日、連座した山崎父子三人には死罪が申しつけられた。

だが、一乗谷での謀叛未遂事件を聞いた朝倉宗滴は、敦賀から駆けつけて孝景と直談判した。山崎吉家は次代朝倉家の宝であると説いた。己の過去の勲功を帳消しとし、棗庄など飛び地所領すべてを返上する代わりに、吉家の助命を勝ち取り、引き取った。祖桂は責めを負って切腹したが、まだ若い吉延も救われた。

宗滴は父の死と没落を嘆く吉家、吉延兄弟を抱き締めて、二人に約束した。

「これからはわしがお前たちの父代わりとなる。いや、祖父の代わりじゃのう」

吉家の助命にあたり、孝景は宗滴にひとつの条件を出していた。

朝倉景紀、後の伊冊は主君孝景の実弟であり、武勇に優れ文芸にも秀でていたが、器量が小さく性格に難があった。景高事件より前、宗滴は一度、孝景に乞われて景紀を養子として敦賀郡司を継がせていた。が、景紀は欲が深く権力と金に執着したため、敦賀では賄賂が横行し、罪なき者が処断されるなど政治が乱れた。宗滴は「郡司の器にあらず」と激怒し、景紀は恥じて自ら敦賀郡司の職を辞し、蟄居謹慎していた。だが、宗滴は孝景の条件を呑んで景紀を赦し、敦賀郡司に復させた――。

前波　十二

吉家は懐かしげに語り終えると、再び鑿を手に取った。

その後の事情は前波も多少弁えていた。

景高は京から帰国できず、諸国を流転して和泉国で客死した。景鏡の弟も異国にあって、越前には生涯戻れぬ境涯となった。

朝倉景鏡が先代孝景の信を一身に得られたのは、若き日の朝倉宗滴と同じく、絶対の忠誠を朝倉宗家に示したからだった。宗滴はかつて叛逆した義兄を討ったが、景鏡はこれに倣(なら)い、策をもって実父の謀叛を阻止した。景鏡の働きがなければ、今の義景もない。義景の景鏡に対する絶大な信頼も、もともとはこの景高事件にあったようである。

冬の日はまだ空に高くあり、二人を穏やかに照らし続けていた。

第八章　帰陣

――元亀三年（一五七二年）残炎～雪催い

魚住　十

元亀三年八月八日、北近江の大嶽城に朝倉軍の「三盛木瓜」の旌旗が無数にたなびく様は壮観といえたろう。

魚住景固が本丸の広間に入ると、すでに山崎吉家は伺候しており、朝倉義景が大鼻のあたまにかいた汗を二本指で拭っていた。義景はすっかり暑さに参った様子で、食欲がなく、やつれ気味であった。

大嶽城は織田軍に備え、吉家が担当した山崎丸など三つの出丸が築かれた要塞である。浅井勢の来援要請に応え、実に越前の全将兵二万余が入っていた。

信長はまず横山城に入って小谷城下を焼き払ったが、今年は収穫の秋が来ても、例年のように刈田や放火には出られまい。

三日前、信長は総勢三万を率いて横山城を出、虎御前山の南面、八相山に布陣した。小谷、大嶽両城とは目と鼻の先である。

「して吉家、いつまで睨み合うのじゃ？」

義景の悪い癖が出ていた。また、戦が厭で堪らなくなったらしい。

「こたびはゆるりと構えられませ。日ならずして、必ず勝機がやって参りまする。今動く意味はございませぬ」

大軍が睨み合う緊迫した状況下でも、吉家の表情は石仏を彫るときと少しも変わりなかった。

小谷城は堅固な山城である。精強な浅井勢一万が籠城し、すぐ北の支城、大嶽城には朝倉軍二万が友軍として立て籠もっているのだ。今、信長が北近江方面に割ける兵力は最大で三万ほどであった。固く守っていれば、落とされるはずがなかった。

魚住は吉家の戦略に舌を巻いた。まもなく畿内を征しようという強大な織田家に対して、吉家は粘り強く見事に勝機を創出した。前回よりさらに雄渾な包囲網である。何と気宇壮大な戦略か。

全軍の布陣を指図した後、吉家は仏顔のまま魚住に言ったものである。

——手数はまだ要り申すが、即詰みでござる。こたびこそは信長殿の首、頂戴いたさん。

吉家は今回も信長に勝つ気でいた。もっとも、吉家ひとりで作出した局面ではない。武田信玄の西進という幸運にも恵まれた。「甲斐の虎」と畏れられた武田信玄から、西上作戦と信長包囲網の再構築の打診を受けたとき、吉家は天恵だと欣喜雀躍した。やはり宗滴が朝倉家を守護していると信じ、下城戸を出て足羽川を臨む「金吾谷」の墓前へ、さっそく礼を述べに行ったほどである。

戦国最強と謳われ、信長さえ畏怖する武田騎馬隊が遠江へ進軍を開始するのは、この秋であった。今回は信長が奉じているはずの将軍足利義昭も信長包囲網にひそかに加わり、主導的な役割さえ果たしていた。朝倉軍は大嶽城にあって、北近江の地を浅井軍とともにしっかりと守り、織田軍の兵力を確実に分散させる。信玄が織田・徳川連合軍を大破したときこそが千載一遇の好機だ。巾着袋を紐で閉じるように包囲網を一気に狭める。東からは武田が、南からは本願寺が、北からは朝倉・浅井軍がいっせいに織田を攻める手筈だった。

吉家は別段、織田信長に私怨など抱いてはいまい。朝倉を滅ぼそうとする敵であるがゆえに戦い続けているだけだ。だが、魚住は事情が違った。織田家には人質の嫡男彦三郎がいた。織田と戦をするたびに、魚住は嫡男の身を案じて心を痛めた。信玄の登場で戦局が大きく変われば、織田と和する道も探れはすまいか。

織田家に嫡男を人質として差し出した日から、魚住は義景を主とする朝倉家の存続より、わが子の身を案じる気持ちが次第に強くなるのを感じていた。宗滴が存命のころには考えられぬ心の変化だった。もはや宗滴五将としては失格だ。その魚住を信じ、頼りとせざるを得ない吉家が気の毒でならなかった。

前波　十三

——いよいよ今日じゃ。わしはこれからやってのけるぞ。

前波は生唾を呑み込もうとしたが、緊張のためにうまくいかず、喉に痛みだけが残った。たるんだ喉をさすろうとしたが、汗で皮膚が粘ついていたのでやめた。

前波勢は大嶽城下に布陣していた。

義景に勘当されて目通りもできず、軍評定にも出られぬ。それでも今回の決戦には、数合わせのために駆り出された。戦などやり方も知らぬし、義景のために命を賭ける気などさらさらなかった。

景鏡や吉家にとりなしてもらい、何度か義景に目通りを願い出たが、ついに一度も許されなかった。過去の例に照らせば、勘当は長くとも半年で解かれると考えていた。だが、一年を過ぎても赦しはなかった。主君に勘当された家臣に将来などない。前波は兄から引き継いだ前波家臣たちからも、完全に馬鹿にされるようになった。

そんな折、織田家臣の木下秀吉が耳を疑う話を携えて、前波のもとへ現れた。

「前波殿は、朝倉家で実にひどい仕打ちを受けておられる様子」

秀吉は耳触りのよい言葉で親身に同情を示しながら、織田家での厚遇を事細かに約した。織田が越前を手に入れれば、必ずや信長公のお取り立てがある、現に秀吉自身も城持ちになったと胸を張った。秀吉は内衆筆頭格の前波に対し、何と「越前国守護代」までちらつかせた。現在の守護である義景と事実上、同格の地位であった。

「じゃが、わしなんぞが織田家のお役に立てるとは思えん」

謙遜ではなかった。が、秀吉は声を潜め「前波殿は己の価値をわかっておらぬ。越前を知る前波殿が織田方に同心すれば、朝倉は滅んだも同然よ」と耳打ちした。

越前で前波は誰からも必要とされていなかった。義景には深い怨恨があった。

昨年春の乗り打ちでは、居並ぶ家臣の面前でさんざんにいたぶられた。とりわけ嫡男の前でなぶられたのは無念だった。この屈辱は生涯忘れぬ。

秀吉は「信長公こそ天下を取る英傑である、富貴は思いのままぞ」と言葉巧みに説いた。秀吉は抜群に口の巧い男だった。懊悩（おうのう）し心の揺らいだ前波は、吉家に会おうと思い、何度も山崎屋敷を訪ねた。だがいつ訪問しても、吉家は外交交渉や浅井家救援のため、一乗谷を不在にしていた。

一陣の風に、三盛木瓜の旌旗が音を立ててはためくと、前波はぶるりと震え上がった。前波は吉家に会えぬまま、ついに秀吉に説得され、織田家臣となって大嶽（おおずく）城に入ったのだった。

秀吉の求めに従い、戦場での寝返りを約した。だが、乱戦の中で妙な動きをすれば、織田方から誤って攻撃されはすまいかと恐れた。前波が正直に「戦は大の苦手でござる。家臣は一人もわしなんぞにはついてこぬ」と打ち明けると、秀吉から一つの計を授けられた。

白昼堂々、越前兵の目の前で離反し、義景の鼻を明かしてやれ、と。

「誰とは言えぬが、すでに朝倉家には織田家への内応を約した方々がおわす。一番乗りなされば、信長様の覚えもめでとうござるぞ」

前波は手の中の厭（いや）な汗を握りしめた。秀吉の言葉を何度も心の中で反芻（はんすう）した。

一乗谷出陣の際も、大嶽城布陣の際も、吉家はいつもの笑顔で前波に声をかけてくれた。心底済まぬと思ったが、すでに内通を約した密書は織田方に渡っていた。いまさら翻意しても、織田家に弱みを握られた前波に、朝倉家で生きる道などなかった。密書が明るみに出れば、勘当された身だ、命を取られるだろう。

前波は決心していた。

誰よりも先に、憎き義景を見限ってやる。

朝倉家崩壊の魁となるのだ。

秀吉が諭したように、朝倉が滅びる直前に逃げ出したのでは価値が低い。吉家が必死で構築した包囲網のおかげで、朝倉は一時的に織田より優位に立っている。今こそが寝返る好機だ。織田が危機にある今、朝倉離反の値打ちは急騰している。

前波の裏切りを聞いた吉家はどんな顔をするだろう。困ったような笑顔を浮かべながら何と思うだろうか。いや、もう、酔象殿については考えまい。いつか織田が朝倉を滅ぼし、吉家も織田家臣となれば、友として再会できるはずだ。そのときは前波が吉家を助けるのだ。

今、想起するのは、義景への怨恨だけでいい。

前波は小少将に捨てさせられた菜の花、吐き散らかした百足の断片、主に殺される時津風の恨めしげな眼を思い浮かべた。恨んで当然の仕打ちではないか。前波を嗤った連中を見返してやる、皆をひざまずかせてやるのだ。

一陣の風が旌旗をはためかせると、前波はまたびくりと体を震わせた。

魚住　十一

——申し上げます！　富田長繁、毛屋猪介の両名が織田方に寝返った由！

離反の続報に、朝倉家臣団がさして驚かなかったのは、十分に予期していたせいだろう。魚住も平然としていた。

主君朝倉義景の眼前の戦場で次々と家臣たちが寝返っていく。越前将兵の士気低下は目を覆いたくなるほどであった。

「増井と池田はなぜ参集せぬ？　ただちに呼んで参れ！」

義景の甲高い声は怒りのせいか裏返っていた。

景鏡派の富田、毛屋、増井、池田の四名は齢も近く、かねて懇意にしていた。いずれも次代の朝倉軍を担う若き将として期待されていた者たちである。

発端となった事件は、昨日の白昼に突然、起こった。前波吉継が息子二人とともに陣から抜け出て、虎御前山の織田軍へ投降したのである。

　朝倉の将兵は、前波父子三人が織田軍に迎え入れられる様子を、呆気にとられながら、見た。

　前波には惜しむべき才も人望もなかったが、重臣が白昼堂々、子連れで敵陣に投降するなど、吃驚の事態だった。朝倉軍には目に見えて動揺が走っていた。

「出っ歯なぞ朝倉には要らぬ。あの面をもう見んで済むのじゃ、一乗谷も住みやすうなるわ。越前へ戻り次第、前波家を取り潰し、この戦で功ある者に分け与える」

　義景は気にも留めぬ様子で嘯いたが、強がりにも見えた。

　前波は家中の事情をよく知っていた。意外に抜け目のない男だ。誰が義景に疎んじられてきたか、誰を寝返らせやすいかを弁えていよう。いや、前波ふぜいを内応させているのなら、他将に対しても調略の手が伸びていて当然だ。朝倉軍内部に疑心暗鬼が漂い、戦どころではなくなった。

　――増井甚内、返り忠にございまする！

　魚住の耳には、諸将のため息に混じって、宗滴の鍛えあげた朝倉軍が土台から崩れてゆく音が聞こえた気がした。

　富田、毛屋、増井の三名はいずれも、信長による上洛要請がされたときから、吉家に反対して織田との対決路線を強硬に唱えていた連中である。

「ほかにも裏切り者がおろう。徹底的にあぶり出せ！　池田は富田らと仲良うしておったな？　池田も寝返っておるに相違ない。裏切る前に首を刎ねよ！」

義景が大鼻を膨らませて怒鳴ったとき、「お待ちくだされ」と、家臣の列から巨体がのっそりと歩み出た。山崎吉家である。

「池田殿が内通しておるなら、他の三人と時を遅らせる理由がございませぬ。幼なじみの四人が話をしておったとて、裏切りの証には――」

「黙れ、吉家！　昨年の鷹狩りの折、そちが出っ歯の命乞いなぞせねば、かような仕儀には立ちいたらなんだはず。乗り打ちしおった時に即刻、首を刎ねておればよかったのじゃ！」

「どうか落ち着かれませ。これは敵による離間の計。味方が味方を討つなぞ――」

「四将も寝返ったのじゃぞ！　ほかにも裏切り者がおるに決まっておろうが！　魚住！　ただちに池田の首を持って参れ！」

義景が怒鳴りつけると、印牧が取りなすように割って入った。

「お待ちくださりませ、御館様。それがしは池田とは幼少より昵懇の間柄にて、人物をよう知っております。かの者の朝倉家への忠義には一点の曇りもございませぬ。

ただいまは敵陣哨戒のため不在にしておるもの」

「印牧！　そちまでが余を裏切る気か！　そちは富田と共に剣を学んだ仲。明日にはもうわが方におらぬのではないか？」

印牧は慌てて義景の前に両手を突いた。

「滅相もございませぬ。それがしは宗滴公より――」

義景は印牧を足蹴にして憤った。

「黙れ！　そもそも織田を討つなぞと嘯いておったのはそちや富田ではないか。吉家が必死で止めたに、そちらが口を揃えるゆえ、余は織田と戦う道を選んだのじゃぞ！　にもかかわらず形勢不利と見て余を売りおるか！　裏切り者を始末してくれん！」

義景は音を立てて抜刀すると、印牧は渋い顔をしたが、観念したように首を前に差し出した。

歩み寄る義景の前に、ふたたび巨体が壁を作った。

「御館様、お待ちくだされ」

「吉家！　なぜ印牧をかばい立てする？　そちは知るまいが、印牧からは会うたびにそちを誹る讒言の数々、聞かぬ日はなかったぞ！」

「朝倉家にとって、印牧殿の忠義と武勇はなくてはならぬもの。どうか――」

義景は吉家の鼻先に切っ先を突きつけた。が、吉家は微動だにせず、太い眉を寄せて、困ったような顔をしただけだった。

義景は目を怒らせてすごむが、吉家はいつもの笑みさえ浮かべていた。胆力(たんりょく)が違いすぎる。やがて義景が折れた。

「印牧が逃げぬよう、大嶽城の座敷牢に閉じ込めておけ」

その夕刻、魚住が山崎丸を訪うと、敵陣をじっと見やっている吉家の大きな背中が見えた。

「酔象殿。御館様の命により、わが手の者が池田隼人助(はやとのすけ)を討ち果たしましてござる」

池田は最後まで内応を否定したが、義景は信じなかった。

魚住の言葉に、吉家は振り返りもせず、力なくうなずいた。

「越前はまた、惜しい将を亡くし申した」

❀義景 一

元亀三年（一五七二年）十二月二日、初雪が江北地方を白化粧させていた。ずいぶんな厚化粧のおかげで、町と田畑、野っ原の区別もつかぬようになった。

朝倉義景が異国で雪を見たのは、二年前に織田信長と和睦して、近江の堅田から兵を引いて以来だった。

義景は鼻先を右の手のひらで覆った。丁寧に温もりを与えるうち、鼻先の冷たさがなくなった。赤味も少しはおさまっているだろう。

――こたびの戦はいつまで続くんじゃろうな。

義景は戦が大嫌いだった。自ら人を斬った経験もない。なぜ人が人を殺さねばならぬのだ。争いごとは歌や将棋で決着をつけたらどうなのだ。

昔から義景は歌を詠み、美を愛でる生活を好んだ。古き平安の時代に憧れた。戦ばかりが打ち続くすさんだ乱世にこそ、文芸が必要だと考えた。ゆえに父祖の蓄えた富を惜しげもなく費やし、かつてない規模の犬追物や曲水の宴を復活させ、見事に敢行した。反対した吉家ら武辺者は義景の心を解すまいが、いずれも当代にあって義景にのみできた壮挙だと信じている。いつの日にか、この下らぬ乱世を誰ぞが終わらせ、泰平の世が訪れたとき、心ある者は義景の真意をわかってくれるはずだ。

乱世とは、つくづく損な時代に生まれたものだ。

だが、山崎吉家のたどたどしい説明によると、要するにこの城で待ってさえいれば、この戦は勝てるらしい。吉家は、武田信玄を盟主とする信長包囲網の再構築に成功した。実際、朝倉は織田と互角以上に渡り合っている。吉家は、織田を完膚なきまでに打ち破る好機が、まもなく到来するとくり返し説いた。

信長からの停戦の打診も、今回は一蹴した。二度騙されるほど、義景もお人好しではない。信玄の天下取りに手を貸してやるのも癪な話だが、武田は名門だ。義景の母方と同族でもある。同じ膝を屈するなら、織田よりはいい。

風の迷いが、雪片を義景の鼻先に止まらせた。

あわてて指で鼻先を払う。

義景は雪が大嫌いだった。

雪国を統べる君主としては失格やも知れぬ。だが、義景は望んで国主の座に就いたわけではない。阿君丸が生きてあれば、元服していた年ごろだ。景鏡に阿君丸を後見させて自らは隠居するつもりが、当てが外れた。弟でもいれば、国主の座など今宵にも譲り渡すものを。

義景は体をぶるりと震わせた。痩せて脂肪の少ない義景の身体には寒さがこたえた。冬の行軍など、考えただけで凍え死にしそうだ。

幼いころ、優しかった姉が高熱を出して死んだのも、義景に食べさせようとふきのとうを摘みに出た乳母が、谷に滑落して冷たくなっていたのも、雪の日だった。雪は義景から大切なものを奪ってきた。雪の日は動くべきではない。バンドコで温めた館の一室でじっとしているに限る。

長夜叉と呼ばれていた幼いころ、義景は弓を鍛練する姿を見せて父孝景を喜ばせようと、雪の日に朝倉館の庭に出、転んでけがをした。大した傷ではなかったのに血がひどく出て、雪面を朱に染めた。めずらしく取り乱した孝景の様子を今でも覚えている。とんでもない真似をしでかしたと後悔したものだ。何かを試して失敗するより、潔くやめるほうがずっとましだと、義景は学んだのだ。

初代英林孝景の時代から続く新年参賀を欠かさぬのは、験担（げんかつ）ぎだった。

義景のごとき凡庸な国主が越前を保つためには、何事も思いつきで下手に変えぬほうがよい。偉大な父祖の事績をひたすら墨守（ぼくしゅ）して次の代に渡すべきだ。ゆえに長年続けられてきたしきたりを厳格に守り、新しい冒険などせぬよう心がけた。宗滴や吉家の進言にもかかわらず、長らく加賀侵攻を許さなかったのも同じ理由だ。義景は何事も、迷ったら、やめた。

義景は二年前の冬、織田家と和睦して兵を引いた。だが、吉家が諫めたとおり、この判断は誤りだった。ゆえに今年は我慢して、この大嶽城で冬を越さねばならぬ。新年参賀を途絶えさせるが、しかたあるまい。織田との戦にけりを付けるためだ。

「父上、義景は気張っておりまするぞ」

雪催い(ゆきもよ)の空に向かって、声を出してみた。

父孝景はいつも義景に優しかった。叱(しか)られた覚えは一度もない。

義景は、孝景が不惑を過ぎてからの子で、生まれながらの帝王として大切に育てられた。弓の稽古に励んだのも、ただ孝景を喜ばせたい一心からだった。

たいていの物事は義景の思いどおりになった。朝倉家は四代にわたり名君が続いたが、義景は己が名門当主の器でないと、誰に言われるともなく気づいた。義景の近習(きんじゅ)に付けられた家臣の子弟たちは皆が皆、義景より優れていたし、中でも従兄(いとこ)の景鏡は学問でも、武技でも、文芸でも眩(まぶ)しいくらいに有能な人間だった。

孝景も息子に国主の器がないと気づいていただろう。ゆえに年長の景鏡に、義景を頼むと何度も繰り返していたのだ。

義景は父の死により十六歳で家督を継いで以来、朝倉百年の歴史を背負ってきた。やる気も才能もないわりには、家臣に助けられてよくやってきたと思う。あとひと踏ん張りだ。同族の武田信玄には頭を下げて、敵対すまい。面従腹背くらいはできる。

戦はもうこりごりだった。

「御館様、お召しにございまするか」

「弥六か、待っておったぞ」

宗滴が遺した五将のひとり、「信」の印牧弥六左衛門能信は、幼少のころ朝倉館に預けられ、義景に仕えた。文芸の才は乏しいが、宗滴が育てた最後の愛弟子であり、小兵ながら抜群の武技を誇った。景鏡派の筆頭格であり、吉家に対しても容赦ないが、義景の二歳下で、景鏡とともに「友」と呼べる数少ない男だった。先立って座敷牢に放り込んだ理由は、印牧にだけは見捨てられたくなかったからだ。二人だけのときは、弥六と呼ぶ親しき間柄だった。

「そちが室を亡くしたと兄者から聞いた。愁傷であったな、弥六」

義景はささやかな酒食を用意させていた。

陣中では異例のもてなしである。ずっと座敷牢に放り込んだままだった詫びの意味もあった。

印牧は妻の重病などおくびにも出さず出陣した。印牧を入牢させているくらいなら、一乗谷へ数日でも戻してやればよかったと、義景は悔いた。

――すまん、余のせいで死に目にあわせてやれなんだ。

とは言えなかった。生まれつき義景は、己より家格の低い人間に頭を下げられなかった。軽々に頭を下げるなと教えられた。信長との対立路線を選んだ大きな理由のひとつでもある。

「もったいなき仰せ、痛み入りまする」

印牧の愛妻ぶりはつとに有名だった。印牧ほどの猛者でも、よほどこたえたに違いない、憔悴ぶりを隠せない様子だった。

「余とそちの仲じゃ。一乗谷に戻ったら、よき女子を探してやろう」

「おそれながら、その儀ばかりは何とぞご勘弁くださりませ」

印牧は力なく首を横に振った。来世でも夫婦になろうと誓い合っていたらしい。

「余がお宰を失うたとき、そちは後添えを娶るよう、余に勧めたではないか」

「それがしは朝倉の一家臣。御館様とは違いまする」

「じゃが、独り身で寂しゅうはないのか？　辛かろうとも、人生はこれからまだ続くのじゃぞ」

印牧には子もなかった。小領で家臣も少なく、屋敷も一乗谷の外に構えていた。

人は皆、孤独に苦しんでいるのだ。だから信長のように無粋な戦を起こしたりせず、文芸で心を通わせ、世の憂さを慰め合うべきではないのか。悪政を敷いた憶えはない。信長さえ世に出なければ、義景はきっと越前の民を幸せにできたはずだった。

「一度きりの人生で、心底愛し合える女と出会えただけで、何も悔いはありませぬ」

簡単に言ってのける印牧が、義景には羨ましくてならなかった。

「弥六よ。実は今朝、お宰の夢を見た」

失ってから気づいたが、お宰ほどの女はいなかった。

義景の最初の妻は年上で、幕府管領細川晴元の娘だったが、すでに想い人がいたらしく、京の方角ばかり向いて泣いていた。己の意のままに動く人間しか知らなかった義景は面食らった。従順な妻ではあったが、結局、義景を愛さぬまま、まもなく病を得て死んだ。

二度目の妻、近衛家の娘は気位が高く、押しの強い女で、義景の器の狭小に気づくと、蔑ろにし始めた。義景はひたすら途方に暮れた。女に絶望した義景は、生母の侍女をしていた小娘を見初めた。お宰である。

「よく西山の光照寺へお伴いたしました。お懐かしゅうございまする」

義景はお宰を館から引かせると、印牧に言い含めてその屋敷に住まわせ、お忍びでひそかに通った。信心深いお宰は光照寺へ毎日参り、石仏たちに向かって何やら懸命に祈っていた。

「お宰は石仏に何を祈っておったのであろうな？」

「いつぞやお尋ねした覚えがございまする。御館様のお加減が優れぬときにはそのご恢復を、将兵が戦に出るときは無事の帰還を、はたまた、出っ歯の前波の歯痛の治癒まで祈っておられるのには驚き申した」

やがてお宰が孕むと、義景は悩んだ。だが、印牧の力強い進言で側室とした。嫉妬深い近衛殿は猛り狂ったが、出っ歯の前波を遣わして楯としたものだった。あのころは前波をからかいながら、愉しく暮らしていた。失ってみると前波のありがたみも多少わかった。あの醜男は小粒だからこそ意外に便利で、悪意の少ない男だった。今から思えば、お宰と暮らしていたころが、義景の生涯でいちばん幸せな時期であったろうか。

だが、お宰は義景との間に一男二女をもうけてまもなく、義景の初めての国外出征中に死んだ。義景不在中の予期せぬ死に、近衛殿に毒殺されたとの噂は当時から絶えなかった。むろんただの噂だ。だが、悔いがあった。我慢強いお宰は薬師を呼ばなかったが、義景が一乗谷にあって、お宰を老薬師谷野一栢に診せていれば、助かったやも知れぬ。

「余があのとき、出陣なぞせねばの……」

言い古した愚痴に、印牧は慰めの表情を浮かべながら、首を小さく横に振った。

若すぎる愛妾の死に遭い、義景は悲嘆の淵に沈んだ。

あれ以来、もともと好きでもなかった政に、すっかりやる気を失った。だが、朝倉家には宗滴が手塩にかけて育て上げた有能な家臣団と精兵があった。政務は景鏡と伊冊に、軍事は吉家たちに任せておけば足りた。

政を放り出した義景に対し、家臣らは美しい娘を勧めてきたが、どれも義景は気にくわなかった。そんなおり、義景は景鏡に招かれて大野を訪れ、小少将に出会った。あどけなささえ残る娘の口もとに、死んだはずのお宰の面影を見た。他人の空似だとわかっていても、義景はせめてその面影を愛したいと願った。小少将は景鏡の側室だった。義景は頭を下げて所望（しょもう）した。景鏡は「義景殿は昔から何でも欲しがるのう」と笑って承諾してくれた。義景が叔父の伊冊よりも景鏡を重用してきた理由には、景鏡の献身があった。

「今の御館様には、小少将様がおられるではありませぬか」

印牧は小少将を何も知らぬ。たしかに美しさではお宰に引けを取るまい。だが、顔立ちが少しく似てはいても、中身はまるで違った。何よりお宰は義景を愛してくれたが、小少将は何を考えているのかさえ見当がつかなかった。

これまで義景は小少将のあらゆる欲望を叶えてきたはずだった。

小少将の願いどおり上洛戦も断念した。義景の身を案ずる空々しい言葉は方便だとしても、京女に入れ込んでは困るという可愛らしい理由もあった。

親の仇である織田信長との対決を強く望んだため、吉家の諫言を押し切って、織田との対決路線を選んだ。金ケ崎の追撃戦に出なかったのも、小少将が文で帰参を懇願したからだ。

前波が乗り打ちした際には、「出っ歯に死を」と小少将が耳もとでささやいた。だが結局、命まで取らなかったため、小少将はひと月ほど機嫌を損ねていた。

「小少将はやはり、お宰ではない……。弥六よ、いかにすれば女の心を手に入れられるのだ？」

印牧の愛妻ぶりを義景はよく冷やかしたものだが、義景はもう一度、誰かに愛されたかった。真の愛が欲しかった。

「女とて人間なれば、男と同じ。誠を尽くせば、必ずや心が通じ合うはず」

小少将のごとき美しい女が義景なぞの物になっているのは、ただ、義景に富と権力があるからだ。さもなくば己のような大鼻に見向きもすまい。

義景はめったに鏡を見ない。それでも己の鼻が異様に大きく、鼻先が赤味を帯びていると知っていた。鼻が大きいだけの人間はいる。鼻のあたまが赤いだけの人間もいよう。だが、大きな鼻のあたまが赤い人間は、世に義景だけではないのか。赤い大鼻が義景の人並みの顔のつくりを、完膚なきまでにぶち壊していた。

義景は絵師に肖像画を描かせた経験があった。完成した絵の中の義景の風采はそれほど悪くなかった。絵師が鼻を実際より少し小さめに描き、鼻のあたまの赤味もうっすらとした朱に抑えたからだ。絵師は美とは何かを知る生業であろう。見たとおりの赤い大鼻を描けば美を損ない、不興を買うと考えたに違いなかった。幼いころ従兄の景鏡には、悩みを打ち明けて相談した覚えがある。景鏡は「お気に召さるな」と笑ったが、美男には義景の悩みなぞ生涯わかるまい。

何をどうやっても、義景の大鼻は小さくならなかった。赤味も消えなかった。

周りの人間は思うがままに動かせても、世にはどうにもならぬ物事があるのだと、義景は投げやりな諦観を抱いてきた。もしも義景の鼻が人並みに小さければ、己の境涯に感謝しながら精進し、まったく別の生き方ができたやも知れぬ。そうすれば、越前と朝倉家は違う道を歩んでいたろうか。

いや、お宰は大鼻の義景でも心から愛してくれたではないか。

最後の別れとなった出陣に際し、お宰は思いとどまるよう願いもした。あれはなぜだったのだろう。義景はあのとき最愛のお宰の前で、己が文弱な主君でないと示したかった。本当は義景も犬に鏑矢を放つだけでなく、戦場に出て、戦国武将らしく采配を振るえる男なのだと、見栄を張りたかった。尊敬されたかった。だから吉家の進言をめずらしく採用して、朝倉家の国主が七十年ぶりに国外で戦争をしたのだ。

戦勝に義景は得意になった。だがその代わり、義景を愛してくれたお宰は死んだ。

なぜ小少将は義景を愛してはくれぬのか。

いや、義景は小少将に対し、印牧がいう「誠」を尽くしてきたろうか。

七月に出陣して以来、一乗谷に置き去りにしたままだ。文のやり取りは何度かしたが、書くのはいつも義景からだった。返事がそっけない理由は、文では誠が通じないせいか。秋口に送った手紙の返事はまだ届いていない。返信もないのに二度続けて手紙を書くのは義景の沽券に関わる。

　さすがに景鏡が養育しただけあって、小少将は実に美しい字を書いた。一乗谷から使者が手ぶらで戻るたびに気落ちするのは、小少将に惚れているせいか。いや、義景はかつてお宰がしてくれたように、もう一度誰かに愛されたいだけなのか。

だが、吉家が説くように、朝倉家は今が堪え時だ。義景はこの戦ですべて終わりにしたかった。戦など、こりごりだ。信玄に天下を取らせてやる。勝ち馬に乗りさえすれば、後は万事、景鏡と吉家に任せておけばよい話だ。

「弥六よ。吉家の申すとおり、余は今冬をこの城で越すと決めたぞ」

「ご立派にございまする」

義景はふと吉家を思った。

あの大男は若くして夫婦となった女とずっと暮らしているはずだ。むろん側室などいない。

「吉家は妻とどんな話をしておるんじゃろうな？」

「あの退屈な御仁との話題など、数十年前にとうに尽きておりましょう」

口の悪い印牧は吉家と馬が合わぬらしく、必ず悪口を言った。恐らくは嫌われ者の
妬みではないかと義景は思っているが。

「されど、あの調子でのんびり話すゆえ、まだ話が終わっておらぬやも知れぬぞ」

笑いかけると、印牧も「なるほど、さようでございますな」と愉快そうに応じた。

義景は立ち上がり、一乗谷のある北の方角を眺めた。

異国の山野の向こうは厚い雪雲に覆われて、何も見えなかった。

もしも小少将が義景に会いたいと望むなら、戦を放り出してでも一乗谷へ戻るべき
なのか。

あのお宰にさえしてやれなかった誠を見せれば、小少将に愛が伝わるだろうか。義
景はもう一度、真の愛を得られるのか。

小少将　一

小少将は無聊に任せて、紅地に銀襴の小さな巾着を弄んでいた。

中には、京から一乗谷にもたらされたと評判の高価な毒薬が入っている。開いて匂いを嗅いでみたが、つまらぬことに無臭だった。

かつての小少将は、朝倉景鏡に慈しまれた籠の中の鳥だった。何も不服はなかった。たとえ愛されずとも、恋する男と結ばれ、守られる身の上に幸せを感じていた。

だが、義景の横恋慕で、小少将は幸せを奪われた。

景鏡をあきらめて、義景を愛してやろうかと試みた時期もあった。だが、義景もまた小少将を愛していないのだとすぐに気づいた。義景は死んだお宰をなお愛していた。ゆえに、かつての寵姫への思慕を断ち切らせようと、忘れ形見の息子まで蕗に殺させた。これで一からやり直せるだろうと思った。

だが、だめだった。

小少将はやはり義景を愛せなかった。

醜い大鼻のせいではない。小少将は景鏡しか男を知らなかった。阿君丸の死に打ちひしがれ、酒浸りになる義景に多少の同情はできても、何ひとつ好きになれなかった。義景は狭量で偏屈な、ただの暗君だった。義景はありとあらゆる面で景鏡に劣っていた。つまらぬ男だった。

大野の戌山(いぬやま)城で景鏡に抱かれた最後の夜を、小少将はまだはっきりと覚えていた。

小少将は、景鏡が一乗谷から救い出してくれる時をずっと待っていた。が、待ちぼうけを食らわされたまま時は流れ、義景の子まで孕んだ。

いったい景鏡はどういうつもりなのだ。

景鏡は今、北近江で焦っているに違いなかった。それでいい。小少将なしでは越前が手に入らないと思い知らせてやるのだ。

小少将はもう小娘ではなかった。女は、いつまでも美しくはない。これ以上は待てなかった。

すでに心を決めていた。小少将のほうから景鏡を取り戻してやる。これは、愚かな義景との痴話げんかなぞではない、朝倉景鏡との恋の駆け引きなのだ。

巾着を戻した手で、次の指図が記された景鏡の手紙を懐から取り出した。達筆の文字は、何度も読み返して憶えていた。文を鼻に寄せる。焚きしめられた香がまだ微かに残っていた。

❀景鏡　三

朝倉景鏡は明智光秀から届いた密書をバンドコに入れて燃やしながら、軽い笑みを漏らした。大野から持参した将棋盤にひとり、向かう。

光秀は景鏡に対し、朝倉軍の撤兵を懇請していた。成功すれば、包囲網に苦しむ信長に大きな貸しを作れようと、最後に付け足してもいた。

青銅の手鏡に映る己の顔に向かって、景鏡は話しかける。

「きれいに兵を引かせてみせる。光秀殿の大手柄にもなろう」

幕臣であった光秀とは、足利義昭を一乗谷に庇護していた時代から交流があった。光秀は義景の狭量を早々に見切ると、朝倉家中の頼れる実力者として景鏡を選んだ。所領大野の戌山城に光秀を招き、国勢を論じ合いもした。

光秀は義昭に従い、美濃へ去ったが、信長と義昭の対立が先鋭化するなか、すでに義昭を見限り、織田家に鞍替えしていた。景鏡でも同じ選択をしたはずだ。再三にわたる光秀からの誘いに、景鏡は色よい返事を与えながら、己を最も高く売り、己が最も美しく羽ばたける時をうかがっていた。

景鏡に凡手は似合わぬ。「されどこたびは、赤鼻もなかなかに気張っておる。困ったものよ」

景鏡が笑いかけると、鏡の中の景鏡も応じた。

母の死以来、形見の鏡は肌身離さず身に付けている。

大野郡司であり、最有力者の景鏡に家臣は多いが、心を許す人間は朝倉館にいる蕗だけだ。もうひとり、傅役の土橋がいたが、死んだ。景鏡は何事も己ひとりで決断してきた。他人には諮らない。

織田に寝返った前波吉継から来た文も、火にくべた。離反を打診する文である。

景鏡は前波という馬鹿な駒もうまく使ってきた。信じやすい前波は、尋ねれば義景について何でも教えてくれた。おかげで面会する前から、手に取るように義景の気持ちを解していた。義景の単純な心など意のままに動かせた。

景鏡は今や、朝倉家そのものだ。出っ歯なぞは一枚の「歩」にすぎぬ。景鏡とは格が違う。義景の首を手土産にすれば、景鏡には織田家重臣としての厚遇が約束されている。

家中ではしばしば景鏡を盤上の「金将」に擬するが、見くびられたものだ。景鏡は「玉将」だ。

かつての宗滴さえ凌ぐ勢いの景鏡の権勢に危機感を覚えたのが、国衆の堀江景忠のほか、同名衆の朝倉景健と内衆筆頭の前波景当だった。せいぜい「桂馬」ほどの動きしかできぬ者たちだが、景鏡はすぐに手を打った。

姉川の戦いで景健を寡兵で出陣させ、敗北させたのも政敵の出鼻を挫くためだった。逃げ帰った景健は家中の評判を落とした。伊冊派を潰した後は、それまで協調してきた前波景当が邪魔になった。ゆえに、堅田の合戦で危地に陥れて戦死させた。出っ歯に継がせたことで、最大の内衆であった前波家もすっかり力を失った。

現在の家中で、景鏡の意のままにならぬ者は、山崎吉家くらいだ。

景鏡は義景の人望が失われるように、家中を動かしてきた。朝倉家が選んできた愚かな方針はすべて義景のせいになっている。

義景に愛想を尽かした家臣は、次々と織田へ寝返った。吉家の盟友、魚住景固も忠義に篤い困った男だった。ゆえに嫡男を織田の人質に差し出させて黙らせた。将来、景鏡が信長により義景の後継者として擁立された際、魚住に味方させるための布石でもあった。

敵は織田信長ではない。朝倉義景だ。

今、眼前の盤上の敵陣には、ほとんど丸裸にされた「王将」がいる。

最初から「金将」などはいない。「飛車」も「角」も奪った。「香車」の印牧能信が最後にどう出るかは知らぬが、しょせんは小駒だ。

だが、相手の「王将」の前にはまだ一枚、大駒が残っていた。「酔象」である。

景鏡の織田家への鞍替えは順調だった。

反故(ほご)にされると知りながら義景に織田と和睦させたときも、危地にあった信長に、光秀を通じて恩を売った。景鏡と光秀の描いたもくろみどおりなら、義景など織田の前に寸刻で敗れ去り、景鏡の時代が来るはずだった。だが、義景を襲う再三の危機を懸命に阻止し続ける男がいた。

景鏡は盤上から「酔象」の駒を取り上げて、見つめた。

山崎吉家さえいなければ、とっくに越前は景鏡の手に落ちていた。

宗滴の遺言に従い、義景は吉家を信頼して重用した。だが、何事も中途半端な義景は、家中の反対を押し切るまではしない。家臣である吉家よりも、やはり身内の景鏡の言に、最後は従った。吉家は何度も信長を追い詰めたが、朝倉は対織田戦で勝機を逃し続けた。

武田信玄の西上という最大の好機を、吉家はやはり逃さなかった。

信玄、本願寺、さらには将軍義昭を軸に強力な信長包囲網を作り上げた。このままでは織田が敗北する。義景ごときが勝者となり、名誉とともに家臣の信を取り戻し、赤い大鼻を高々に増長されたのではかなわぬ。

信玄の蠢動（しゅんどう）がわかったとき、景鏡はすみやかに手を打ったはずだった。蕗を通じてではなく、危険を冒して小少将に文を送った。

小少将は何をしているのだ。

まさか寝返りはすまいが、小娘の分際で、私と駆け引きでもするつもりなのか。

まもなく義景は自ら包囲網を崩して兵を引き、信長を討つ最後の機会を己で放棄するはずだった。義景は天下の嗤い物となる。世間だけではない、朝倉家臣団のほとんどが主君義景の愚かしさに、ついに愛想を尽かすだろう。

頓死（とんし）でも、隠居でもよい。義景さえいなくなれば、二歳の愛王丸の後見役として、景鏡が名乗りを上げても誰も文句を言うまい。愛王丸など、後でいかようにも始末できる。朝倉家を継いだ景鏡は、織田と和睦して越前守護代となる。そのために光秀との絆を深めてきたのだ。

景鏡は将棋盤を右回りにひっくり返すと、「王将」を「玉将」に置き換え、そのすぐ前のマスに酔象の駒を丁寧に置き直した。酔象は王将を守る役目だ。ただ、王将を取り替えさえすれば、よいのだ。他の駒はほとんど、持ち駒としてすでに景鏡の手中にある。

景鏡が吉家を排除しなかった理由は簡単である。

山崎吉家は全身全霊で朝倉家を守ろうとし、義景に忠誠を尽くしてきた。朝倉家の宝、得がたい忠臣だ。一乗谷も、酔象もすべて、景鏡のものだ。吉家を臣下とするのは、かの宗滴を臣従させたに等しい。遠からず景鏡は朝倉家当主となり、吉家の忠誠をわが身に受けるのだ。もともと景鏡は一族の大黒柱であった朝倉宗滴を畏敬していた。あの宗滴をさえ家臣として使った無能な義景を、羨望よりも憎悪の目で景鏡は見ていた。

宗滴が後事を託した山崎吉家を家臣としてこそ、真の朝倉家当主だ。義景にとって吉家は兎(うさぎ)に祭文(さいもん)だったが、景鏡なら己のために使いこなせる。

景鏡はむろんこれまで、義景殺害の機を窺ってきた。

義景は小心者だけあって、警戒を怠らなかった。二年ほど前から義景の側近を務めている高橋景業(たかはしかげなり)なる武芸に秀でた武者が邪魔だった。もともと吉家に取り立てられた男で、義景の身辺警固のために吉家が推挙してきた男だった。景鏡の内通を知る者は家中にいないはずだが、吉家は鈍重に見えて知謀に富んだ男だ。もしや景鏡の野望に気づいているのか。

だが、義景が兵を引き、天下の嗤い物となれば、死んだも同然、景鏡は半歩、前へ進める。

――上様。一乗谷より文が届きましてございまする。

側近から受け取った蕗からの封書に目を通した。

愛王丸が風邪をこじらせ、小少将も憔悴していると伝える内容の手紙だった。小少将からは陣中の義景には伝えぬよう戒められていると結んであった。伝えてくれと逆を書いているのだが、実際は愛王丸が鼻風邪を引き、小少将がふて寝しているくらいの話だろう。蕗は物事の勘所を弁えすぎる、ずる賢い女だ。景鏡が朝倉家を手に入れ、事成りし暁には、すべての秘密を知る蕗を早めに始末せねば危うかろう。

蕗の文が届いたなら、いよいよ小少将からの文も義景に届いているはずだ。心配と同情を込めた作り顔で、この文も義景に見せてやるとするか。赤鼻の愚か者は必ず兵を引く。

景鏡は誰もいない一室で、将棋盤を前に、ひとり嗤った。

魚住　十二

十二月三日、大嶽城の大広間からは、澄んだ青空が薄い積雪を融かし、山野から白色を奪ってゆく様子がはっきりと見えた。

小姓がお成りを告げると、魚住景固も諸将とともに平伏した。

「皆の者、苦しゅうない」

上機嫌のときのうわずった声だった。顔を上げると、義景が憑き物が落ちたような顔で鎮座していた。

「今日は兵を動かすによき日和じゃ。されば皆の者、越前へ帰るぞ。ただちに陣払いの支度をせよ」

主君による突然の撤退宣言に、家臣団はいっせいにどよめいた。

筆頭家老の景鏡は他の家臣とは別格の扱いで、上座にいちばん近く、義景のかたわらに威儀を正して座していた。が、景鏡は薄く目を閉じたままうつむき加減で何も言わぬ。撤兵の事情を弁えているのであろう。近ごろは景鏡の権勢に並ぶ者なく、義景は景鏡のみに諮って事を進める場合さえあった。義景が提案し、景鏡が了承しているなら、もはや朝倉家中では決定した事柄といえた。

やがてざわめきがおさまると、ひとりの小兵が進み出た。印牧能信であった。

「お待ちくださりませ。二年前の失敗をお忘れにございまするか？　今、兵を引けば、ただ織田を利するのみ。これまでの苦労がすべて水の泡となりましょう」

義景は大鼻を突き出すように反応したが、印牧を一瞥してから景鏡を見た。景鏡の懐刀による反対は、異例の事態と言えた。景鏡が苦い顔のまま印牧に向かって小さくうなずくと、印牧は開こうとしていた口をつぐんで、うつむいた。

朝倉家にとって今、兵を引くのは戦略的に見て愚の骨頂だ。だが、織田家に人質として嫡男を差し出している魚住の立場は単純でなかった。織田家臣の木下秀吉からは執拗な調略を受けていた。前波からも矢文が届いた。魚住は煮え切らぬ態度を示すだけで、織田の誘いをはっきりと断ってはいない。断れば嫡男の命が危なかった。わが子を犠牲にしてまで暗君に忠義を尽くす義理はない。綱渡りの中で子の身を案ずる魚住にとっては、撤兵のほうがありがたかった。

冬日に融かされた雪水がぽつり、ぽつりと落ちる音が聞こえてくる。

「おそれながら――」

山崎吉家は巨体を揺らしながらのっそりと進み出ると、義景に向かって深々と平伏した。

「武田信玄公のご出馬により、信長包囲網が完成した今こそが織田軍討滅の好機。ここはどうか堪えてくださりませ」

二ヵ月前の十月三日、ついに甲斐の武田が動いた。

信玄は三万とも呼号する大軍を率いて西上作戦を開始するや、織田と同盟関係にある遠江の徳川の諸城を次々と陥落させて怒濤の進撃を続けていた。

「信玄が口先ばかりで、もたもたしておるゆえ、冬を迎えてしもうたのではないか。余は四ヵ月もここで無為に過ごしたのじゃぞ」

「おそれながら、無為にはあらず。朝倉・浅井の軍勢がこの地にあるがゆえ、信長殿は身動きが取れず、織田軍三万を北近江に釘付けにでき――」

「埒が明かぬまま睨み合いをしておっただけではないか」

「一兵も損うことなく勝ちに近づいておるとお考えあれ。この大嶽で待っておるだけで、われらは必ず勝利できまする」

朝倉軍は前波や富田らの裏切りが出たものの、織田軍との本格的な戦闘には及んでおらず、来るべき決戦のために兵を温存できていた。おおよそ吉家の立てた作戦どおりに事態は推移している。信玄の登場、義昭と信長の対立という幸運に恵まれながら、吉家は信長を追い詰めていた。

「されど見よ。もう雪が降った。冬に戦なぞ無粋な真似ができようか」

「冬にも戦をせねばならぬ時がございまする。今まさに信玄公は織田と戦って――」

「余は信玄やそちのような戦好きではない。もう戦に倦いたのじゃ」

　半月前に届いた書状で信玄は、来年五月までの北近江在陣を求めていた。吉家は本願寺教如と義景の姫の縁組みをとりまとめて同盟を強化した。本願寺によって大坂、伊勢長島での一斉蜂起が予定されている。

「密書によれば、すでに武田軍は徳川の浜松城に迫っておりまする。近く、織田・徳川連合軍との決戦があるはず。信玄公は勝利して三河、さらには尾張へと兵を進められましょう。さすれば織田は、武田の進軍を食い止めるため、さらに東へ兵を割かねばなりませぬ。信長殿自らゆかねばならぬはず。そのとき、われらは寡兵しか残らぬ織田方の城を、浅井勢とともに全軍で落としてゆくだけ。この戦、必ずわれらが勝ち――」

「待て、吉家。もし信玄が負ければ何とする？」

　義景がぶっきらぼうに遮った。

　さきほど来、義景は大鼻の穴を親指と人差し指で摘まんでは、しきりにいじっていた。冬の乾燥のせいかこびりついて、うまく取れぬ鼻くそでもあるらしい。

「江北に朝倉、浅井の大軍があり、本願寺門徒が各地で蜂起せんとする今、織田は徳川にわずかの援軍しか出せませぬ。信玄公は名うての戦上手にして、武田軍は天下最強の呼び声も高い精鋭。必ず勝利を――」

「余は冬の間いったん兵を引くと言うておるだけじゃ。信玄が信長も畏れる名将なら、春には美濃に入っておろう。そのころにまた兵を興して南下するとしようぞ」

「おそれながら戦には攻め時があるもの。大嶽城に兵を置くからこそ、撤兵を余儀なくされた織田を完膚なきまでに追撃できるのでございまする。かかる千載一遇の好機を逃せば、当家は織田に――」

「吉家、そちは二年前にも同じようなことを言うたぞ。じゃが、また好機は到来したではないか。またの機会はあろう」

「信長包囲網を崩したとあらば、朝倉家は天下の信を失い――」

義景は弁論を打ち切るように咳払いをすると、ゆらりと立ち上がった。

「もとよりそちがひとりで仕組んだ話じゃ。余が頼んだわけではない」

座を去ろうとする義景のゆくてを塞ぐように、吉家の巨体が前へ出た。

「朝倉にとって、かくも有利な局面はもう二度と参りませぬ。なにとぞ――」

「よいのじゃ。余はもう心を決めた」

「ならばせめて兵を半分だけでもお残しくださりませ。身どもが大嶽城に残り――」

「吉家、そちは一度でも兵らの身を慮(おもんぱか)ったことがあるか？　長の滞陣に皆疲れ果てて、士気も上がらぬ。兵とて妻もあれば子もあろう。老母もおるのじゃ。一家揃って一乗谷で年賀を寿ぐは、百年続きし朝倉家のしきたりぞ。わが代で途切れさせてはならぬ」

脇を通り過ぎようとする義景の袴の裾に、吉家がすがりついた。家臣団は吉家の取った行動に一様に驚いた。異例の懇願である。

魚住が見ると、吉家は涙を浮かべていた。

「なりませぬ。今、織田を無傷で帰せば、後に朝倉に対し牙を剝くは必定――」

ふり返った義景は、吉家の大きな肩に親しげに手を置いた。

「吉家、そちがおる限り、朝倉家は滅びぬ。宗滴公はさように言われた。頼りにしておるぞ」

「もったいなきお言葉。なればこそかようにお諫めを――」

「忘れたか、吉家。昔、余はそちの進言を容れ、父祖の守りし七十年の掟を破って、加賀へ攻め込んだ。じゃが、結果はどうであった？　そのために余は、お宰を死なせてしもうた。実は小少将より文が届いた。具合が優れぬらしい。戻ってやらねばならん。そちも余も、二度同じ過ちを繰り返してはなるまい。皆の者、大儀である」

義景は袴を強く引くと、そのまま踵を返して、評定の場を去っていった。

春さえ思わせる冬の暖かな日ざしが、力なく平伏したままの吉家の丸い大きな背中を慰めるように照らしていた。

第九章　舞えや酔象、仏のごとく

——天正元年（一五七三年）炎暑

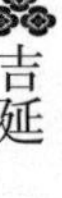

吉延　一

天正元年七月、朝倉家はついに追い詰められた。

人間たちの気持ちも知らずに、一乗城山(いちじょうしろやま)でやかましく啼(な)きわめく油蟬が、谷間のただならぬ暑さをいやが上にもかき立てていた。

「その様子じゃと、戦にはとても出られぬな」

山崎吉延の眼前、褥(しとね)のうえで高熱にうなされている若者は二十一歳の嫡男、長徳(ながのり)である。対織田戦の最前線で鍛え上げるうち、なかなかによき将となった。もしも朝倉家の命脈がまだ尽きぬなら、吉家の嫡男吉建とともに、次代の越前軍を支える武将となるはずだった。

「何のこれしき。今宵には治してみせまする」

長徳の苦しげな息づかいに吉延は笑った。明日はいよいよ出陣である。すでに織田の大軍による本格的な小谷城攻めが開始されていた。

「馬鹿を申せ。まともに歩けもせぬくせに、足手まといになるだけじゃ。戦はまだ終わらぬ。お前はしっかりと病を治し、最後の決戦に備えておれ」

朝倉軍の撤兵により北の脅威がなくなった信長は最大の危機を脱し、西進する信玄を迎撃すべく態勢を整え、徳川に援軍を送った。

それでも昨年末、武田信玄は三方ヶ原で織田・徳川連合軍を大破した。

すでに越前へ撤退していた朝倉軍は、手薄となった近江の織田を討滅する千載一遇の好機をみすみす逸した。信玄と本願寺顕如からは義景の帰国を厳しく叱責する書状が届いたが、義景は気にも留めなかった。

信玄は二月、さらに三河の野田城を落としたが、そこで進軍が止まった。どうやら病を得たらしく、武田軍も撤退を開始した。信玄が陣没したとの噂も流れているが、真偽のほどはわからない。

東の脅威がなくなった信長は、一転して包囲網に対し大攻勢に出てきた。

織田の猛威を恐れた吉家はたびたび北近江に出兵し、浅井長政を助けて織田軍と戦った。かろうじて小康状態を得ると、若狭で織田方に付いた国吉城の粟屋勝久を警戒し、対城を構えて番手を置くなど防御を固めた。だが、信長に抵抗していた足利義昭までがついに京から追放された。

信長が次の目標とするのは言うまでもなく、越前と北近江だった。第二次信長包囲網は完全に瓦解し、朝倉、浅井両家の命運は尽きようとしていた。

吉延は朝倉家滅亡を覚悟したが、兄の吉家はあきらめていなかった。驚くべきことに、朝倉にはまだ勝機が残っているという。吉家の作戦どおりに越前軍が動けば、の話だが。

「山崎隊の皆はこたびの出陣が最後と言うてござる。朝倉にも勝ち目があると？」

「兄上があきらめぬ限り、朝倉家は滅びぬ」

今まで吉家はいかなる苦境にあっても、朝倉が勝利する方途を編み出してきた。だが、いずれも最終盤で義景の心変わりに遭い、あるいは味方に足を引っ張られ、勝利には結びつかなかった。今回も同じ轍を踏むとすれば、負け戦に出ずにすんだ長徳は、命拾いをしたのやも知れぬ。

「されど、万一の場合もあるでな。兄上にも言うてはおらぬが、実は織田家の明智光秀殿から再三の誘いを受けておった」

　長徳に驚く様子はなかった。おそらくは朝倉の全家臣に調略の手は伸びていよう。最後まで義景に忠誠を尽くす家臣は山崎、魚住のほか、数えるほどやも知れぬ。

「明智殿は義昭公の臣として一乗谷におわしたが、さすがに炯眼じゃ。兄上こそが朝倉の柱であると見抜いておられた。されど兄上が朝倉を見限るはずもないゆえ、俺に離反の誘いが来るわけじゃ。俺は別段、忠義に篤い人間でもない。御館様にはとっくに愛想が尽きておる」

「まさか、父上……。お答えは、何と？」

「一乗谷城の堅固を自慢する歌を返しておいた。朝倉はともかく、兄上だけは裏切れぬゆえな」

　吉延は無骨な兄と違い、風流人としても知られていた。光秀とは吉延自慢の翁建盞の茶器について夜を徹して語り合いもした。

「もしもお前が死に場所を得られず、生きながらえしときは、翁建盞を手土産に、明智殿を頼るがよい。山崎吉家の甥であると名乗れば、必ずやお召し抱えあろう。そのときはお前の伯母上を頼むぞ」

　吉延の妻はすでに亡く、吉家の妻いとが長徳の母親代わりとなっていた。

長徳は高熱で顔を赤らめながら、病床で大きくうなずいた。

「勝とうと負けようと、俺は地獄の果てまで兄上について参る」

吉延にとって、齢の離れた兄吉家は父代わりでもあった。

父祖桂が罪を得て死んだ後は、吉家に育てられたようなものだ。吉家は頼まれると否とはいえない性分だった。吉延に限らず一族郎党のわがままを何でも聞いてくれた。若いころ賭け事で身を持ち崩した吉延が、安波賀の賭博屋に首が回らぬほど借金を作ってしまったときも、吉家が話を付けてくれた。ほどなく吉延はその話を忘れたが、吉家は二十年間で返す約束をし、毎月必ず支払って完済したのだと、二十数年の後に賭博屋から聞いた。

嫁を欲しいと吉延がいうと、親身に世話をしてくれた。吉延が戦で重傷を負ったときは、吉家は徹夜で石仏を彫りながら経を唱え、快癒を祈ってくれた。吉家の彫る石仏には不思議な力が宿るらしい。長徳が腹に大病を抱えて瀕死となりながら、かろうじて一命を取り止めたとき、吉家の作った石仏の腹には大きな穴が開いていた。

一族郎党が大なり小なり吉延と似た経験をしていた。

山崎隊に戦死者が出ると、吉家は必ず親類縁者のもとへお詫び行脚に出向き、冥福を祈るために石仏を作り、墓参りを欠かさなかった。吉家は山崎家の、朝倉家の宝だった。義景なんぞのためには誰も死なぬが、皆、吉家のためなら死ねた。

「われらが戦場より戻らず、織田軍が一乗谷に迫れば、さらに離反者が出よう。されば、お前が朝倉軍を指揮せよ。病はそれまでに治しておけ」

「御館様は江州で決戦をすると檄を飛ばしておられましたが……」

「兄上は一乗谷に敵を誘い込む作戦を考えておわす」

　朝倉館の詰城である一乗谷城は実に百を超える郭を擁し、百四十条ものささぎ畝（畝状竪堀）を持つ巨大な山城だ。日ノ本にかくも多くのささぎ畝を持った城はあるまい。攻め手は横への移動が困難を極めるから、郭からの弓鉄砲の餌食となる。籠城支度さえ万全であれば、信長とて容易には落とせないはずだった。

　籠城戦で時間を稼ぐうち、時局が変わるのを待つのだ。長らく同盟関係にある上杉謙信が解放してくれるやも知れぬ。あるいは、義景に頭を下げさせれば、信長が赦してはくれまいか。

「兄上は今、朝倉館で魚住殿とともに御館様に会われておるはず。最後の賭けじゃ」

「されど、伯父上は今……」

　長徳が言葉を途切れさせると、吉延は唇を噛んだ。

　四十年ぶりであろうか、吉家の失声が再発していた。外交のために国外を駆けずり回り、浅井支援のために幾度も出陣するうち、次第に声が出なくなった。もともとあの仏のごとき人間に戦をさせるなぞ、世の中のほうが間違っていたのだ。

吉家は今、最後の作戦を献策するために、盟友の魚住とともに朝倉館にいるはずだった。

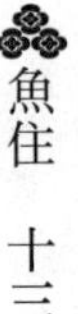

魚住　十三

魚住が吉家と並んで朝倉館に伺候すると、義景が顔を紅潮させて二人を待っていた。

「余は朝倉家の五代目当主として、この一乗谷を守る。されば、こたびは全軍で出るぞ。乾坤一擲（けんこんいってき）の大勝負じゃ」

何があったのか、義景はやる気満々で大きな鼻孔を膨らませていた。だが、たとえ善戦しえたとしても、この男はまた冬が来れば兵を引くに違いなかろうと、魚住は内心馬鹿にしていた。

魚住は吉家から筆談で同道を求められた。吉家の作戦を代わりに説くためだ。文に記された盟友の献策を知って、魚住は覚えず唸った。朝倉家の命運はまだ尽きておらぬと思った。もし義景が吉家の策どおりに事を運べば、朝倉将棋はまだ詰まぬ。信長はなお数年の間、越前を落とせまい。だが同時に魚住は、人質として織田家にあるわが子の身を案じもした。秀吉と前波から、脅しに等しい調略も受けていた。

「織田の軍勢は強大なれば、正面から決戦を挑んでも朝倉に勝ち目はございませぬ」

包囲網の瓦解により、信長は朝倉・浅井攻めに精鋭を大兵力で投入できた。昨冬、義景が自ら信長包囲網を崩した際、吉家が警告していた局面であった。

「何じゃ、そちらは一乗谷で座して死を待てと申すのか」

「さにあらず」

吉家が首を横に振り、懐から出した絵地図を広げる隣で、魚住が代弁してやった。

金ケ崎城にある敦賀勢三千は刀根(とね)口、大野勢六千は中河内(なかのかわち)口から江州に入り、掎角(きかく)の勢いをなす。敦賀郡司はまだ空席だが、今年の戦から、伊冊の孫にあたる十六歳の朝倉道景が敦賀勢を率いていた。道景は幼少から注目された知勇兼備の若者で、宗滴の再来との呼び声もあった。当主と同様、諱の二文字目に「景」を付ける「後ろ景」まで許された数少ない同名衆である。若年ながらすでに浅井家救援のために幾度か出陣しており、実戦も経験していた。大野郡司の朝倉景鏡は宗滴も認めた戦上手であり、腹心で猛将の印牧能信とともに、温存していた精鋭を率いて南下する。

「また、掃部助(かもんのすけ)様より、『影』となるご内諾を頂戴してございまする」

朝倉掃部助は伊冊派に属したために不遇を託っていた同名衆だった。凡将で力もないが、吉家からの筆談による打診に「ひと肌脱ごう」と引き受けてくれた。年齢や背格好、やや大きめの鼻まで義景に似ているから、影武者の役目を立派に果たせよう。

吉家と魚住ら内衆は、府中三郡の兵のうち四千を率いて一乗谷を進発する。兵数と動きを偽装するため、二千ずつ、東の中河内口から魚住が、西の刀根口から吉家が、それぞれ江北へ進出する。吉家は影武者の義景を奉じるが、囮である。他方、残りの同名衆の全兵力を一乗谷に集結させておき、さらには隣国加賀の一向一揆から援軍を得て、万全の迎撃態勢を整える。加賀の将となった堀江景忠が恩讐(おんしゅう)を越えて朝倉家のために助力する手筈まで整えていた。

道景も、掃部助も、加賀一向一揆も、決して義景のために承諾したのではあるまい。魚住と同じ理由に違いなかった。

事ここに至り、魚住は秀吉の誘いに乗って、朝倉家を離反しようと肚(はら)を固めていた。吉家から呼ばれ、最後の挨拶に一乗谷を訪れたつもりだった。内情を織田方に伝えようとの下心まであった。だが、吉家に筆談で説かれて気が変わった。声を失ってもなお朝倉家を滅亡から救うため懸命に奔走し、主君に忠誠を尽くす吉家の心意気に打たれた。三十年近く戦場で生死を共にしてきた盟友として、吉家の最後の作戦くらいは成功させてやりたいと願った。

義景はふてくされたような顔で二人を見ていた。

吉家は絵地図に将棋の駒を置き、魚住の説明に合わせて動かしてゆく。「王将」はむろん義景の本軍だが、「酔象」は吉家、「角」は魚住の率いる軍勢である。「金将」と「香車」は景鏡と印牧の大野勢、「銀将」はこのとき道景の敦賀勢であった。

今回、数に勝る織田軍は一気に力攻めに出るだろう。戦えば朝倉家は劣勢となる。敗走すると見せて、刀根口、中河内口の二つに分かれて、一乗谷まで大がかりな退却戦を演ずる。織田の大軍も二手に分けさせる。一部将兵を犠牲とせざるを得ない危険な作戦だが、信長を欺くには血を流す必要があった。実際に出撃する朝倉軍は騎馬隊と軽装兵中心の機動力を重視した少数精鋭であり、あらかじめ撤兵の段取りと経路まで決めておくから、殿軍が山岳戦を巧みに演じながら踏みとどまれば、犠牲は最小限に抑えられるはずだった。

朝倉軍の一部は敦賀、大野へ逃げ込んで籠城戦に入る。魚住は手薄な金ケ崎城を固める。

信長は堅固な山城を持つ一乗谷まで義景を逃がしたくはないはずだ。信長は他の城を捨て置いてでも、義景の首を挙げるため一気に全軍で進撃してくる。敵を越前の奥深くへと引き込むのだ。仮に猛追されても、義景の影武者にすぎぬから、殿軍が主君の退路を死守する必要などない。義景戦死の虚報を信じさせてもいい。兵らを山野に散らせて敦賀、大野へ落ち延びさせ、一乗谷まで侵攻した織田軍の背後を突けばよいのだ。

吉家が加賀の大聖寺城に配置してあった「飛車」を一乗谷へ置き直すと、義景が唸った。

「加賀一向一揆、堀江景忠殿の援軍も後に加わり、われらに味方いたしまする」

一乗谷には万全の迎撃態勢が整えてあり、敗走したと見せかけた兵はすでに伏兵に変じている。織田軍を上城戸付近まで十分に引きつけたとき、朝倉軍の猛反撃が始まるのだ。勝手知ったる一乗谷の山野に潜ませた伏兵で、織田軍をいっせいに包囲殲滅する。さらに上城戸を開いて出陣する。

将棋に擬するなら、敦賀勢の角と銀将、大野勢の金将と香車、吉家の本軍が酔象から太子に成って、堀江の飛車、義景の王将とともに、いっせいに敵に襲いかかるわけだ。時を同じくして、「玉将」の浅井長政が小谷城から討って出て信長の背後を襲う。

滅亡寸前の朝倉家のために吉家が最後に描いた絵は、越前一国をまるごと巨大な罠とする大がかりな捨て身の作戦だった。まさに受け手の強手といえた。あわよくば敵陣に深く入り込みすぎた信長の頓死（逆転負け）も狙える。仮に信長を討ち取れずとも、千日手（勝負なし）に持ち込めまいか。

「待て……。父祖が百年守り抜いた、この一乗谷を戦場にすると申すのか？」

吉家が申し訳なさそうにうなずいたが、魚住は内心、義景を嗤った。

浅井長政は、かつて浅井の苦境を助けた朝倉宗滴への恩義に報いるため、義景に味方した。そのために城下を毎年のように焼かれ、刈田にまで遭いながら、対織田の最前線で籠城戦を耐え忍んできた。これまで義景は何度出陣を渋り、一乗谷での籠城を提案したろうか。魚住がこの愚昧な主君をこれまで見限れなかった理由は、宗滴への恩義と吉家への友情以外にはなかった。

「決戦の時が参りますまで、御館様はこの地で泰山のごとく構えておられませ」

魚住は吉家と宗滴のために説いた。

義景はまんざら愚かでもない。魚住が丁寧に説くと、吉家の作戦が持つ意味を解した様子だった。

「承知した。吉家、こたびこそはそちの鬼手を用いる。見事、信長を一乗谷へ引き入れてみよ。宗滴五将すべてを攻め駒に使うた朝倉の最善手で、織田軍を殲滅せん」

出陣無用と進言された義景は、むしろほっとした表情さえ浮かべて、大鼻をいじり始めた。

「吉家よ。撤退戦でそちらの身に万一の事あらば、兄者に籠城戦の指揮を委ねればよいな？」

主君の問いに、吉家はゆっくりと首を横に振った。

「何じゃと？　されば、誰がよいか？」

吉家は深礼すると、太く丸い指で「香車」を取って、一乗谷に置いた。宗滴五将ながら、吉家に何かと反目してきた将である。

「弥六に軍勢を任せよと申すのか？」

いぶかしげに反問する義景に、吉家は無言のまま笑顔でうなずいた。

吉家　二

まだ朝早いというのに、容赦ない日差しが照りつけ始めている。

山崎吉家は、一乗谷の屋敷で褌（ふんどし）一丁になって井戸水を浴びていた。

近ごろよい知らせはひとつも届かなかった。北近江の諸将で織田方に寝返る者が続出したため、浅井長政から改めて至急の援軍を求める使者がきた。事態は不利になる一方だが、起死回生を狙う作戦に変更はない。今日これから、吉家らの第一陣が一乗谷を進発する。

綱渡りの展開となろうが、山崎隊を中心に朝倉家の中核が捨て身の退却戦を成功させれば、勝機もまだ残されていた。

井戸端で体を拭いていると、いとが白小袖を着せてくれた。連れ添って四十余年になるが、頭に白髪（しらが）が少し交じる程度で、昔と変わりなかった。

吉家は家人に用意させた筆で、越前和紙にていねいな字で記した。ついに、声は戻らなかった。

――長らく世話になった。こたびは戻れぬやも知れぬ。

少女のころと変わらず、いとは小刻みに肩を震わせた。

――何か可笑しなことを言うたかのう。

顔つきで尋ねると、笑い止んだいとが微笑んだ。

「いつも同じことをおっしゃいますもの」

齢を重ねるにつれ、朝倉家安泰の道筋を付けた暁には、いととふたり隠棲（いんせい）したいと願ってきたが、叶わなかった。吉家は結局、師の宗滴と同じく戦に明け暮れる人生を歩んできた。望みはしなかったが、吉家が己の意志で選んだ道だった。

「わたしほど、お前様を存じ上げている者もおりませぬ。思うとおりに戦われ、生くるも死ぬるも、朝倉家と運命をともになさいませ」

いとと接していると心が和（なご）む。いとは表にこそ出ぬが、裏で吉家を支えてきた。

「一乗谷は戦場になりましょうか」

吉家は見逃されぬよう、ゆっくりと大きくうなずいた。

乱世では結果がすべてだ。敗者が求めうるものは、同情くらいしかない。彼我（ひが）には圧倒的な兵力差があった。今の織田軍を北近江で止める力は、朝倉家にない。先人達が遺してくれた要害を用いねば、勝機はなかった。

「世に酔象さまほど、朝倉家のために尽くされた家臣はおりますまい。宗滴公はきっとお前様をお褒めくださるはず。もしも文句をおっしゃったら、わたしが言い返して差し上げます」

たしなめるように愛妻を見たが、意に介する様子はない。

出陣前だが、いとがいてくれるおかげか、凪（な）いだ海のように気持ちは落ち着いていた。もう少しで声を出せる気がした。外交や戦のために国外を奔走する間、ずっと石仏が彫れなかった。

話せなくなったのは、そのせいだろうか。宗滴と昔やったように、近ごろは歌うように経を誦しようとしていたのだが。

「せめて吉建を残してくださるわけには参りませぬか？」

いとの問いに、吉家は顔で詫びながら首を横に振った。

「……山崎隊の皆が死ぬとき、わが子だけを生かすわけにはいかぬ、とおっしゃりたいのですね」

吉家は深々といとに頭を下げた。すまぬと心の中で詫びた。いとが吉家の気持ちをすべて代弁してくれた。昔から吉家の心を誰よりもわかってくれた。

いとは気を取り直したように、いつもの明るい笑顔を作った。

「お話しになれぬでは、戦の指揮を執るにも差し障りが出ましょう。されば、ひさしぶりに、ともに舞いませぬか」

いとが納戸から取り出してきた金色の仏面を手に取った。

吉家が糸崎を出立する際に、村人たちがくれた懐かしい面だ。

言われて面をつけると、吉家はゆっくりと立ち上がった。

いとと、踊った。

糸崎の若き日々が仏舞とともに甦ってくる。

吉家の耳に澄んだ笙(しょう)の音色(ねいろ)と、ほの温かい太鼓の響きがした。

白い童子の面をつけた二人の子どもの舞手もいた。堀江もいる。

宗滴の笑顔が浮かび、笑い声が聞こえてきた――。

吉延　二

山崎吉延は、座敷を掃き清めているいとの背に向かって声を投げた。

「義姉上(あね)、なぜ兄上の声が戻ったのでござる？」

しばらく声を出さなかったせいで、まだ掠(かす)れ声だが、戦には間に合いそうだった。

「仏舞のおかげでしょう」

いとは箒(ほうき)を手際よく動かしながら歌うように答えた。いとの提案で、ふたりして昔語りをしながら舞ったそうだ。いとが問いかけるうち、吉家が答え始めたという。

昔からいとは眠るとき以外は、始終どこかで動き回っていた。ほかに働き手はいるのに、何か仕事をしていないと落ち着かぬそうだ。

吉延はいとが漏らす愚痴や悪口を一度も聞いた覚えがなかった。何ひとつ悩みを持たぬがごとく明るくふるまい、弾むように暮らしていた。幼いころから吉延は、いとのような嫁を貰いたいと願っていた。初恋の女性でもあった。

「長徳の粗忽者が寝込んでおりまするが、留守中、お頼み申しまする」

「お任せなさい。若いゆえすぐに治りましょう」

返事が弾んで聞こえた。これがいととの最後の別れになるやも知れぬ。突然の悲劇が山崎家を襲ったとき、いとは耐えられるだろうか。

「こたびはちと難しい戦でござってな。山崎隊は殿軍を務めまするゆえ」

いとは振り向かぬまま、背中で答えた。

「……わかっています」

「兄上が何か仰ったのでござるか？」

いとは箒を止めて、吉延を見た。

「いえ、何も。ですが、おっしゃることは同じでも、筆を手に取ってから、ずいぶん考え込んでおられましたから」

いとは目に浮かんだ涙を着物の袖口で何度も拭いながら、笑おうとしていた。

「覚悟していたはずなのに、いざお別れと思うと、これほどに辛いのですね。酔象さまの前ではふだん通りにふるまいましたけれど……」

吉家といとほどのおしどり夫婦は珍しかろう。ふたりはかねがね糸崎の海を見ながら余生を過ごしたいと願っていた。だが、ふたりのささやかなわがままを、時代はどうしても許してくれないようだった。

「わたしはうっかり者ですね。この部屋はさっき掃いたばかりなのに……」

いとが微笑みかけてきたが、吉延は笑みを返せなかった。

景鏡　四

大野郡の青稲をそよがせる一陣の風が、景鏡のいる一室へさわやかに躍り込んできた。

この地が敵に蹂躙される心配はない。

景鏡は明智光秀から届いた書状を読み終えると、黒漆の文箱に入れた。大事な証となる文だ。景鏡はすでに内応を確約していた。光秀を通じて、昨冬の撤兵も景鏡の手柄だと、信長に恩を売ってあった。厚遇されぬはずがない。

景鏡は本拠地大野の居城、戌山城本丸の一室でひとり、青銅の手鏡に向かって手を合わせた。景鏡が「鏡」という一風変わった名を諱に選んだ理由も、ほかに母の形見がないからだった。

「母上。孫八郎はいよいよ越前を手に入れて見せまするぞ」

すでに景鏡は、師であり目標としていた朝倉宗滴以上の力を手にしている。後は義景を廃し、名実ともに成り代わるだけだ。

庶子だった景鏡は屈辱の幼少期を過ごした。嫡男である弟との家督争いを怖れた父景高は、物心つかぬうち、景鏡を寺に預けた。景鏡は衆道を好む寺の坊主たちから虐待を受けて育った。

七歳のとき、酒に酔った坊主を、転落事故に見せかけて謀殺した。やがて景鏡の知謀に気づいた父景高の手で還俗した。無能な嫡出弟に服従する屈辱を味わったが、寺で生殺しにされているよりはましだった。景鏡は礼節を守り、従順を装って生き抜いてきた。

景鏡の母は没落した公家の名門、烏丸冬光の娘だが、田舎大名の弟の側室とされて景鏡を産み落とした。幼い景鏡は出生の事情など知らず、幼時は年に二度だけ許される母との再会だけを楽しみに生きてきた。十歳で死別したときには大人の事情も弁え、美しい母の屈辱を晴らしてやると誓った。だが、己こそが母親の屈辱の証であるという矛盾に悩みもした。

十五歳の時、景鏡は、母（烏丸殿）に仕えていた若い侍女の蕗から話を聞き、母が景高に不義を責められて自害したのだと知った。京の貧しい薬屋の娘であった蕗は昔、烏丸殿に窮境を救われた。やがて、その侍女となって可愛がられ、一乗谷まで従った。烏丸殿の死後、蕗はその美貌を気に入られ、景高によって腹いせのように側室とされた。

だが蕗は、恩人でもある女主人を殺された怨念を忘れていなかった。長じた景鏡に真相を語り、復仇へと誘(いざな)った。蕗と景鏡は男女の仲ともなったが、何より同志だった。見事に景高を陥れて謀叛を起こさせ、復讐を遂げた。

景鏡は十六歳にして父と弟を追放し、家督を奪取した。景鏡こそが景高の野心を巧みにくすぐり、謀叛の筋書きを描いた張本人だった。景高もひとかどの謀将だったが、乱世では敵に騙(だま)される者が悪いのだ。

烏丸殿の不義の相手は、景高の実兄である先君朝倉孝景だった。

義景も知らぬが、景鏡こそは、景高が幕府工作で京にある間に、先代孝景がなした不義の子であり、義景の異母兄にあたった。景鏡が景高に子として大切にされなかった理由は、公にされぬ不義ゆえであった。

景鏡は手鏡の脇に置いていた使い古しの短刀を握りしめた。何の変哲もない安物の小刀だが、ただひとりの忠臣の形見であった。

「土橋よ。朝倉を滅ぼした後のわが名は決めてあるぞ。土橋信鏡じゃ」

　すでに「信」の字の偏諱については、信長から了承を得ていた。信長の嫌う「朝倉」姓は景鏡も好かなかった。

　烏丸殿の腹心だった土橋は「不義を防げなかった」との理由でまっさきに処刑された。土橋は身分も低い、うだつの上がらぬ侍だったが、おそらくは烏丸殿に恋をしていたのであろう、忠義だけは本物だった。土橋は己が命と引き換えに烏丸殿の助命を求め、景高はこれを約したが、当たり前のように反故にして、烏丸殿に自害を迫った。すべては蕗から聞いた。烏丸殿の不義は、後に景高が謀叛を起こす大きな動機ともなった。

　景高事件の後、景鏡が孝景に重用され、義景に「兄者」と呼ばせるよう孝景が仕向けたのも、景鏡が孝景の子であったからだ。朝倉宗家の継承権は、先代孝景と名門公家の血を引く己にこそあると景鏡は考えていた。

　先代孝景に可愛がられ、景鏡は若くして大野郡司となった。景鏡は幼少から常に好もしい笑みを浮かべ、聞こえのよい言葉を並べて面従腹背する術を身に付けていた。ゆえに兄弟のいない義景から兄貴分として慕われもした。

　義景は当主となった時から、景鏡にとって、いずれ取って代わるべき愚弟にすぎなかった。景鏡は焦らなかった。朝倉家の大黒柱である宗滴が健在である限り、王座に手は出せぬ。老齢の宗滴は待っていれば死ぬ。景鏡はあらゆる場面で主君と宗滴を立て、義景への忠義を見せつけてもきた。先代孝景も宗滴も、表面は礼儀正しく忠義に篤い若者の本質を、ついに見抜けなかったのだ。

宗滴の死後、景鏡は政敵をことごとく滅ぼした。義景の信頼を失わぬままで、朝倉家の乗っ取りにほぼ成功していた。

手鏡を懐に戻して立ち上がると、景鏡は短刀を腰に差し直した。

景鏡はこれまで完璧に美しく、政略を成功させてきた。最後の最後で、見苦しい悪手を打つわけにはいかなかった。あとは義景さえ死ねばよいのだ。

「小少将め、何をやっておるか」

吐き捨てながら、一乗谷のある西を見やった。

昨冬、義景は自ら包囲網を崩して天下の嗤い物となった。権威は完全に失墜した。だが、景鏡にも誤算があった。義景がいくら愚行を重ねても、残っていた朝倉家臣団は、義景を見捨てようとしなかった。撤兵後、義景を廃して景鏡に代える動きを家中に創り出そうとしたが、行き詰まった。家臣団はなぜあの愚かな赤鼻に従うのだ。

すでに織田軍は間近に迫っている。時がなかった。最後の一手を誤ってはならぬ。

景鏡は義景の暗殺を指図した。

だが、小少将はなかなか実行しなかった。最近では蕗を警戒しているらしい。小少将が赤鼻の義景なぞを愛するはずもないが、子ができたために迷いが生じたのか。もしや景鏡に愛されていないと気づいているのか。己が道具にすぎぬと悟ったのか。信長も光秀も、すべての人間は、景鏡にとって道具でしかないのだが。

小少将　二

「食（くい）やれ。京まんじゅうは蕗の好物であろう。めずらしく行商人が持ってきおったのじゃ」

小少将は蕗に勧めながら、自らもひとつ手に取って食べた。

蕗も礼を述べて、手を伸ばした。

「事成りし暁には、景鏡様はわたしを正室に迎えると仰せなれど、どこまでお信じ申し上げてよいのやら」

小少将が探りを入れると、蕗は案の定、見慣れた微笑みを浮かべた。昔は美しさに自信があった女の作り笑いほど見苦しく、もの悲しいものはない。

「ご正室とは夫婦(めおと)になられた時から疎遠なご様子。ご懸念には及びますまい」

そんな話はわかっている。

おそらく景鏡は、この世の誰も愛していない。小少将は幼いころ、観音菩薩のように優しげな景鏡の横顔を盗み見て、恋をした。そのとき景鏡は、いつも肌身離さず持ち歩く小さな青銅の手鏡で己を見ていた。

幼時に死別した母、烏丸殿以外の女は、景鏡にとって道具でしかないのだ。小少将も、己が朝倉家を手に入れるための駒にすぎないとわかってはいる。だが、愛してしまったのだ。幼少から愛するよう仕向けられた女に、他の道などなかった。今もない。ならば、いつまでも価値を失わぬ景鏡の道具であり続ければよいではないか。

どうすれば義景の死後も、小少将は景鏡にとって価値を失わずにいられるのか。役目を終えた駒は葬り去られる宿命だが、駒にも意地があった。

小少将は愛してしまった男からの密書を油火にかざした。

景鏡は文のなかで義景を毒殺するよう命じていた。一乗谷を戦火から守り、小少将と愛王丸を守るためだと説いている。どうやら母の子への愛が、男への愛に勝ると心配しているらしい。そういう女もいるだろう。だが、小少将は違う。見くびられたものだ。

「愛王丸が継ぐなら、景鏡様のお子が邪魔じゃ。景鏡様は、己の子を殺せるのかえ？」

小少将が口ごもった蕗の機先を制した。

「わらわは愛する男のためなら、わが子でも殺せる」

三歳になった愛王丸は子犬のように無垢でかわいらしい。だが、愛してもいない義景の子だ、邪魔なら殺せる。己に似た顔立ちで愛らしい幼子だが、小少将はまだ子を産める。役に立たぬ子どもは全部殺して、景鏡の子を孕めばいい。

「じゃが今、愛王丸を失えば、わらわは景鏡様に捨てられよう」

義景死後の朝倉家を景鏡が引き継いでも、愛王丸ある限り、正統ではない。愛王丸が死ねば、小少将は国母たる立場を失い、景鏡にとって無価値となる。景鏡の正室となってその子を産むまでは、綱渡りだ。

「……して、お方様。義景公のお命、いつ頂戴なさいまするか？」

織田との戦いが本格化してから、高橋景業なる剣の使い手が、小心者の義景の身辺を常に警固するようになった。山崎吉家という家臣が推挙してきた謹厳実直な男で、義景も気に入っているから、義景を殺すなら、二人きりになれる小少将しかいなかった。

「吉日を選ぼうかえ。誰にとっての吉日がよいかのう」

はぐらかしにいらだつように、蕗が言葉を挟んできた。

「もしや躊躇を？　赤鼻なぞに未練をお持ちなのですか？」

「いや、わらわに考えがある。こたび御館様にはご出陣いただく」

「まさか、あの臆病なお方がご出陣など」

「あの見栄っ張りと長年暮らしておれば、動かし方くらい学んでおる」

赤鼻の義景に、「父祖の守りし一乗谷を火の海にするのですか？　わらわと愛王丸をお守りくだされ」と涙ながらに懇願すれば、必ず出陣する。臆病者の義景はこれ以上、小少将と愛王丸の軽蔑を買うのが怖くてたまらぬはずだ。

「どうせ数に劣る朝倉の負けは目に見えておる。見事に戦死いただくつもりじゃ。愛王丸が情けない負け犬の子として、朝倉家当主を継がされたのではかないませぬ。景鏡様は先主戦死の後、愛王丸の後見として堂々と一乗谷に入られればよい」

景鏡はすでに織田家臣なのだ。無傷の一乗谷を献上したほうが信長も喜ぶだろう。

困ったことに義景は、家臣らに口説かれて一乗谷で籠城戦をやる気でいた。

だが、変心させてみせる。小少将は戦火を幼少のころに厭というほど体験した。

籠城など御免だ。戦をやりたいなら一乗谷の外で、男どもが好きなだけやればいい。

「わらわの人生など最初から綱渡りであった。景鏡様が手に入らぬのなら、一乗谷ごと朝倉を道連れに滅んでもよい」

小少将の言葉に、蕗は懐から短刀を取り出すと、冷たい嗤いを浮かべた。

「姫、お聞き届けあらぬとあれば、奥の手を使うよう仰せつかっております。今、愛妾が死ねば、義景はまた何もかも投げ出すはず。狂った義景は今度こそ家臣に見放されましょう。わたしとて、まだ義景に近づくことはできまする。好色な男は女なら誰でも――」

突然、蕗は身を震わせると、短刀を取り落とした。

「景鏡様に育てられたわらわを見くびるでない。蕗、そなたが真の味方でないことは、最初から知っておった」

「ま、まさか、さっきのまんじゅうに……」

「そなたのくれた毒はよう効くのう」

小少将が嗤うと、蕗は痙攣する手で己の胸をかきむしった。

第十章　名門朝倉家の棋譜

——天正元年（一五七三年）厳暑

景鏡　五

朝倉景鏡の前には、戌山城に集結させた大野勢六千が規律正しく整列している。戦を前に、将兵は緊張の面持ちだが、景鏡は義景のために兵を動かす気など毛頭なかった。将棋で言えば、朝倉家の「死に駒」である。

それにしても朝倉第一の将、山崎吉家が今回立てた作戦は腑に落ちなかった。名棋士の吉家らしからぬ悪手だ。大野勢のほぼ全軍出撃による北近江での迎撃である。策もなく南下して織田を迎撃したところで兵力が違いすぎる。律儀な浅井長政への義理を果たすために、玉砕でもしてみせる気か。

　朝倉家が余喘(よぜん)を保つ道があるとすれば、ただひとつ一乗谷の籠城戦だけだ。これを恐れた景鏡は一乗谷を出る際、義景に強く出陣を促しておいた。義景が亀の甲羅の中に引っ込んだのでは、戦が長引き、景鏡の所領となる一乗谷が灰燼(かいじん)と帰す。一乗谷は景鏡の物だ。生母が死んだ聖地でもある。燃やすわけにはいかなかった。臆病な義景が籠城戦に逃げた場合に備え、最も簡単な方途として、景鏡は小少将に義景殺害を指図してあった。どちらに転んでも義景は滅ぶ。

　だが、妙だ。朝倉家には籠城戦以外に道がないことは、童でもわかるはずだ。

　もしや吉家は景鏡に真の作戦を伝えていないのか。

　景鏡が死に駒だと見抜いているのか。

　十八年前、陣中に病を得た宗滴は死に臨んで、「義景殿を頼む」と確かに景鏡に言い遺した。他の四将には「朝倉家を頼む」と遺言したにもかかわらず、である。ただの言葉の綾(あや)か、それとも王座を狙う景鏡の野望をすでに見抜いていたのか。

　景鏡が床几に腰掛けたまま思案するうち、馬の嘶きとともに早馬が到着した。

　義景の使者である。精悍な表情の男で、高橋景業といったろうか。

「御館様の軍勢、すでに一乗谷を発しました。今日のうちには北近江、大嶽城に入りまする。されば、大野勢は全軍で南下して、中河内口より入江されたしと。途中、魚住景固様がお待ちのはず」

「ご苦労。最後の決戦じゃ。大野勢もすぐに参るとお伝えせよ」

高橋を帰すと、景鏡は内心ほくそ笑んだ。むろん口先だけだ。

小少将は保身のためか義景をまだ殺さぬようだが、わざわざ死地に身を置くとは、愚かな赤鼻らしい最低の悪手だ。大野勢を欠いた朝倉は織田にぼろ負けして、逃げ帰る。

義景が首を取られずとも、兵が戻れねば一乗谷では籠城できまい。大野に義景を引き込めれば、一乗谷を戦場にせず、簡単にけりは着く。国を滅ぼした男の末路だ。義景を廃して、景鏡が継いでも後ろ指は差されまい。

魚住　十四

「一乗谷が落ちた後では、彦三郎殿のお命を保証いたしかねますぞ」

魚住は相手の出っ歯をじっと見つめた。前歯のうち一本は欠けているが、黄色い一本が恫喝(どうかつ)するように唇からはみ出ていた。置かれた境涯でずいぶん人は変わるものだ。織田家臣、前波吉継ごときに一種の威圧感さえ覚えるのは、前波のあふれ出るような自信のゆえか、それとも背後にいる信長への恐怖のゆえか。

魚住は吉家との取り決めどおり、中河内口まで数里にある山間の砦で軍旅の陣を敷いていた。北近江まであとわずかの地点で兵を動かさぬ理由は、迷っていたからだ。情けない話だが、今の魚住は朝倉にとって、ただの「質駒」(相手がいつでも取れる駒)だった。

今日の未明、前波吉継がひそかに魚住の陣を訪れた。嫡男彦三郎の無事を伝えながら、織田家での厚遇を改めて約した。「今、寝返らねば、彦三郎殿の命はない」と脅しもした。

「赤鼻なんぞに忠誠を尽くして滅びる義理など、どこにござろう?」

前波の説くとおりだと、魚住も思った。

魚住は長らく、宗滴に後事を託された五将の一人として戦ってきた。嫡男を人質に取られた後も、吉家と力を合わせて懸命に朝倉家を支えようとしてきた。だがその魚住も、義景にはほとほと愛想を尽かした。ただ、あの仏のような男を裏切るのはしのびなかった。吉家さえいなければ、魚住はとうに織田に同心していた。他の朝倉家臣もきっと同じだろう。

最後の確答を求める前波を残して、魚住はひとまず、密談の場に選んだ薄暗い参籠所から出た。必勝祈願と称して腹心のみを連れて詣でたが、時を食いすぎては将兵に不審がられよう。

魚住は、景鏡の大野勢と合流して北近江に入るはずだった。だが、景鏡はまだ動かぬ。糾問（きゅうもん）の使者を送ると、「将兵の所労」を理由に出立しないとの答えだった。景鏡は離反したと見るべきか。景鏡はもぬけの殻となった一乗谷に入り、信長に献上する気なのか。

だが、吉家は一乗谷に籠城戦のための兵五千を義景とともに残した。簡単には落とせまい。なるほど今から思えば、景鏡の裏切りを見越して、吉家が打った手でもあったわけか。大野勢を欠いても、魚住さえ戦場にあれば、吉家の仕組んだ撤退戦の罠はまだかろうじて成立しうる。

だが、魚住がついに朝倉家を見捨てたとき、吉家の最後の作戦は完全に瓦解する。

逆に言えば、吉家はあくまで魚住を信じて作戦を立案していた。

魚住はこの三十年近く、ずっと吉家と苦楽を共にしてきた。つき合いは息子の彦三郎よりも長い。将棋の手ほどきも受けた。何を尋ねても真摯（しんし）に教えてくれた。頼みを断られた覚えもない。魚住の生涯の大半の思い出は吉家と一緒に作ったとさえいえる。あのような男に出会えて幸せだった。

魚住は吉家が好きだった。

あの男を、裏切るのか……。

本陣へ向かう途中、笏谷石の苔むした石仏が魚住の眼に入った。いつ誰が彫ったのかは知れぬ。石仏が魚住を見つめているように見えた。

魚住は立ち止まって腰を落とし、石仏と眼を合わせた。

石仏が申し訳なさそうな顔で微笑んだように見えた。魚住は立ち上がった。

――やはり酔象殿は裏切れぬ。朝倉を見限れば、宗滴公も悲しまれよう。すまぬ、彦三郎……。

景鏡の大野勢抜きでは兵力差が大きすぎるが、総大将もしょせんは影武者だ。最初から敗走する経路まで決めてあるから、被害も少なかろう。もくろみどおり一乗谷の決戦にさえ持ち込めれば、織田との和議の見込みも皆無ではなかった。一乗谷にも織田家臣の人質がいる以上、彦三郎を失うとは限らない。

――まずは裏切り者、前波吉継を斬り、その首を晒して景気づけとすべし。

前波の処刑は朝倉軍の士気を大いに高めるはずだ。

魚住が意を決して本陣に戻ると、三盛木瓜の旗を背にした武者が待っていた。

昔、魚住が拾ってやった一向一揆の脱落者だった。印牧の誤判で処刑されるはずのところを吉家に救われ、今は高橋景業という名をもらい、義景の身辺を守っているはずだった。

だが、なぜ義景の最側近が来るのだ。

まさかと思いながら、魚住は高橋の言上を聞いた。

「御館様は全軍で一乗谷をご動座あり、大嶽城へ向かっておられまする。大野勢もまもなく合流しましょう。魚住様もすみやかに進軍くださりませ」

「何と……話が違うではないか！　御館様はなぜ出陣された？」

黙してうつむく高橋を見て、呆れた魚住は天を仰いで笑った。

絶望には、笑いがいちばん似合うらしい。

魚住は確信した。

義景の出陣で吉家の鬼手は敗れ、朝倉家は滅亡する。

あれほど意を尽くして止めたのに一乗谷を出るとは、正気の沙汰とも思えぬ。

将棋は詰みだ。愚かな義景とともに滅びるほど、魚住は物好きではない。朝倉家は結局、飛車を自ら放棄し、金将と角を敵に取られたわけだ。残った酔象も、太子に成れぬまま戦わされるだろう。つき合いきれぬ。

——済まぬ、酔象殿。それがしは、ここまででござる。

魚住は深呼吸をしてから、高橋を見た。

「義景公にお伝えせよ。将兵に疲れあり。すぐには動けぬ、となもし理由を問われたなら、かく申し上げよ。御館様には皆、愛想が尽きた、と」

仰天した高橋は必死で出兵を懇請したが、魚住は逆に諭した。

「義景公の阿呆な出陣で、酔象殿の鬼手は完全に崩れた。ただちに立ち返って酔象殿に伝えるがよい。局面は信長の大優勢。すみやかに兵を引かねば、義景公は一乗谷にも戻れず、頓死（とんし）するとな」

馬で駆け去ってゆく高橋の姿が消えると、魚住は吉家を想った。

魚住の離反を知った吉家は、仏顔に困った笑いを浮かべるに違いない。それでも恨み言ひとつ口にせず、朝倉家存続のための方策を思案するはずだ。だが、万策尽き果てている。最後に吉家が取る行動は、ひとつしかあるまい。

織田に同心するなら一刻も早いほうがいい。前波に花を持たせたほうが戦後の扱いもよくなろう。

魚住は前波の待つ参籠所へとって返した。途中に立つ石仏には、眼を向けなかった。

義景　二

終日、山野を潤した夏雨のおかげで、うだる暑さもいくぶん和らいでいた。

天正元年八月十二日、朝倉義景は北近江、木之本の地蔵山に敷いた本陣にあって、敵の大軍を見下ろしていた。織田軍が小谷、大嶽両城の北、山田の地に布陣したため、朝倉軍は昨夏のように、大嶽城には入れなかった。

——こたびは決して引かぬ。

義景は固い決意で一乗谷を出陣した。小少将が願ったからだ。最初は峻拒した。何を言っても応じなかった。今度こそは吉家の策を用いようと決めていた。

——軍奉行の山崎吉家は心を壊して、今、口も利けぬとか。さような者に朝倉家の命運を委ねてよいのですか？　人任せになさらず、男らしく、国主らしく戦われませ！

これまで義景は見栄のために、惰弱なために、勝てる戦で敗退してきた。吉家は宗滴が遺した最後の忠臣だった。声を失ってまで朝倉家に尽くそうとしていた。吉家はいつも正しかったではないか。今度こそ最初から最後まで、吉家の進言に従おうと決めていた。

だが、小少将は愛を語り始めた。むろん口先だけだとわかっていた。邪険にした。

——嘘じゃ。そちは余を愛してなぞおらぬ。

——それは、御館様がわたしではなく、今もなお、お宰様の面影を愛しておられるからです。わたしは御館様の真の愛を得ようと過ちを犯しました。御館様の愛を受けるのは、わたしひとりで十分。されば、阿君丸様を殺めたのは近衛殿ではありませぬ。わたしが蕗を使うてお命を奪ったのです。お宰様から御館様を取り戻したかったのです。

義景は絶句した。怒りにまかせて、小少将の白い細首に手をかけた。

——さあ、殺してくださりませ。愛を得んがため、御館様の愛する者を奪った女を成敗なさいませ！

少しでも力を入れれば、折れてしまいそうに繊細な首だった。

相手は義景の妻であり、愛王丸の母だった。

義景はこの女のために兵を引いた。嗤い物にされてまで愛そうと決めた女だった。

——御館様は近ごろ蕗とも通じておられましたでしょう？　蕗から聞きました。さればさきほど、わが手で蕗を殺めました。それもこれも、御館様の愛を独り占めにせんがため。

義景は唖然とした。そのような激しい愛もあるのか。それがこの女の愛し方なのか。

――そちはそこまで、余のことを……。

義景は己の手で人を殺めた経験はなかった。小少将は愛を手に入れるために、人を殺した。近衛殿は嫉妬こそ激しかったが、人の命を奪いまではしなかった。

――本当に愛しておられるのなら、その手でわたしと愛王丸を殺すか、さもなくば、この一乗谷をお守りくださいませ！

本陣に近づいてくる馬の嘶き（いなな）で、義景はわれに返った。

義景のかたわらでは、山崎吉家が泰然自若（たいぜんじじゃく）と構えていた。

吉家の軍に合流したとき、吉家は再三、一乗谷へ戻るよう進言してきたが、義景は聞き入れなかった。

今度こそ、もう一度、義景は愛を手に入れるのだ。

このまま小谷城が落とされ、浅井家が滅びれば、朝倉家は織田の全軍を相手にせねばならぬ。朝倉軍は北近江の柳ケ瀬（やながせ）へ兵を進め、地蔵山に布陣した。吉家は無理だというが、すぐ向かいにある大嶽城にさえ入れれば、簡単には落とされぬ。昨夏のような籠城戦を展開できるはずだ。

——申し上げます！　焼尾砦の浅見対馬守が寝返った由！

浅井家の忠臣までもが長政を見限るとは。やはり義景は一乗谷を出るべきではなかったのか。

義景は言葉を失って、かたわらの吉家を見た。

吉家　三

吉家は主君のそば近くにあって、思案を巡らせていた。

大嶽城の下にある焼尾砦が織田方に渡った今、入城はさらに困難となった。

陣卓子の上の絵地図には将棋の駒が置かれている。「王将」「酔象」「銀将」があるだけで、攻め駒は全く揃っていなかった。

——申し上げます！　大嶽城が落城した由！

「馬鹿を申せ。ありえぬわ。信長はまだ城を攻めてもおらぬではないか！」

——前波の降伏勧告に応じ、小林、斎藤が開城した由にございまする！

「おのれ、不甲斐なき者どもが、次々と寝返りおって！」

義景はばりばり歯を嚙み鳴らして悔しがった。

大嶽城の陥落で、信長は背後に小谷城の浅井勢を抱えるだけとなった。籠城戦で浅井勢は疲弊している。織田軍は躊躇なく、ほぼ全軍で朝倉軍を攻めるはずだ。が、迎え撃つだけの力はない。この野戦は確実に負ける。

それでも、まだ詰みではない。もともと吉家は大嶽城に入るつもりなどなかった。入ったところで、昨年とは事情が違う。武田信玄はもういない。援軍は来ないのだ。

本当の戦場は北近江ではない。一乗谷だ。だが、引き際を間違えれば、全滅の憂き目に遭う。主君を守りながらの撤退戦だけに困難が大きかった。

「見よ！　ついに大野勢が来たぞ！　戦上手の兄者が来れば、信長なぞ打ち払うてくれるわ」

立ち上がった義景は、北を指差してはしゃいでいたが、やがて力なく床几に腰を下ろした。

中河内（なかのかわち）口方面から現れた軍勢の列は、すぐに途切れた。六千にはほど遠い小勢である。

ほどなく合流し、義景の御前に現れて片膝を突いた将は、印牧能信であった。

「大野勢はなぜ来ぬ？　弥六！」

激怒する義景に対し、印牧は力なく答えた。

「景鏡公は将兵の疲れを理由に動かれませぬ。されば、わが手勢のみで参り申した」

「兄者が、余を見捨てたと申すのか……」

義景は全身から骨を抜かれたように、床几の上でくずおれた。

かつて宗滴は死期を悟ったとき、人払いをして吉家にのみ告げた。

――朝倉家は、景鏡の使い方を誤ってはならぬ。あの者は鞘のない名刀じゃ。家臣に甘んじて終わる器ではあるまい。よいか、酔象。景鏡が宗家を脅かすときは、躊躇なく討て。

宗滴は景鏡のくすぶる野望に気づいていた。宗家を守る臣たれとの意を込めて、景鏡をあえて五将の一角に落としたのだ。

吉家は景鏡を立てながらも、警戒してきた。

だが、朝倉宗家とは何なのか、阿君丸の死後、吉家にはわからなくなった。万一、義景と幼少の愛王丸に不慮の事態が起これば、宗家を継ぐ者は景鏡だ。しかも景鏡は名君となるだろう。景鏡が主君であったなら、朝倉は天下を取っていたやも知れぬ。

結局、吉家は景鏡を討てず、義景を守り、朝倉家を支えることしかできなかった。

もしも景鏡が越前の覇者たらんとするなら、己の物となる一乗谷を燃やしはすまい。懸念は義景の暗殺だったが、高橋景業を付けて身辺を守らせてきた。

「何もかも終わりじゃ。朝倉は滅びた」

放り出したような義景の言葉に、諸将はうち沈んだ。

宗滴はたとえ敗色濃厚でも、総大将が敗北を口にしてはならぬと戒めたものだ。

吉家は絵地図のうえに、「金将」に代えて「香車」を置いた。印牧能信の猛勇は、攻めにおいて威を発揮するが、撤退戦にも使えなくはない。吉家は脇に置いていた「角」を取り出し、「酔象」の脇に並べ置いた。

吉家は最初から大野勢を頼りにしてはいなかった。景鏡の大野勢抜きで決行できるよう、魚住に兵を率いさせたのだ。「金将」は動かずとも、戦場に「角」さえあれば、まだ詰みではない。曲芸的な退却戦を強いられるが、万にひとつの勝ち目は残っていた。

呆然自失した体の義景に向かい、吉家が静かに進言した。

「御館様、まもなく魚住勢が参りまする。うまく総退却戦を演じられれば、まだ一乗谷で勝機は摑めるはず。魚住勢を加えて虚勢を張ったうえ、落日とともに撤退いたしましょうぞ」

義景が親に叱られた童のようにうなずくと、吉家は諸将に退却の準備を進めるよう指図した。

　雨上がりの江北には大きな虹が架かっていた。

　あの虹を最後に摑む勝者は、やはり織田なのか。

*

　いつの間にか虹が消えた空には、入道雲の代わりに、秋を告げるようなうろこ雲が出ていた。

　山崎吉家は、盟友が来るはずの柳ヶ瀬の方角に目をやっていた。

　やがて一人の騎馬武者が、谷間に姿を見せた。

　魚住景固の到着を待つ朝倉軍本陣に現れたのは、進軍の催促に行っていた高橋景業ひとりだった。

「魚住勢……所労にて動けぬ、と」

　高橋が魚住の言葉を伝えると、朝倉軍の帷幄は水を打ったように静まり返った。

　義景は何も言わず、吉家を顧みた。諸将も皆、吉家を見ていた。

　吉家は敵に回った「角」を除いた。

　絵地図の上には、「王将」の前を守る「酔象」と「香車」、「銀将」しか残っていなかった。

吉家は最後の思案を巡らせた。

たとえこの地で攻め駒をすべて討たれても、まだ詰みではない。だが、「王将」が敵陣に近づきすぎていた。無事に軍勢を一乗谷へは戻せまい。どう足掻(あが)いても、あと数手で、この長かった将棋は詰む。万にひとつも勝算はなかった。

夕空を仰いだ。

吉家は宗滴の死後、十八年にわたり朝倉家を支えてきた。だがついに、万策尽き果てた。

――宗滴公よ、不甲斐なき門下をお赦しくだされ。

不覚にも涙があふれ出てきた。

初陣を除けば、戦で敗北したのは、生涯で初めてだった。それでも、吉家たちが命を捨てれば、義景の命だけは守れるはずだ。完全に力を失えば、織田家への降伏の余地さえなくなる。ならば、少しでも多くの将兵を一乗谷へ生還させ、せめて朝倉家の命脈を保つ。それが、酔象の最後の使命だ。

義景が、印牧が、皆が吉家の言葉を待っていた。

「かくなるうえは、現有の兵力で一乗谷へ敵を引き込む以外に手はございませぬ。御館様は屈強の百騎とともに、ただちに撤兵なされませ」

「それがの、吉家。馬が腹を空かせて言うことをきかぬらしいのじゃ」

「ご懸念には及びませぬ。当家の馬をお使いくださいませ」

「山崎隊の馬は餌も食わず、元気にしておるのか？」

雨が降ると、濡れた薪から満足に火が得られず、給餌（きゅうじ）できない場合がある。野陣では常に鍋釜で湯を作れるとは限らない。山崎隊の馬は、時おり固い大豆を水につけて柔らかくして食べさせている。そのため、湯がかずとも餌を食べられ、満足に動きえた。かつて宗滴が教えた心得だが、今では守っている家臣も少なかった。

吉家は北近江の絵地図を凝視した。希望を見つけた。

柳ヶ瀬の追分（おいわけ）で、道は二つに岐（わか）れている。

敦賀に至る「刀根口」と、山を越えて一乗谷に至る「中河内口」だ。

運が味方すれば、朝倉家存続の望みは断たれていない。地の利を生かし、酔象を含めすべての駒が歩兵と化して足留めをすれば、王将は香車と数枚の歩兵とともに強固な自陣に戻れるやも知れぬ。

大きな賭けだが、当たれば、吉家の死後、朝倉家は残りうる。たとえ「酔象」を失っても、加賀にはまだ「飛車」がある。

「山崎隊は殿軍を承り、追撃を防ぐ楯となりましょう」

義景　三

義景はかたわらに端座して訥々と語る大男の横顔をいぶかしげに見た。

まだ還暦前だが、齢相応に老けた朝倉家の宿将は、死戦の前とは思えぬおだやかな顔つきだった。老いた仏像なぞ誰も作るまいが、もしも仏が老いを知っているなら、きっと吉家のような顔をしているに違いなかった。

義景は不思議でならなかった。ここに残った家臣たちは、なぜ義景を見限らぬのだ。朝倉家から離反していく諸将の気持ちのほうがよくわかる。義景は最初から最後まで愚かだった。愛想を尽かして当たり前ではないか。

――吉家よ、そちはなぜ余を見捨てぬ？

主君に馬を献上した徒士（かち）の小隊で踏みとどまり、大軍を迎撃したところで、生還できるはずがなかった。

吉家はこの地で死ぬ気だ。心底すまぬと思った。

いざ吉家に会えなくなると思うと、胸の奥が音を立てて強く軋（きし）んだ。

「されど方々、山崎隊のみでは、とうてい織田の大軍を止められませぬ」

山崎吉家なる男がそばにいると、なぜかくも温もりを感じるのだろう。これは、どこかで味わった憶えのある感覚だ。そうだ、お宰だ。

考えてみれば、辛気くさくて説教じみた吉家と過ごした時間は、遅鈍（ちどん）にいらだちはしても、甘えられる温もりが常にあった。幼なじみで才気煥発（さいきかんぱつ）、気心の知れた景鏡といれば、耳触りのよい言葉ばかり聞こえてきて、衝突もなく心地よかったが、同時に冷たさを感じていた。

……そうだったのだ。

どうやら愛とは、女を愛し、愛される意味だけではない。

忠誠もまた、限りなき愛だとはいえまいか。

かつて義景は宗滴に愛されていた。今は吉家に愛されているのだ。それが、朝倉宗家に対する忠節ゆえだとしても、確かに義景は愛されていた。当たり前だと思って感謝もせず、気づかなかっただけだ。失わんとするときに初めてわかるとは、最後まで朝倉義景らしく愚かな話だった。

吉家が何かを訥々と語っていたが、義景はゆったりとした口調を手でさえぎった。皆が見ているなかで、義景は吉家に対し、深々と頭を下げた。言葉はごく自然に、口から出た。

「酔象よ、すまなんだ。この通りじゃ……」

義景が景鏡以外の家臣に頭を下げたのは、初めてだったろうか。皆が親しみを込めてするように、一度でいい、義景も吉家を「酔象」と呼んでみたかった。無粋で大嫌いな戦を将棋に喩(たと)えるなら、間違いなく山崎吉家は、朝倉家が誇る「酔象」だった。

愚かな王将がついに最後まで使いこなせなかった最強の駒だった。

「お顔をお上げ下さりませ。ここに集いし方々は皆、覚悟ができておりましょう」

膝を突いた吉家が困ったような仏顔で義景を見ていた。仏の愛だと、思った。

吉家　四

「この中に、朝倉家を守る楯となってくださる方はおられませぬか?」
「俺も残り申す」
まっさきに名乗りを上げた将は印牧能信であった。むろん十中九死の撤退戦だと承知していよう。
「酔象殿は駒をひとつ、お忘れのようでございまする」

さわやかな声は朝倉道景であった。

道景は絵地図の王将の前に、駒音高く「銀将」を置き直した。

「弱年非才の身なれど、宗滴公の敦賀郡司家を受け継ぐ者として、私も敦賀勢を率い、退却戦に身を投じましょう」

「道景公は、次代朝倉家同名衆の中核となるべきお方。御館様の次に落ち延びられ、一乗谷にて籠城なさいませ」

「大野勢が戦場にない以上、敦賀勢なしに織田の大軍は止められますまい。こたびの撤退は、敵にすべての攻め駒を取らせる間に、王将を逃がす戦と心得てございます。王将を討たれて銀将が生き延びるなぞ、朝倉宗滴の曾孫にあるまじき流儀にて、後世の誹り（そし）を受けるは必定」

若い道景に命を張らせるのは不憫だが、道景は見事に敦賀勢をまとめていた。道景の奮戦なしには、義景が一乗谷にたどり着けぬまま討たれるおそれが多分にあった。

吉家は黙って道景に向かい深礼した。この若者があと数年早く生まれていたなら、戦局はまだ変えられたろうか。

圧倒的な大軍に対してどれだけの壁を作れるかで、義景の生死が決まる。

印牧、道景に続いて命を捨てる将はここにどれだけいるだろうか。

吉家は座を見回した。

最後の軍評定であり、弟吉延を始め、主立った将がすべて顔を揃えていた。

「朝倉家を守る楯となってくださる方は、他にどなたかおわしませぬか？」

吉家の呼びかけに、次々と将が名乗りを上げてゆく。

居並ぶ諸将全員であった。吉家を含めて全部で三十八人になった。

「方々、感謝申し上げる」

吉家は諸将に向かい、両手を合わせながら頭を垂れた。

「何を言われるか。酔象殿にばかり任せられぬわ。宗滴公亡き後の朝倉家は、酔象殿が立派に支えてこられた。最後くらい、手伝わねばの」

顔を上げると、影武者を引き受けてくれた朝倉掃部助が苦笑いしていた。

「三十八もの強き楯あらば、御館様は必ずや無事に一乗谷へ帰還なさいましょう。されば方々、ひとりでも多く一乗谷へ生還なさり、籠城戦に加わってくだされ。織田軍の追撃さえかわせれば、まだ朝倉家存続の望みはあり申す。さて、残す思案はひとつのみ」

「退き口でございまするな、酔象殿。刀根か中河内か、ふたつにひとつ」

道景が笑顔で発した問いに、「いかにも」と吉家はうなずいてから、付け足した。

「織田家は大軍なれど、追分で半分に減らせ申す。まだ望みはござる」

「されば方々、皆で一乗谷へ生きて帰りましょうぞ！」

印牧が気炎を吐くと、三十八将全員が立ち上がって気勢を上げた。

義景は感極まったように床几から立ち上がると、もう一度、諸将に向かって深く頭を下げた。

「礼を申すぞ、皆の衆……」

義景は泣いている様子だった。

「余は一乗谷で待っておる。必ず生きて会おうぞ」

義景が涙顔を上げると、皆はいったん静まり返った。

が、すぐに印牧の提案で、いっせいに鬨の声を上げた。

＊

山崎隊の馬の引き渡しが終わると、吉家に向かって、高橋景業が片膝を突いた。

「殿、ともに戦場で果てるをお許しくださいませぬか」

吉家は小さく首を横に振りながら、景業に深々と頭を下げた。

「すまぬが、景業よ。この戦の後始末を頼まれてはくれぬか。お主をおいて、任せられる者はおらぬ。御館様に最後までつき従うて欲しいのじゃ」

高橋は黙していたが、やがて深くうなずいた。

「山崎吉家様のため、この命、捧げましょう」

「かたじけない。一乗谷は身どもが籠城の備えを怠りなく整えておいた。一乗谷城は、初代英林孝景公が縄張りされし、越前で最も堅固なる山塞。されば籠城戦は必ず一乗谷においてなすべし」

「いま一度、殿にお会いできましょうや?」

吉家は短く首を横に振った。

「この撤退戦では、山崎隊が捨て石となりて、織田軍の進撃を昼下がりまで、食い止めてみせる。できる限り多くの将兵を一乗谷へ還す。敗残の兵といえども一丸となって戦わば、一年や二年では落とせまい。長引かせれば、あるいは和議の道が見つかるやも知れぬ」

織田は大軍だが、追分で半分に減らせれば、少なからぬ味方を生還させられるはずだった。

「万が一、一乗谷の陥落せしときは?」

「加賀へ逃れ、堀江景忠殿を頼るべし。わが名を出せば、断られまい」

景業は驚いて吉家を見たが、吉家はゆっくりとうなずき返した。宗滴に大恩ある義将、堀江景忠なら、窮地の朝倉家に救いの手を差し伸べてくれるはずだ。堀江とはそういう男だ。

「景鏡公がなお動かれず、かえって御館様にご動座お勧めあるときは、朝倉家への叛意ありとみてよい。されば、かまえて大野に出向いてはならぬ。加賀へ向かう道も危うかろう。そのおりは海路、越後の上杉家を頼って落ち延びるべし。わが名を出してお願い申し上げれば、義を重んずる謙信公は必ずや受け入れてくださろう」

「万策尽きて、逃れ得ぬときは……？」

「……朝倉家最後の当主に相応しきおふるまいをなさるよう、お主が御館様のご最期を見届けてはくれまいか」

名門朝倉家が滅ぶなら、誇り高き終焉であらねばならぬ。後事を託された非力な敗将になしうる忠節はそこまでだった。

吉家はかつて師の宗滴がしたように、景業の体を抱き締めてやった。

＊

天正元年八月十三日、月は中空にあり、北近江の刀根坂に朝は来ていなかった。

山崎吉家は耳を澄ましてみたが、まだ馬蹄の音は聞こえなかった。

だが、織田信長なら、朝倉軍の撤退に気づき、すぐにも夜襲を仕掛けてくるおそれが多分にあった。

「父上、お指図通り、手配を済ませましてござる」

織田軍が迫れば、切り出した大木と大岩を落とすが、あり合わせの数しかなかった。局地戦は得意でないが、大軍相手に寡兵で挑む山岳戦なら、岩陰、木陰に兵を伏せて迎え撃つほかはない。もっとも義景が武器弾薬を置いて撤退したため、弓鉄砲は豊富にあった。

織田の大軍による追撃は熾烈を極めよう。衆寡敵せず突破されるにせよ、山崎隊全員で玉砕すれば、義景はもちろん、一人でも多くの将兵が一乗谷に生還し、籠城する時を稼げまいか。

「大儀であった、吉建」

ねぎらいの言葉くらいしか、死を待つ息子に与えられるものがなかった。

吉家は嫡男の吉建を、次代の朝倉家を支える一本の柱にしようと考えて育ててきた。実際、吉建は山崎隊の中核として活躍する勇将となった。本来なら朝倉家のために生かしておきたいが、「王将」を逃すためには、捨て駒にせねばならぬ。

馬をすべて義景主従に献上した山崎隊は吉家以下、全員が徒士(かち)であった。柳ヶ瀬を経て、刀根坂に入ると、山間(やまあい)に兵を散開させた。この先も山崎隊と同様に、全部で三十八の壁が一乗谷に向けて各所で作られているはずだった。

「かくも多くの諸将が朝倉家のために踏みとどまってくれるとは、ひとえに宗滴公のご遺徳のゆえであろう。ありがたや……」

「父上は何もわかっておられぬようでござるな、叔父上」

吉建が同意を求めると、かたわらの吉延が声を立てて笑った。

「そろそろ気づかれよ。皆はとっくの昔に御館様に愛想を尽かしてござる。二十年近く昔に身罷(みまか)られた宗滴公のためでもござらん。皆、兄上に従(つ)いてきておるのじゃ」

「いくら宗滴公が偉いお人じゃと、父上から伝え聞いても、今やお会いしたことさえない将兵がほとんど。戦場で目の前におられるのは、いつも朝倉家の酔象でございましたからな」

山崎隊の皆が吉家を見ていた。

「兄上。今の朝倉家にとっては、酔象こと山崎吉家こそが、朝倉宗滴に代わる大黒柱なのじゃ」

昔の吉家も、あのような眼で宗滴を見ていたに違いなかった。

吉家のために今日、多くの者が戦場に散ってゆく。

はたと気づいてから、まことに済まぬと思った。

虫一匹殺せぬ男が武将となり、五十七年の生涯の大半を戦場で過ごして、敵味方をいったい何人死なせたろうか。乱世にあって生とは、他者の命を奪うことで初めて保ちうる罪深い業そのものだ。生涯でもっと多くの、千を超える仏を彫りたかったが、間に合わなかった。

人と人は、不思議な運命の糸で結ばれるものらしい。一生交わらぬ糸もあれば、一生つき合わねばならぬ糸もある。亡くなった後も結ばれ続ける糸まである。吉家が朝倉宗滴という男に出会わねば、まったく違う人生を歩んでいたに違いなかった。同じように、吉家という糸と巡り合ったばかりに、多くの者たちが今日、人生の歩みを終える。

「まことに、相済まぬ」

「何も兄上が謝る必要はござるまい。望めば誰しも、魚住殿のように生き残る道もあったはず。皆、己の死に場所は、己で決めておりまする」

そのとおりだ。吉家のために死ぬなぞとは思い上がりだ。

皆、人生の糸をどこで切るかは己の運命と境涯に相談しながら、己なりに決めているのだ。

「されど一度きりの人生。いずれ散るなら、父上の正真正銘、最後の作戦を成功させましょうぞ」

勝ちはないが吉家は、ごく限られた持ち駒で打てる最善手を選んだつもりだった。

柳ヶ瀬の地で越前へ至る道はふたつに分岐している。中河内口と刀根口の追分だ。

織田信長は朝倉軍の撤退をどう見るか。

中河内口は往路、寡兵の印牧勢が進軍してきた道で、踏みならしていない。そのため、印牧能信のみこの道に配置して、偽装工作を指図した。ゆえに織田軍が物見を出したところで、いずれの道を選んだかはすぐにはわからぬはずだ。

中河内口は急峻だが、一乗谷への最短路だ。一刻も早く撤兵を終えて本拠地に戻りたければ、中河内口を選ぶ。勝手知ったる山岳で撤退戦に持ち込める有利もある。途中に砦もあった。

他方、金ケ崎城で籠城する気なら、むろん刀根口を選ぶが、三年前に落城したように、結果は見えている。あえて敦賀まで迂回する刀根口を選ぶ理由に乏しい。

並みの将なら、朝倉軍が撤退路として中河内口を選んだと考えるはずだ。

だが信長は凡将ではない。これまで織田軍を破った吉家の用兵も心得ていよう。朝倉が中河内では追撃に遭うと考え、あえて刀根口を選んだと見るか。あるいはさらにその裏を掻いて、中河内口を選んだと見るか。答えは出ないはずだ。

これはもはや知略の勝負ではない。

運だ。天が勝者を選ぶのだ。

吉家は敦賀を通る刀根口を選んだ。

恩師、朝倉宗滴の加護を得たいと願ったからだ。

義景が一乗谷へ逃げ帰る途中で討たれれば、将棋は詰みだ。追撃戦で確実な勝利を得るために、信長は軍勢を二手に分けるはずだ。ゆえに刀根口を選んだ朝倉軍は、半分に減った敵と戦うだけでよい。大軍も二つに分かれたなら、まだ戦いようはあった。半分の敵となら、山崎隊が玉砕戦で時間を稼げる。朝倉宗家に忠誠を尽くす将兵を半分くらいは一乗谷に帰還させられよう。

義景さえ一乗谷に落ち延びて籠城戦を開始すれば、撤退する朝倉軍は知悉(ちしつ)した山野に散開した伏兵となりうる。遊撃戦を展開しつつ、隙を見て一乗谷に入り、印牧能信を守将として籠城すればよい。本領を削られてもよい、屈辱の和議でも構わぬ。朝倉家を世に残せぬか。

織田軍を半分に割った上で敢行する時間稼ぎの玉砕戦こそが、山崎吉家の生涯最後の作戦だった。

満ちかけた月が傾いている。

吉家があと数刻この地に踏みとどまれたなら、朝倉家を救えるはずだった。

前波　十四

上機嫌の信長が「馬引けい！」と命ずるや、小姓は転がるように部屋を駆け出ていった。

前波吉継は手柄を立てた功臣であるのに、信長の声にびくりと体を震わせた。

「大儀じゃ、前波。でかしたぞ！」

真夜中である。

先刻、前波が戻って、魚住景固の織田家への同心を伝えるや、信長はただちに諸将を集めた。

「宗滴五将のうち、礼と智の二将が予に従った。最後まで残って抗う将は誰か？」

「仁の山崎と、信の印牧にございましょう」

吉家の山崎隊は殿軍となって、義景を逃がす楯となるに違いなかった。

「二将は生け捕りとせよ。義景を必ず討ち取れ。一乗谷まで逃がしては厄介じゃ」

愚昧な君主であっても、あの堅城に立て籠もれば、容易には落とせぬ。地理を知り尽くした朝倉軍が各所に伏兵をしかけて織田軍を苦しめるであろう。もし北から加賀一向一揆が援軍として越前に大挙侵攻し、南から浅井長政が信長の背後を突けば、勝利はおぼつかなくなる。そうすれば、一度は従属した朝倉の降将たちさえ、再度離反しかねない。

朝倉軍を一乗谷まで戻らせずに殲滅し、義景を討ち取らねばならぬのだ。

織田信長による真夜中の全軍出撃命令に、諸将はいっせいにひれ伏した。

「者ども、ついて参れ！」と、信長はまっさきに馬に飛び乗った。

前波は乗馬が上手ではない。むろん信長にはついていけなかった。

それでも必死で追いかけている途中、信長の近習が引き返してきて、「御館様がこの先の柳ヶ瀬にて、前波様をお待ちにございまする」と告げた。

吉家に教えてもらった要領で懸命に鞭を振るうち、左右に分岐する追分で馬を止めている信長の姿が見えた。前波は冷や汗をかきながら、下馬して片膝を突いた。

「前波よ。越州勢は左右いずれの道を行ったと思うか？」

先頭に立って城を駆け出た信長が馬を止めたのは、二路の分岐点であった。

右は中河内口、左は刀根口である。

刀根口はかつて朝倉宗滴が所領とした敦賀に近く、若い時分を過ごした地だ。宗滴を崇拝する吉家が命を賭した総退却戦を演ずるなら、最後に宗滴の加護を得ようとするのではないか。義景を逃がすため、吉家は決死の覚悟で山中に兵を伏せているに相違ない。前波は吉家が刀根口を選んだと確信した。だが、迷いがあった。

「……おそれながら、見当がつきませぬ」

「これは知恵比べではない。運じゃ。外れても責めはせぬ。思うがままを答えよ」

目を閉じると、吉家の困ったような仏顔が懐かしくまぶたの裏に浮かんだ。

前波はたったひとりの友を死なせたくないと強く願った。もう一度、生きて会いたかった。

「されば……右かと心得まする。中河内は一乗谷への最短路。敦賀から回るよりも早く、砦もあり、足留めができまする。山がちの行路にて急峻なれど、中河内を選ぶのではと……」

「勝手知ったる山野に兵を散らせば、寡兵なりといえども、将器次第では自在に邀撃できるわけか」

「御意」

信長は月影を浴びながら、馬上で瞑目(めいもく)していた。

が、やがて切れ長の眼をカッと見開いた。それだけで、前波は怯えた。信長は鞭(むち)を振り上げ、逆に左のゆくてを指した。

「左じゃ！　全軍、刀根口を進め！」

前波は絶句した。神がかっている。織田信長とは何と恐るべき将なのか。義景ごときが勝てるはずもなかった。

先頭を駆け始めた信長の姿はすぐに小さくなり、夜の帳に消えた。

＊＊＊

山崎吉家以下、山崎隊が玉砕した夜、前波は明月が場違いに煌々と照らす仏殿で、ただひとりの親友の首と対面していた。

木下秀吉によれば、泰然とした最期であったという。吉家は刀根坂の入り口付近に兵を展開して、猛追撃に入る織田軍を迎え撃った。連戦で消耗していた山崎隊は三百名にも満たなかったらしい。

織田の全軍は義景の首を求めて奔流のごとく刀根坂へ殺到した。百倍する三万の敵相手に山崎隊は最後の抵抗を試みた。山中で有利な地形を利用し、岩や丸太を落としてゆくてを阻んだ。意外な量の火力と弓矢で織田軍の進撃を食い止めようとした。

だが、彼我の兵力にはあまりに差がありすぎた。織田軍は山中に潜む小癪な寡兵に対して鉄砲隊の圧倒的な火力で応戦し、ついには沈黙させた。

吉家は大岩を背に床几に腰掛けて指揮を執っていた。大軍が眼前まで押し寄せても、山崎隊は誰ひとり逃げ出さなかった。朋輩が次々と無惨に死んでも、果敢に挑んだ。吉家を守ろうとして最後の一兵となるまで戦い、散っていった。朝を迎え、山崎隊の反撃が静まると、秀吉は降伏勧告をするために、兵らに攻撃をやめさせ、直談判に出向いた。

秀吉の呼びかけに、吉家は答えなかったという。身じろぎひとつせず、威儀を正して仏像のように座っていた。

近づいてみると、山崎吉家は全身に幾つもの矢弾を浴びて、床几に座ったまま、この世での役目を終えた石仏のように絶命していた。

秀吉は敵のひとりもいなくなった戦場で、吉家に向かい、黙って手を合わせた。配下の者たちもそれに倣（なら）ったという。

その後の織田軍の勝利はあまりにも一方的だった。だが、緒戦で、刀根坂口の山崎隊が捨て身で演じ抜いた玉砕戦のために、織田軍は暫時の足留めを喰らった。そのために結局、一乗谷へ落ち延びてゆく朝倉義景を取り逃がした。

だが、越前に栄華を誇った名門朝倉家は滅亡を免れまい。

山崎吉家は徹頭徹尾、主家を守ろうと死力を尽くして斃（たお）れた。前波吉継は結果として朝倉を滅ぼす役回りを演じた。だが、前波ごとき小物が朝倉家を滅ぼしたわけではあるまい。あの吉家が守れなかったのだ。天が朝倉家を滅ぼしたのだと考えるしかなかった。

「酔象殿。身辺が落ち着いたら、わしもひとつ、仏様を彫ってみようかと思うております る」

朝倉討伐後は、織田家にとって前波など使い道があるまい。

信長も、前波の底の浅さなどとうに見抜いていよう。越前のどこぞに小領を与えられ、のんびり暮らせるなら、それだけで望外の幸せだ。

「酔象殿から、彫り方を教わっておくべきでしたな」

むろん今の吉家は黙したままだが、頼まれれば、拒みなどしなかったろう。いつもの困ったような笑みを浮かべて、いらだつほどにゆっくりと酔象の流儀で、彫刻を伝授してくれたに違いなかった。

乱世に生まれさえしなければ、二人は盛源寺の縁側に並んで、のんびりと石仏を彫っていたろうか。吉家も、前波も、考えてみれば義景も、皆、乱世にはまるで向いていなかった。

「そうじゃ、いつも使うておられた鑿(のみ)と槌(つち)をわしにくださいませぬか」

吉家は答えぬが、諾してくれたように、前波は感じた。友の口もとから消えぬ微笑みが、前波の心をかきむしった。

「酔象殿、わしなんぞで、相済みませぬ」

前波は小袖の前をはだけて、友の首を両手でそっと持ち上げると、胸にかき抱いて泣いた。

＊

守備兵もいない金ケ崎城はすぐに落ち、織田方の城となった。

刀根坂で大勝し、長い首実検をした翌日、城の大広間で織田軍の評定が開かれた。

朝倉掃討戦の段取りが決められたが、前波吉継はひとり、うわの空だった。吉家の仏顔がいつまでも頭から去らなかった。

「御館様、よき将を捕えましたぞ」

割れ鐘（がね）のような地声で信長の前にまかり出たのは、織田軍の宿将、柴田権六勝家（しばたごんろくかついえ）であった。捕縛された将を一人、家人に同行させている。

「この者、気骨ある将にて、最後の一兵となるまで抵抗し申した。わしより説きましたるところ、降伏を願い出ました。必ずや織田家の役に立ちましょう」

連れられた小柄な将を見ると、印牧能信である。前波は覚えず視線を落とした。

信長は猛獣でも見るように、身を乗り出している。

「こやつはいかなる者か？」

信長に声を投げかけられたが、前波は目を上げられぬまま答えた。

「宗滴五将の一人にて、印牧弥六左衛門能信と申す者。剣術の腕は朝倉家中で一、二を争う、一騎当千の猛将にございまする」

前波と違い、間違いなく戦場で役に立つ剛の者であろう。これから同じく織田家に仕えるとなれば、厄介な話だと思った。

「ほう。誰かと思えば、裏切り者の前波ではないか。また肥えたようじゃな。朋輩を売った上がりで、美味い物でもたらふく食らったか？」

怒気を含んだ印牧の鋭い嘲り(あざけ)は、無遠慮に前波の心へ突き刺さった。

「愚昧な主君を早々に見限るもまた、正しき選択であろうが。山崎吉家のごとく主に殉ずるも武士の誉れじゃがな」

信長の言葉に、印牧は雷を浴びたように体を震わせ、力なくうなだれた。

「印牧とやら、過去は問わぬ。権六のもとで気張るがよい。そちの槍働きを期待しておるぞ。縄目を解いてやるがよい」

信長の声かけに対し、印牧はわかりやすく首を横に振った。

「無用でござる。早う斬られよ」

「何じゃと？　お主は織田に降ると申したではないか？」

印牧はいぶかしげに見る柴田勝家を嗤った。

「俺は一乗谷の決戦で再び寝返り、織田にひと泡吹かせるために偽りの降伏をしたもの。されど、山崎吉家すでに亡しとなれば、朝倉家の命運も尽きた。されば主に殉ずるまで」

「見上げた忠義かな。されど、そちが三十八番目の生首になる意味がどこにある？」

いぶかしげに問う信長に、印牧は堂々と対した。

「山崎吉家は義景公ではなく、亡き朝倉宗滴公に殉じたもの。俺は吉家殿を嫌うて、つき合うておりませなんだ。交われば好きになる。好きになれば、己が朝倉家ではなく、山崎吉家のために殉じるとわかっておったからでござる。刀根坂に散った他の者たちも、義景公に殉じたのではない。朝倉家の酔象を慕い、地獄まで伴をしたかっただけじゃ。されど俺は違う。義景公にのみ殉じ申す。ひとりくらい俺のような者がおらねば、越前の名門、朝倉家があまりに哀れでござろう」

信長は印牧をにらみつけていたが、やがて愉しげに笑った。

「あっぱれ武士の鑑とは印牧、そちのごとき者を言うのであろう。権六よ、立派に腹を切らせてやれい」

引っ立てられてゆく印牧は、去り際に前波を嘲った。

「歯抜けの出っ歯めが。俺は死神となりて、お前たち裏切り者全員に祟ってやろうぞ。せいぜい怯えておるがよいわ」

印牧が高笑いして去った後、小姓から耳打ちを受けた信長は、満足げに座を見回した。

「愚昧なり、義景。一乗谷を捨てて景鏡を頼り、大野へ落ち延びたそうな。越前平定は見えた」

夜半、刀根口から全軍で追撃戦を開始した信長は、完膚なきまでに朝倉軍を撃破した。義景はたった数騎とともに一乗谷へたどり着いた。景鏡の誘いに乗って、無傷の大野勢を頼ろうとしたのも無理はなかった。だが、義景を待ち受けているのは裏切りと破滅だ。

「ちと論功行賞には早いが、これよりの要らざる手柄争いを避くるために、申し述べておく。予はこたびの越前攻略にあって、もっとも功多き者に越前を任せたいと思うておる」

信長は末席で縮こまっている前波を、尖った視線で見た。

「追って、前波吉継を越前守護代に任ずる」

突然の宣告に座がいっせいにどよめいた。だが、最も驚いたのは、前波自身であったろう。

「そ、それがし……でございまするか」

声が裏返った。青天の霹靂(へきれき)とは、まさにこの時の前波のためにあった言葉か。

「何じゃ、前波。不服か？」

「め、滅相もございませぬ」

前波は信長に向かい、恭(うやうや)しく平伏した。

ひたすら信長の命令どおり愚直に動いていればよいのだ。あの義景でさえできたのなら、前波にも政は不可能ではない。だが、朝倉景鏡はどう出るだろうか。あの大身の景鏡が前波に臣下の礼を取るというのか。いったい前波はどのような顔をしていればよいのだ。

評定が終わり、「大出世じゃの、前波殿」と、木下秀吉に親しく声をかけられてから、信長の意図がようやく腑に落ちた。

同じ主家を滅ぼした旧朝倉家臣でも、景鏡のように才ある者はいつ叛するか知れぬ。やはり信長にとっても、前波はまだしばらくは便利な男なのだ。野心もなく、保身に汲々とする前波なら、信長は安心して意のままに操れる。不要になったら、捨てればよいだけだ。

「守護代殿は、名を何と変えるおつもりじゃな？　御館様が『長』の一字をたまわると仰せじゃが」

秀吉の問いに、前波ははたと考え込んだ。

そうだ。「前波吉継」はあまりにみじめな名前だ。前波は朝倉の一家臣の姓にすぎぬ。生まれ変わった前波に相応しき姓名を考えねばなるまい。一文字も残さず、まったく違う名前にしようと思った。

前波は、暗い眼で己を見る男たちの視線に気づいた。同じく織田家に寝返った富田、毛屋、増井の三将だった。世の中わからぬものだ。必死で生き延びた結果が、皆そろって、嗤い物、除け者にしていた前波の家臣となるわけだ。

だが、信長の威光にすがるとはいえ、前波などに御せる者たちであろうか。義景のように分不相応な立場ゆえに破滅を招きはすまいか。

吉家が生きていれば、相談に乗ってくれただろう。前波が今、本当にそばにいて欲しかったのは、野心や保身のために生き延びた者たちでなく、たったひとりの優しき友だった。

天守から、海に沈みゆく夕陽の最後の煌(きら)めきが見えた。
ずっと昔、亡き友はその師とともに、同じ夕暮れをここから見たのだろうか。

終章　盛源寺

——天正三年（一五七五年）盛夏

堀江　五

天正三年七月、かつて朝倉家の都であった一乗谷には、気の早い夕蛍（ぼたる）が川沿いに舞い始めただけで、人の姿はほとんどなかった。

堀江藤秀（とうしゅう）は、二年前まで朝倉館のあった場所で、穴の空いた黒い硯（すずり）を取り上げた。

猛火に焼かれた硯は、途中で力なく割れて、堀江の足もとにことりと落ちた。

朝倉家臣であった堀江が「景忠」と名乗っていたころには、一乗谷川で涼を取るために、貴賤を問わず川べりへ繰り出したものだが、今は、わがもの顔の蛍が気ままに遊覧しているだけだ。

二年前、織田軍の容赦ない焼き討ちによって、無抵抗の一乗谷は、三日三晩にわたり天を焦がして燃え続けた。ここに朝倉家百年の栄華はことごとく灰燼(かいじん)に帰した。

朝倉景鏡が、大野へ招き入れた主君義景と愛王丸を謀殺し、信長にその首を献上した後、出っ歯の前波吉継は「桂田長俊(かつらだながとし)」と名を変え、越前の守護代に任命された。だが、朝倉家滅亡後のわずか半年で、前波は富田長繁の裏切りに遭い、越前に大挙侵攻した一向一揆勢にあっけなく殺された。魚住景固も富田に謀殺された。信長から一字を賜り「土橋信鏡」と変名した朝倉景鏡も一揆勢に殺された。富田も味方に裏切られて死んだ。

朝倉家を見限って裏切った者たちが、一乗谷が廃墟となった後、一年も経たぬうちに、申し合わせたようにことごとく滅んだのは、ただの偶然であろうか。宗滴五将のうち、吉家の懇請で朝倉家を去った堀江だけが命を拾った。

堀江は焼け焦げた館跡に、将棋の駒をひとつ見つけた。拾い上げる前から何かわかる気がした。やはり「酔象」だった。

堀江は越前を追われた後、思うところあって加賀一向一揆に加わり、加賀軍の将となって、廃墟と化した一乗谷へ侵攻した。だが、もともと一向一揆は堀江の宿敵だった。親族を殺した仇でもある。堀江は当初のもくろみどおり、途中で織田家に寝返ったのだった。

信長の力を借りて一向一揆勢を越前から駆逐すると、逆に加賀へ侵攻して一揆勢を撃滅した。今では嫡男の景実が大聖寺城代を務めている。

伴の者たちに、「しばしここで待て」と言い残すと、堀江はひとり、今やすっかりなずなに覆われた上城戸を左手に見ながら、南へ抜けた。

目的地は盛源寺だ。戦のないときは決まって親友が籠もり、ぶつぶつ歌うように話しかけながら石仏を彫っていた小寺だ。間延びした鑿の削り音を立てる吉家の隣で、堀江が昼間から酒を呷っていた日も何度かあった。

あの時、堀江が能登へ亡命したのは、ほかの誰でもない、山崎吉家が頼んだからだった。他の誰かであったなら、最後の一兵まで抗ったはずだ。

もしも堀江が志半ばで失脚せず、朝倉家臣として吉家とともに加賀を平定し、上洛戦を戦ったなら、一乗谷は炎上しなかったろうか……。

＊

一乗谷川を渡ると、夏葉の向こうに盛源寺の小さな境内が見えた。山裾にまではみ出した大小の石仏たちが、機嫌よさそうに木陰で涼を取っていた。

初老の小柄な女性が、大柄な若者に助けられながら寺を降りてくる。

吉家の室いとと吉家の甥、山崎長徳だとわかった。いとは堀江の初恋の娘だった。長らく家族ぐるみでつきあった親しき仲でもある。気づいた二人が会釈してくると、堀江も頭を下げた。

山崎隊は刀根坂で玉砕したが、義景が景鏡を頼って大野へ落ち延びた結果、病で戦に出られなかった長徳は命を拾った。明智光秀に仕官を許されたと聞いていた。長徳なら、母代わりの伯母に孝養を尽くすだろう。

いとは刀根坂の戦いで夫とひとり息子を失った。一乗谷が炎上し、何もかもを失って、身ひとつになった。明るい様子は糸崎寺にいた昔と変わらぬが、髪はずいぶん白くなった。

堀江にはかけるべき言葉が、すぐには見つからなかった。

三人はもう一度会釈をして、無言のまますれ違った。

数歩歩いてから堀江は振り返って、「いと殿」と、呼び止めた。

いとが向き直って、堀江を見上げている。

「あのとき酔象を選んだことを、間違いだなぞと考えてはおるまいな？　不幸せだったなぞと、思うてはおるまいな？　酔象も、己が生涯を悔いてなぞおるまいな？」

堀江は夢中で、念を押すように問うた。

答えは知っていた。

それでもはっきりと確かめておきたかった。

いとは袖で口もとを押さえながら、肩を震わせて笑った。

「堀江様は昔と少しもお変わりありませんね。どれもお答えは否でございます。わたしは山崎吉家と結ばれて、北陸一幸せな妻になれました。酔象さまはもう、大嫌いな戦をせずともすむのです。極楽浄土では宗滴様に誉められて、気長にわたしを待っておられるはず。かくも見事な人生を生き抜いた朝倉家最高の将に、何の悔いも、未練もありますまい」

堀江はいと数瞬見つめ合ってから、声を上げて笑った。

「ははは、やはり愚問じゃったのう。……達者でな」

三人は微笑み合った。最後に目礼して別れた。

歩を進めるうち、もうひとり、蜘蛛(くも)のように手足の細長い老農とすれ違った。ずっと昔、吉家に助けられた農夫だったろうか。

少し登ると、小さな寺の縁側が見えた。昔と同じだ。

縁側の奥に、吉家が作ったにしてはやや大ぶりの石仏が立っていた。顔の部分だけ彫られた毘沙門天(びしゃもんてん)は、二度と現れぬ作り手を待ち続けているようだった。作りかけの仏は、戦いを生業とするはずの毘沙門天のくせに、ずっと堀江を待っていたように、やはり薄く微笑んでいた。

堀江は辺りを見回し、友が生涯にわたって彫り続けた石仏群を見やった。一乗谷が紅蓮に染まりながら燃え滅んでゆく最期を、石仏たちは静かに見守っていたはずだ。

しばし佇んでから、縁側を後にした。

誰ぞが作った古い大きな不動明王の隣に、堀江と同じくらいの背の、ひときわ大きな地蔵が、昔のままに立っていた。「吉家に似ている」と、堀江がいつか茶化した石仏である。足もとには、摘んだばかりの白い花が笏谷石の粗末な花生に挿されていた。小さな盃に濁酒も供えられていた。

堀江は地蔵菩薩の手の上に、拾った酔象の駒を置いた。

「酔象よ。お前の生涯は、最初から最後まで立派であったぞ。さすがは朝倉宗滴を継ぎし、朝倉家の大黒柱よ」

無人の小さな境内で堀江が語りかけると、石仏は仏眼のまま、堀江に向かって、いつもの困ったような微笑みを返したように見えた。

（了）

【主な参考文献】

『朝倉義景のすべて』 松原信之編 新人物往来社
『朝倉義景』 水藤真 吉川弘文館
『越前朝倉氏・一乗谷 眠りからさめた戦国の城下町』 福井県立一乗谷朝倉氏遺跡資料館
「福井県立一乗谷朝倉氏遺跡資料館古文書調査資料3」
『越前・朝倉氏関係年表』 福井県立一乗谷朝倉氏遺跡資料館
『戦国朝倉 史跡からのリポート』 吉川博和 創文堂印刷
『福井県史 通史編2 中世』 福井県
『越前朝倉氏の研究』 松原信之 吉川弘文館
『戦国大名朝倉氏と一乗谷』 水野和雄・佐藤圭編 高志書院
『花咲く城下町一乗谷 花の下に集う中世の人々』 福井県立一乗谷朝倉氏遺跡資料館
『一乗谷 ～戦国城下町の栄華～』 福井県立一乗谷朝倉氏遺跡資料館
『戦国のまなびや 朝倉文化 文武を極める』 福井県立一乗谷朝倉氏遺跡資料館
『よみがえる中世6 実像の戦国城下町 越前一乗谷』 小野正敏・水藤真編 平凡社
『一乗谷の医師』 福井県立一乗谷朝倉氏遺跡資料館

その他、多数の史料・資料を参照いたしました。

本作品は歴史エンターテインメント小説であり、史実とは異なります。なお、執筆にあたっては、福井県立一乗谷朝倉氏遺跡資料館から、貴重なご教示を賜りました。

解説

藤岡陽子（作家）

福井市街を流れる足羽川の支流、一乗谷川の谷あいにある朝倉家の城跡を、私は五年前に訪れたことがある。歴史にそう詳しくないので、その時はなんとなく「ああ、ここに越前のお殿さまが住んでいたんだ」と空気感を楽しんだだけだった。いま思えば、もう少し事前に勉強してから散策すればよかったと後悔している。

朝倉家といえば百三年間、五代にわたって越前一国を支配した戦国大名である。そしてこの朝倉家の栄華を支えてきたのが名将、朝倉宗滴。一四七七年に生まれた宗滴は、朝倉貞景、孝景、義景という三代の当主に仕えた武将であり、いわば朝倉家の大黒柱であった。彼は比類なき武才で朝倉家を守ってきたが一五五五年、七十九歳でこの世を去る。朝倉家最後の当主、義景が二十三歳の時であった。

本書『酔象の流儀』は、この朝倉最高の将と称えられた宗滴が亡くなる前後の、およそ二十年間を軸に描いたものである。

宗滴は自分がいなくなった後の越前軍の指揮を託すために、五人の弟子を育てた。弟子たちは「仁義礼智信」の五徳にちなんで「宗滴五将」と呼ばれ、それが「仁」の山崎吉家、「義」の堀江景忠、「礼」の朝倉景鏡、「智」の魚住景固、「信」の印牧能信の五将である。

さてこの物語の主人公になるのは仁の将、山崎吉家であるが、人々は彼のことを親しみをこめて「酔象」と呼んでいた。「酔象」というのは昔の将棋に使われていたとされる大駒のことで、「王将」のすぐ前に置かれるものらしい。「酔象」が相手の陣地に入ると「太子」と成り、これは「王将」と同等の価値をもつという。つまり盤上で相手の「酔象」が成ったなら、「太子」と「王将」の両方をとらなければ勝つことはできない。また、「酔象」は奪っても使い回すことができないので、敵に寝返らない駒だともいえる。

この「酔象」こと山崎吉家が活躍した時代は、越前にとって苦しい時期でもあった。宗滴が生きていた頃から続いていた加賀一向一揆との激烈な戦いはいぜん鎮静することなく、それに重なって尾張の織田信長が台頭し、猛威をふるい始めたのである。だがこのような危機的状況であっても五将が一枚岩になっていたわけではなく、家中は同名衆の重臣である大野郡司の「朝倉景鏡」と、敦賀郡司「伊冊」の二派に分裂していたという。

そうした中で、二派のどちらにも属さなかった吉家は、国の一大事をいち早く察し、

「越前が力を持たねば、より強き者に滅ぼされる」

と朝倉家の活路を懸命に見いだそうと動き始める。加賀一向一揆が征伐できないのであれば和睦を、さらには敦賀で庇護していた足利義昭を奉じて上洛をするといった政策を、当主である義景に主張する。

このように書くと、吉家という人が野心あふれる猛々しい武将であるように思われるかもしれない。だが作中の吉家はまるで真逆で、それが物語の魅力になっている。吉家の風貌を、著者は「茫洋として捉えどころのない巨漢」、「ずんぐりした大柄な力持ち」と描写している。さらに「大きな毛虫が張り付いたような太眉に、たぬき顔負けの垂れ目と饅頭のような団子鼻、親指ほどもありそうなぶあつい唇は、どことなく地蔵に似ていて愛嬌があった。生まれつきの顔の作りのせいで、いつも笑っているように見えるが、実際、吉家が怒った姿を見た者はまだいないらしい」とも書いている。

平時の吉家は、たいてい朝倉街道の先にある盛源寺でせっせと石仏を彫っている。

戦いで散っていった命を弔うためだ。家族を愛し、国に平和が訪れたら若くして結ばれた妻の「いと」と、静かな余生を過ごしたい。そんなことを願う、穏やかな男なのである。

だが時代のうねりは、そんな吉家の望みを聞き入れない。たとえ本意ではなくても、宗滴が鍛えあげた五将のひとりとして吉家は苛烈な戦闘へと身を投じていく。

「魚住は初めて、馬上の仏が戦場で阿修羅と化した姿を見た。ふだんは陣床几に坐して采配を振る山崎吉家も、今日は先頭に立って追撃し、織田兵の殲滅を冷徹に指揮していた」

とは、逃げる織田信長を追いかけて討とうとする吉家の姿である。

吉家はもちろん実在の人物ではあるが、彼に関する資料はそう多くは残っていないという。だから吉家の本来の性格などはわかっていない。だが著者は、吉家をあえて戦いに向かない優しい男として物語に据えた。そうすることで、仏のような男が阿修羅と化するこの時代の哀しみを、描きたかったのではないだろうか。

足利義昭を奉じての上洛、織田信長との和親、織田軍の討伐……。

吉家が義景に訴えていた主張のどれか一つでも叶っていたならば歴史は変わり、朝倉家が滅亡することはなかったのかもしれない。だが彼の主張は裏切り者の手によってことごとく阻まれていく。

この物語の表の輝きが吉家だとすると、裏を鈍く塗り潰しているのは、前波吉継という男である。吉継は内衆筆頭の家柄でありながら、庶子であったために、不遇の扱いを受けていた。義景の側近でもあったが軽んじられ、酷い仕打ちをしばしば受ける。吉継は武勇や才知に乏しく、保身だけに力を注ぐ小者なのだが、その小賢しい立ち回りがことごとく吉家の計画を阻むのだ。

だがこうした姑息な裏切り者の動きを知ると、歴史の真実とは実はこんなものだったのかもしれないとも思う。嫉妬や羨望、怨恨や復讐、欲望に保身。人間がもつ卑小な感情が、歴史という大きなうねりを作っているのかもしれないと、吉継の役回りを見ていると納得してしまうのだ。

裏切りといえば、物語の終盤になるにしたがって、宗滴の後を継ぐ者といわれた「仁義礼智信」の五将はそれぞれの立ち位置に転じていく。

宗滴に「越前を守る」という使命を託されたはずの五将が、朝倉家が滅亡する一五七三年にはあまりにもかけ離れた場所に立っていることに愕然とする。

味方であった者が敵に回ったり、味方だと信じていた者が実は初めから敵であったとわかったり……。物語を読み進めるうちに、信じていたことがぱたんぱたんと裏返しにされていく。窮境でしか見えない人間の本性が炙り出されていく。

だがそんな中で「酔象」だけは一度たりとも誰かを裏切ることはなく、彼と最後まで戦った武将たちがそうであったように、私もまたあの大きな背中にしがみつき物語の結末にたどりついた。

男泣き必至――。

とは本書の単行本の帯に謳われている文言だが、けっしておおげさなものではなく、物語の後半は涙なくしてはページを繰れない。さらにこの物語には巧みな仕掛けがあり、泣きながらラスト一行を読み終えたら、すぐにまた最初の一行、つまり序章に戻って読み返してしまうのだ。そうすると本書を読み始めた時はすうっと素通りしていた「敗将の仏顔」に出合い、そしてまた涙する。

著者の赤神諒さんは二〇一七年にデビューして以来、骨太な歴史小説を次々に発表している。デビューからわずか三年で十一作を刊行されたというから、その才能の豊かさには感心するばかりである。

そんな新進気鋭の歴史小説家の文庫解説を、なぜ現代小説家の私が書かせていただいているのか。それにはちょっとした背景があり、実は赤神さんと私は、高校の同級生なのである。一年生の時は同じクラスで、国語の授業「創作の時間」では机を並べて小説を書いていた。まさか三十年後、お互いが作家になっているとは夢にも思わずに……。

私はこれまで、そうたくさんの歴史小説を読んできたわけではない。でも赤神さんがデビューされてからは同級生のよしみで彼の作品を手に取るようになり、いまではすっかり歴史小説のおもしろさに目覚めてしまった。赤神作品の根底には忠義や愛が常にあり、歴史小説ならではの壮大な舞台背景とともに心を震わされるのである。

五年前に訪れた「一乗谷朝倉氏遺跡」のパンフレットを保存していたので、この解説を書くにあたって押入れの中から取り出してきた。当時はなにも感じずにただぶらぶらと歩いていた遺跡の写真が、自分でも驚くほど胸に迫ってくる。この場所に吉家が立っていたのかと思うと、胸が熱くなるのである。

なにも見えなかった場所に、なにかが立ちのぼってくる。

優れた歴史小説とは、これまで見ていた風景を、がらりと違うものに変えてしまうものなのだろう。

著者はあるインタビューでこんなことを語っていた。

「長編を一本書くのに、一万個くらいの壁を破らなくてはいけないんです。だから主人公のことを途中で『もうこいつ嫌やな』と思ったら書けないんですね。本当に感情移入できる生き方・死に方をした武将は、朝倉家でひとり、彼だけなんです」

朝倉盛衰記を執筆する上で、どうして吉家を主人公にしたのか、という質問に対しての答えである。

言葉の通り、著者は山崎吉家を、誰もが愛さずにはいられない人物として見事に描き切っていた。

●本書は二〇一八年十二月に、小社より刊行されました。文庫化にあたり、一部を加筆・修正しました。

|著者|赤神 諒　1972年京都府生まれ。同志社大学文学部卒業。私立大学教授、法学博士、弁護士。2017年、「義と愛と」（『大友二階崩れ』に改題）で第9回日経小説大賞を受賞し作家デビュー。同作品は「新人離れしたデビュー作」として大いに話題となった。他の著書に『大友の聖将（ヘラクレス）』『大友落月記』『神遊（しんゆう）の城』『戦神（いくさがみ）』『妙麟』『計策師　甲駿相三国同盟異聞』『空貝（うつせがい）　村上水軍の神姫（しんき）』『北前船用心棒 赤穂ノ湊 犬侍見参』『立花三将伝』などがある。

酔象（すいぞう）の流儀（りゅうぎ）　朝倉盛衰記（あさくらせいすいき）

赤神（あかがみ） 諒（りょう）

講談社文庫

定価はカバーに
表示してあります

2020年12月15日第1刷発行

発行者──渡瀬昌彦
発行所──株式会社　講談社
東京都文京区音羽2-12-21　〒112-8001
電話　出版（03）5395-3510
　　　販売（03）5395-5817
　　　業務（03）5395-3615

Printed in Japan

デザイン──菊地信義
本文データ制作──講談社デジタル製作
印刷───豊国印刷株式会社
製本───株式会社国宝社

ISBN978-4-06-521875-4

講談社文庫刊行の辞

二十一世紀の到来を目睫に望みながら、われわれはいま、人類史上かつて例を見ない巨大な転換期をむかえようとしている。

世界も、日本も、激動の予兆に対する期待とおののきを内に蔵して、未知の時代に歩み入ろうとしている。このときにあたり、創業の人野間清治の「ナショナル・エデュケイター」への志を現代に甦らせようと意図して、われわれはここに古今の文芸作品はいうまでもなく、ひろく人文・社会・自然の諸科学から東西の名著を網羅する、新しい綜合文庫の発刊を決意した。

激動の転換期はまた断絶の時代である。われわれは戦後二十五年間の出版文化のありかたへの深い反省をこめて、この断絶の時代にあえて人間的な持続を求めようとする。いたずらに浮薄な商業主義のあだ花を追い求めることなく、長期にわたって良書に生命をあたえようとつとめるところにしか、今後の出版文化の真の繁栄はあり得ないと信じるからである。

同時にわれわれはこの綜合文庫の刊行を通じて、人文・社会・自然の諸科学が、結局人間の学にほかならないことを立証しようと願っている。かつて知識とは、「汝自身を知る」ことにつきていた。現代社会の瑣末な情報の氾濫のなかから、力強い知識の源泉を掘り起し、技術文明のただなかに、生きた人間の姿を復活させること。それこそわれわれの切なる希求である。

われわれは権威に盲従せず、俗流に媚びることなく、渾然一体となって日本の「草の根」をかたちづくる若く新しい世代の人々に、心をこめてこの新しい綜合文庫をおくり届けたい。それは知識の泉であるとともに感受性のふるさとであり、もっとも有機的に組織され、社会に開かれた万人のための大学をめざしている。大方の支援と協力を衷心より切望してやまない。

一九七一年七月

野間省一

講談社文芸文庫

塚本邦雄
新古今の惑星群
解説・年譜＝島内景二

万葉から新古今へと詩歌理念を引き戻し、日本文化再建を目指した『藤原俊成・藤原良経』。新字新仮名の同書を正字正仮名に戻し改題、新たな生を吹き返した名著。

978-4-06-521926-3
つE12

塚本邦雄
茂吉秀歌『赤光』百首
解説＝島内景二

近代短歌の巨星・斎藤茂吉の第一歌集『赤光』より百首を精選。アララギ派とは一線を画して蛮勇をふるい、歌本来の魅力を縦横に論じた前衛歌人・批評家の真骨頂。

978-4-06-517874-4
つE11

麻見和史 奈落の偶像〈警視庁殺人分析班〉
麻見和史 鷹の砦〈警視庁殺人分析班〉
麻見和史 深紅の断片〈警防課救命チーム〉
赤坂憲雄 岡本太郎という思想
有川 浩 三匹のおっさん
有川 浩 三匹のおっさん ふたたび
有川 浩 ヒア・カムズ・ザ・サン
有川 浩 旅猫リポート
有川ひろ アンマーとぼくら
有川ひろほか ニャンニャンにゃんそろじー
荒崎一海 無流心月剣〈宗元寺隼人密命帖(一)〉
荒崎一海 幽霊の足〈宗元寺隼人密命帖(二)〉
荒崎一海 名花散る〈宗元寺隼人密命帖(三)〉
荒崎一海 江都落涙〈宗元寺隼人密命帖(四)〉
荒崎一海 門前仲町〈九頭竜覚山 浮世綴(一)〉
荒崎一海 蓬萊橋雨景〈九頭竜覚山 浮世綴(二)〉
荒崎一海 寺町哀感〈九頭竜覚山 浮世綴(三)〉
荒崎一海 小名木川〈九頭竜覚山 浮世綴(四)〉
浅野里沙子 花篝 御探し物請負屋

朱野帰子 駅物語
東 浩紀 一般意志2・0〈ルソー、フロイト、グーグル〉
朝倉宏景 白球アフロ
朝倉宏景 野球部ひとり
朝倉宏景 つよく結べ、ポニーテール
安達 瑶 奈落の花〈堕ちたエリート〉
朝井リョウ スペードの3
朝井リョウ 世にも奇妙な君物語
足立 紳 弱虫日記
有沢ゆう希 ムサヲ 原作 恋と嘘〈映画ノベライズ〉
有沢ゆう希 末次由紀 原作 ちはやふる 上の句〈小説〉
有沢ゆう希 末次由紀 原作 ちはやふる 下の句〈小説〉
有沢ゆう希 末次由紀 原作 ちはやふる 結び〈小説〉
有沢ゆう希 ろびこ 原作 となりの怪物くん〈小説〉
有沢ゆう希 小説 パーフェクトワールド〈君といる奇跡〉
蒼井凜花 女唇の伝言
秋川滝美 幸腹な百貨店
秋川滝美 幸腹な百貨店〈デパ地下おにぎり騒動〉
秋川滝美 幸腹な百貨店〈催事場で蕎麦屋呑み〉

東 芙美子 原作 雲田はるこ 脚本 羽原大介 小説 昭和元禄落語心中
赤神 諒 神遊の城
赤神 諒 大友二階崩れ
彩瀬まる やがて海へと届く
浅生 鴨 伴走者
天野純希 有楽斎の戦
五木寛之 ソフィアの秋
五木寛之 狼のブルース
五木寛之 海峡物語
五木寛之 風花のひと
五木寛之 鳥の歌(上)(下)
五木寛之 燃える秋
五木寛之 真夜中の望遠鏡〈流されゆく日々'78〉
五木寛之 ナホトカ青春航路〈流されゆく日々'79〉
五木寛之 旅の幻燈
五木寛之 他力
五木寛之 こころの天気図
五木寛之 新装版 恋歌
五木寛之 百寺巡礼 第一巻 奈良

五木寛之　百寺巡礼　第二巻　北陸
五木寛之　百寺巡礼　第三巻　京都I
五木寛之　百寺巡礼　第四巻　滋賀・東海
五木寛之　百寺巡礼　第五巻　関東・信州
五木寛之　百寺巡礼　第六巻　関西
五木寛之　百寺巡礼　第七巻　東北
五木寛之　百寺巡礼　第八巻　山陰・山陽
五木寛之　百寺巡礼　第九巻　京都II
五木寛之　百寺巡礼　第十巻　四国・九州
五木寛之　海外版　百寺巡礼　インド1
五木寛之　海外版　百寺巡礼　インド2
五木寛之　海外版　百寺巡礼　朝鮮半島
五木寛之　海外版　百寺巡礼　中　国
五木寛之　海外版　百寺巡礼　ブータン
五木寛之　海外版　百寺巡礼　日本・アメリカ
五木寛之　青春の門　第七部　挑戦篇
五木寛之　青春の門　第八部　風雲篇
五木寛之　親鸞　青春篇　(上)(下)
五木寛之　親鸞　激動篇　(上)(下)
五木寛之　親鸞　完結篇　(上)(下)
五木寛之　五木寛之の金沢さんぽ
井上ひさし　モッキンポット師の後始末
井上ひさし　ナ　イ　ン
井上ひさし　四千万歩の男　全五冊
井上ひさし　四千万歩の男　忠敬の生き方
井上ひさし　黄金(きん)の騎士団　(上)(下)
井上ひさし　一分ノ一　(上)(中)(下)
井上ひさし・司馬遼太郎　新装版　国家・宗教・日本人
池波正太郎　私　の　歳　月
池波正太郎　よい匂いのする一夜
池波正太郎　梅安料理ごよみ
池波正太郎　わが家の夕めし
池波正太郎　新装版　緑のオリンピア
池波正太郎　新装版　殺しの四人〈仕掛人　藤枝梅安(一)〉
池波正太郎　新装版　梅安蟻地獄〈仕掛人　藤枝梅安(二)〉
池波正太郎　新装版　梅安最合傘〈仕掛人　藤枝梅安(三)〉
池波正太郎　新装版　梅安針供養〈仕掛人　藤枝梅安(四)〉
池波正太郎　新装版　梅安乱れ雲〈仕掛人　藤枝梅安(五)〉
池波正太郎　新装版　梅安影法師〈仕掛人　藤枝梅安(六)〉
池波正太郎　新装版　梅安冬時雨〈仕掛人　藤枝梅安(七)〉
池波正太郎　新装版　忍びの女　(上)(下)
池波正太郎　新装版　殺　し　の　掟
池波正太郎　新装版　抜討ち半九郎
池波正太郎　新装版　娼　婦　の　眼
池波正太郎　近藤勇白書　〈レジェンド歴史時代小説〉(上)(下)
井上　靖　楊　貴　妃　伝
石牟礼道子　新装版　苦(く)海(がい)浄(じょう)土(ど)〈わが水俣病〉
いわさきちひろ　ちひろのことば
いわさきちひろ・松本　猛　いわさきちひろの絵と心
いわさきちひろ・絵本美術館編　ちひろ・子どもの情景〈文庫ギャラリー〉
いわさきちひろ・絵本美術館編　ちひろ・紫のメッセージ〈文庫ギャラリー〉
いわさきちひろ・絵本美術館編　ちひろの花ことば〈文庫ギャラリー〉
いわさきちひろ・絵本美術館編　ちひろのアンデルセン〈文庫ギャラリー〉
いわさきちひろ・絵本美術館編　ちひろ・平和への願い〈文庫ギャラリー〉
石野径一郎　新装版　ひめゆりの塔
今西錦司　生　物　の　世　界
井沢元彦　義　経　幻　殺　録

井沢元彦 光と影の武蔵〈切支丹秘録〉
井沢元彦 新装版 猿丸幻視行
一ノ瀬泰造 地雷を踏んだらサヨウナラ
泉 麻人 大東京23区散歩
伊集院 静 乳房
伊集院 静 遠い昨日
伊集院 静 夢は枯野を〈競輪躁鬱旅行〉
伊集院 静 野球で学んだことヒデキ君に教わったこと
伊集院 静 峠の声
伊集院 静 白秋
伊集院 静 潮流
伊集院 静 機関車先生
伊集院 静 冬の蜻蛉
伊集院 静 オルゴール
伊集院 静 昨日スケッチ
伊集院 静 アフリカの王(上)(下)
伊集院 静 あづま橋
伊集院 静 ぼくのボールが君に届けば
伊集院 静 駅までの道をおしえて
伊集院 静 受け月
伊集院 静 坂の上のμ〈野球小説アンソロジー〉
伊集院 静 ねむりねこ
伊集院 静 新装版 三年坂
伊集院 静 お父やんとオジさん(上)(下)
伊集院 静 ノボさん〈小説 正岡子規と夏目漱石〉(上)(下)
いとうせいこう 存在しない小説
いとうせいこう 我々の恋愛
井上夢人 メドゥサ、鏡をごらん
井上夢人 ダレカガナカニイル…
井上夢人 プラスティック
井上夢人 オルファクトグラム(上)(下)
井上夢人 もつれっぱなし
井上夢人 あわせ鏡に飛び込んで
井上夢人 魔法使いの弟子たち(上)(下)
井上夢人 ラバー・ソウル
池井戸 潤 果つる底なき
池井戸 潤 架空通貨
池井戸 潤 銀行狐
池井戸 潤 仇敵
池井戸 潤 BT'63(上)(下)
池井戸 潤 空飛ぶタイヤ(上)(下)
池井戸 潤 鉄の骨
池井戸 潤 新装版 銀行総務特命
池井戸 潤 新装版 不祥事
池井戸 潤 ルーズヴェルト・ゲーム
池井戸 潤 半沢直樹1〈オレたちバブル入行組〉
池井戸 潤 半沢直樹2〈オレたち花のバブル組〉
池井戸 潤 半沢直樹3〈ロスジェネの逆襲〉
池井戸 潤 半沢直樹4〈銀翼のイカロス〉
糸井重里 ほぼ日刊イトイ新聞の本
石田衣良 LAST[ラスト]
石田衣良 東京DOLL
石田衣良 てのひらの迷路
石田衣良 40(フォーティ) 翼ふたたび
石田衣良 sex
石田衣良 逆島(さかしま)断雄(たつお)〈進駐官養成高校の決闘編1〉
石田衣良 逆島断雄〈進駐官養成高校の決闘編2〉

石田衣良 逆島断雄〈本土最終防衛決戦編1〉
石田衣良 逆島断雄〈本土最終防衛決戦編2〉
井上荒野 ひどい感じ—父・井上光晴
稲葉稔 椋鳥の影
井川香四郎 冬の蝶〈八丁堀手控え帖〉
井川香四郎 日照り草〈梟与力吟味帳〉
井川香四郎 忍冬〈梟与力吟味帳〉
井川香四郎 花詞〈梟与力吟味帳〉
井川香四郎 雪の花火〈梟与力吟味帳〉
井川香四郎 鬼雨〈梟与力吟味帳〉
井川香四郎 科戸の風〈梟与力吟味帳〉
井川香四郎 紅の露〈梟与力吟味帳〉
井川香四郎 惻隠の灯〈梟与力吟味帳〉
井川香四郎 三人羽織〈梟与力吟味帳〉
井川香四郎 吹花の風〈梟与力吟味帳〉
井川香四郎 飯盛り侍
井川香四郎 飯盛り侍 鯛評定
井川香四郎 飯盛り侍 城攻め猪
井川香四郎 飯盛り侍 すっぽん天下

井川香四郎 御三家が斬る!
井川香四郎 御三家が斬る!〈殺しの鬼棲む妻籠宿〉
伊坂幸太郎 チルドレン
伊坂幸太郎 魔王
伊坂幸太郎 モダンタイムス(上)(下)
伊坂幸太郎 PK
伊坂幸太郎 サブマリン
絲山秋子 逃亡くそたわけ
絲山秋子 袋小路の男
石黒耀 死都日本
石黒耀 震災列島
石黒耀 忠臣蔵異聞〈家老 大野九郎兵衛の長い仇討ち〉
犬飼六岐 筋違い半介
犬飼六岐 吉岡清三郎貸腕帳
石川大我 ボクの彼氏はどこにいる?
石松宏章 マジでガチなボランティア
伊東潤 疾き雲のごとく
伊東潤 戦国鬼譚 惨
伊東潤 虚けの舞

伊東潤 叛鬼
伊東潤 国を蹴った男
伊東潤 峠越え
伊東潤 黎明に起つ
伊東潤 池田屋乱刃
市川拓司 吸涙鬼
石飛幸三 「平穏死」のすすめ〈口から食べられなくなったらどうしますか〉
伊藤理佐 女のはしょり道
伊藤理佐 また! 女のはしょり道
石黒正数 外天楼
伊与原新 ルカの方舟
稲葉圭昭 恥さらし〈北海道警 悪徳刑事の告白〉
稲葉博一 忍者烈伝
稲葉博一 忍者烈伝ノ続
稲葉博一 忍者烈伝ノ乱〈天之巻〉〈地之巻〉
伊岡瞬 桜の花が散る前に
石川智健 エウレカの確率〈経済学捜査員 伏見真守〉
石川智健 エウレカの確率〈よくわかる殺人経済学入門〉
石川智健 エウレカの確率〈経済学捜査と殺人の効用〉

石川智健 60〈誤判対策室〉
石川智健 第三者隠蔽機関
戌井昭人 ぴんぞろ
石田千 きなりの雲
井上真偽 その可能性はすでに考えた
井上真偽 聖女の毒杯〈その可能性はすでに考えた〉
井上真偽 恋と禁忌の述語論理
泉ゆたか お師匠さま、整いました！
伊兼源太郎 地検のS
内田康夫 シーラカンス殺人事件
内田康夫 パソコン探偵の名推理
内田康夫 「横山大観」殺人事件
内田康夫 江田島殺人事件
内田康夫 琵琶湖周航殺人歌
内田康夫 夏泊殺人岬
内田康夫 「信濃の国」殺人事件
内田康夫 風葬の城
内田康夫 透明な遺書
内田康夫 鞆の浦殺人事件
内田康夫 終幕のない殺人
内田康夫 御堂筋殺人事件
内田康夫 記憶の中の殺人
内田康夫 北国街道殺人事件
内田康夫 「紅藍の女」殺人事件
内田康夫 「紫の女」殺人事件
内田康夫 藍色回廊殺人事件
内田康夫 明日香の皇子
内田康夫 華の下にて
内田康夫 博多殺人事件
内田康夫 黄金の石橋
内田康夫 金沢殺人事件
内田康夫 朝日殺人事件
内田康夫 湯布院殺人事件
内田康夫 釧路湿原殺人事件
内田康夫 貴賓室の怪人〈「飛鳥」編〉
内田康夫 イタリア幻想曲 貴賓室の怪人2
内田康夫 靖国への帰還
内田康夫 若狭殺人事件
内田康夫 化生の海
内田康夫 不等辺三角形
内田康夫 ぼくが探偵だった夏
内田康夫 怪談の道
内田康夫 逃げろ光彦〈内田康夫と5人の女たち〉
内田康夫 皇女の霊柩
内田康夫 悪魔の種子
内田康夫 戸隠伝説殺人事件
内田康夫 歌わない笛
内田康夫 新装版 死者の木霊
内田康夫 新装版 漂泊の楽人
内田康夫 新装版 平城山を越えた女
内田康夫 秋田殺人事件
内田康夫 孤道
和久井清水 孤道 完結編〈金色の眠り〉
歌野晶午 死体を買う男
歌野晶午 安達ヶ原の鬼密室
歌野晶午 新装版 長い家の殺人
歌野晶午 新装版 白い家の殺人

講談社文庫　目録

歌野晶午　新装版 動く家の殺人
歌野晶午　密室殺人ゲーム王手飛車取り
歌野晶午　新装版 ROMMY 越境者の夢
歌野晶午　増補版 放浪探偵と七つの殺人
歌野晶午　新装版 正月十一日、鏡殺し
歌野晶午　密室殺人ゲーム2.0
歌野晶午　密室殺人ゲーム・マニアックス
歌野晶午　魔王城殺人事件
内館牧子　終わった人
内田洋子　皿の中に、イタリア
宇江佐真理　泣きの銀次
宇江佐真理　晩鐘〈続・泣きの銀次〉
宇江佐真理　虚ろ舟〈泣きの銀次参之章〉
宇江佐真理　室の梅〈おろく医者覚え帖〉
宇江佐真理　涙堂〈琴女癸酉日記〉
宇江佐真理　あやめ横丁の人々
宇江佐真理　卵のふわふわ 八丁堀喰い物草紙・江戸前でもなし
宇江佐真理　日本橋本石町やさぐれ長屋
浦賀和宏　眠りの牢獄
浦賀和宏　時の鳥籠(上)(下)
浦賀和宏　頭蓋骨の中の楽園(上)(下)
上野哲也　ニライカナイの空で
上野哲也　五五五文字の巡礼〈魏志倭人伝トーク 地理篇〉
魚住 昭　渡邉恒雄 メディアと権力
魚住 昭　野中広務 差別と権力
魚住直子　非・バランス
魚住直子　未・フレンズ
魚住直子　ピンクの神様
上田秀人　密封〈奥右筆秘帳〉
上田秀人　国禁〈奥右筆秘帳〉
上田秀人　侵蝕〈奥右筆秘帳〉
上田秀人　継承〈奥右筆秘帳〉
上田秀人　簒奪〈奥右筆秘帳〉
上田秀人　秘闘〈奥右筆秘帳〉
上田秀人　隠密〈奥右筆秘帳〉
上田秀人　刃傷〈奥右筆秘帳〉
上田秀人　召抱〈奥右筆秘帳〉
上田秀人　墨痕〈奥右筆秘帳〉
上田秀人　天下〈奥右筆秘帳〉
上田秀人　決戦〈奥右筆秘帳〉
上田秀人　前夜〈奥右筆外伝〉
上田秀人　軍師の挑戦〈上田秀人初期作品集〉
上田秀人　天主信長〈表〉〈我こそ天下なり〉
上田秀人　天主信長〈裏〉〈天を望むなかれ〉
上田秀人　波乱〈百万石の留守居役㈠〉
上田秀人　思惑〈百万石の留守居役㈡〉
上田秀人　新参〈百万石の留守居役㈢〉
上田秀人　遺臣〈百万石の留守居役㈣〉
上田秀人　密約〈百万石の留守居役㈤〉
上田秀人　使者〈百万石の留守居役㈥〉
上田秀人　貸借〈百万石の留守居役㈦〉
上田秀人　参勤〈百万石の留守居役㈧〉
上田秀人　因果〈百万石の留守居役㈨〉
上田秀人　忖度〈百万石の留守居役㈩〉
上田秀人　騒動〈百万石の留守居役(十一)〉
上田秀人　分断〈百万石の留守居役(十二)〉
上田秀人　舌戦〈百万石の留守居役(十三)〉

上田秀人　愚　劣〈百万石の留守居役(十四)〉
上田秀人　布　石〈百万石の留守居役(十五)〉
上田秀人　梟（ふくろう）の系譜〈宇喜多四代〉
上田秀人　竜は動かず　奥羽越列藩同盟顛末　(上)万里波濤編　(下)帰郷奔走編
内田　樹　下流志向〈学ばない子どもたち　働かない若者たち〉
内田　樹　釈　徹宗　現代霊性論
上橋菜穂子　獣の奏者〈I闘蛇編〉
上橋菜穂子　獣の奏者〈II王獣編〉
上橋菜穂子　獣の奏者〈III探求編〉
上橋菜穂子　獣の奏者〈IV完結編〉
上橋菜穂子　獣の奏者〈外伝　刹那〉
上橋菜穂子　物語ること、生きること
上橋菜穂子　明日は、いずこの空の下
上田紀行　ダライ・ラマとの対話
上田紀行　スリランカの悪魔祓い
嬉野　君　黒猫邸の晩餐会
植西　聰（あきら）　がんばらない生き方
海猫沢めろん　愛についての感じ
海猫沢めろん　キッズファイヤー・ドットコム
冲方　丁　戦の国
遠藤周作　ぐうたら人間学
遠藤周作　聖書のなかの女性たち
遠藤周作　さらば、夏の光よ
遠藤周作　最後の殉教者
遠藤周作　反　逆(上)(下)
遠藤周作　ひとりを愛し続ける本
遠藤周作　深い河（ディープ・リバー）
遠藤周作　周作塾〈読んでもタメにならないエッセイ〉
遠藤周作　新装版　海と毒薬
遠藤周作　新装版　わたしが・棄てた・女
江波戸哲夫　新装版　銀行支店長
江波戸哲夫　集団左遷
江波戸哲夫　新装版　ジャパン・プライド
江波戸哲夫　起業の星
江波戸哲夫　ビジネスウォーズ〈カリスマと戦犯〉
江波戸哲夫　リストラ事変〈ビジネスウォーズ2〉
江上　剛　頭取無惨
江上　剛　不当買収
江上　剛　小説　金融庁
江上　剛　絆
江上　剛　再　起
江上　剛　企業戦士
江上　剛　リベンジ・ホテル
江上　剛　起死回生
江上　剛　瓦礫の中のレストラン
江上　剛　非情銀行
江上　剛　東京タワーが見えますか。
江上　剛　慟哭の家
江上　剛　家電の神様
江上　剛　ラストチャンス　再生請負人
江上　剛　ラストチャンス　参謀のホテル
江國香織　真昼なのに昏（くら）い部屋
江國香織・文　松尾たいこ・絵　ふりむく
M・モーリス　江國香織訳　宇野亜喜良絵　青い鳥
江國香織他　100万分の1回のねこ
遠藤武文　プリズン・トリック
円城　塔　道化師の蝶

江原啓之 スピリチュアルな人生に目覚めるために〈心に「人生の地図」を持つ〉
江原啓之 トラウマ あなたが生まれてきた理由
大江健三郎 新しい人よ眼ざめよ
大江健三郎 取り替え子(チェンジリング)
大江健三郎 憂い顔の童子
大江健三郎 さようなら、私の本よ！
大江健三郎 水死
大江健三郎 晩年様式集(イン・レイト・スタイル)
小田実 何でも見てやろう
沖守弘 マザー・テレサ〈あふれる愛〉
岡嶋二人 そして扉が閉ざされた
岡嶋二人 解決まではあと6人〈5W1H殺人事件〉
岡嶋二人 99％の誘拐
岡嶋二人 クラインの壺
岡嶋二人 ダブル・プロット
岡嶋二人 新装版 焦茶色のパステル
岡嶋二人 チョコレートゲーム 新装版
太田蘭三 殺風景(さっぷうけい)〈警視庁北多摩署特捜本部〉
大前研一 企業参謀 正・続
大前研一 やりたいことは全部やれ！
大前研一 考える技術
大沢在昌 野獣駆けろ
大沢在昌 相続人TOMOKO
大沢在昌 ウォームハート コールドボディ
大沢在昌 アルバイト探偵(アイ)
大沢在昌 調毒師を捜せ アルバイト探偵(アイ)
大沢在昌 女王陛下のアルバイト探偵(アイ)
大沢在昌 不思議の国のアルバイト探偵(アイ)
大沢在昌 拷問遊園地 アルバイト探偵(アイ)
大沢在昌 帰ってきたアルバイト探偵(アイ)
大沢在昌 雪蛍
大沢在昌 ザ・ジョーカー
大沢在昌 亡命者〈ザ・ジョーカー〉
大沢在昌 夢の島
大沢在昌 暗黒旅人
大沢在昌 新装版 氷の森
大沢在昌 新装版 走らなあかん、夜明けまで
大沢在昌 新装版 涙はふくな、凍るまで
大沢在昌 語りつづけろ、届くまで
大沢在昌 罪深き海辺 (上)(下)
大沢在昌 やぶへび
大沢在昌 海と月の迷路 (上)(下)
大沢在昌 鏡の顔〈傑作ハードボイルド小説集〉
大沢在昌／藤田宜永／堂場瞬一／井上夢人／今野敏／月村了衛／東山彰良 激動 東京五輪1964
逢坂剛 十字路(じゅうじろ)に立つ女
逢坂剛 重蔵始末(じゅうぞうしまつ)
逢坂剛 じぶくり伝兵衛〈重蔵始末(二)〉
逢坂剛 猿曳遁兵衛〈重蔵始末(三)〉
逢坂剛 嫁盗み〈重蔵始末(四)長崎篇〉
逢坂剛 陰の声〈重蔵始末(五)長崎篇〉
逢坂剛 北門の狼〈重蔵始末(六)蝦夷篇〉
逢坂剛 逆浪(げきろう)果つるところ〈重蔵始末(七)蝦夷篇〉
逢坂剛 新装版 カディスの赤い星 (上)(下)
逢坂剛 さらばスペインの日日 (上)(下)
オノ・ヨーコ 飯村隆彦 編 ただの私(あたし)
オノ・ヨーコ 南風椎 訳 グレープフルーツ・ジュース
折原一 倒錯のロンド

折原 一 倒錯の死角〈201号室の女〉
折原 一 倒錯の帰結
小川洋子 密やかな結晶
小川洋子 ブラフマンの埋葬
小川洋子 最果てアーケード
小川洋子 琥珀のまたたき
乙川優三郎 霧の橋
乙川優三郎 喜知次
乙川優三郎 蔓の端々
乙川優三郎 夜の小紋
恩田 陸 三月は深き紅の淵を
恩田 陸 麦の海に沈む果実
恩田 陸 黒と茶の幻想(上)(下)
恩田 陸 黄昏の百合の骨
恩田 陸 『恐怖の報酬』日記〈酩酊混乱紀行〉
恩田 陸 きのうの世界(上)(下)
恩田 陸 七月に流れる花/八月は冷たい城
奥田英朗 新装版 ウランバーナの森
奥田英朗 最悪
奥田英朗 邪魔(上)(下)
奥田英朗 マドンナ
奥田英朗 ガール
奥田英朗 サウスバウンド
奥田英朗 オリンピックの身代金(上)(下)
奥田英朗 ヴァラエティ
乙武洋匡 五体不満足〈完全版〉
乙武洋匡 だから、僕は学校へ行く!
乙武洋匡 だいじょうぶ3組
大崎善生 聖の青春
大崎善生 将棋の子
小川恭一 江戸の旗本事典〈歴史・時代小説ファン必携〉
奥野修司 徳山大樹 怖い中国食品、不気味なアメリカ食品
奥泉 光 プラトン学園
奥泉 光 シューマンの指
奥泉 光 ビビビ・ビ・バップ
折原みと 制服のころ、君に恋した。
折原みと 時の輝き
折原みと 幸福のパズル
岡田芳郎 世界一の映画館と日本一のフランス料理店を山形県酒田につくった男はなぜ忘れ去られたのか
大城立裕 小説 琉球処分(上)(下)
太田尚樹 満州 裏 史〈甘粕正彦と岸信介が背負ったもの〉
大島真寿美 ふじこさん
大泉康雄 あさま山荘銃撃戦の深層(上)(下)
大山淳子 猫弁〈天才百瀬とやっかいな依頼人たち〉
大山淳子 猫弁と透明人間
大山淳子 猫弁と指輪物語
大山淳子 猫弁と少女探偵
大山淳子 猫弁と魔女裁判
大山淳子 雪猫
大山淳子 イーヨくんの結婚生活
大山淳子 光二郎分解日記〈相棒は浪人生〉
大倉崇裕 小鳥を愛した容疑者
大倉崇裕 蜂に魅かれた容疑者〈警視庁いきもの係〉
大倉崇裕 ペンギンを愛した容疑者〈警視庁いきもの係〉
大倉崇裕 クジャクを愛した容疑者〈警視庁いきもの係〉
大鹿靖明 メルトダウン〈ドキュメント福島第一原発事故〉
荻原 浩 砂の王国(上)(下)

2020年9月15日現在